唐詩快

（清）黃周星 選評
劉娟 點校

南方傳媒
嶺南古籍出版社
·廣州·

圖書在版編目（CIP）數據

唐詩快 /（清）黃周星選評；劉娟點校．--廣州：嶺南古籍出版社，2025. 6. -- ISBN 978-7-80775-012-3

Ⅰ. I222. 742

中國國家版本館 CIP 數據核字第 2024MN9603 號

TANGSHI KUAI

唐詩快

（清）黃周星 選評　劉 娟 點校

出 版 人： 肖風華

策劃編輯： 張賢明
責任編輯： 張賢明　金文韜
封面設計： 瀚文工作室
責任技編： 周星奎

出版發行： 嶺南古籍出版社
地　　址： 廣州市越秀區恤孤院路 12 號（郵政編碼：510080）
電　　話：（020）87776449（總編室）　（020）87774479（售書熱綫）
印　　刷： 廣州市豪威彩色印務有限公司
開　　本： 889mm×1230mm　1/32
印　　張： 26. 75　　**字　　數：** 500 千
版　　次： 2025 年 6 月第 1 版
印　　次： 2025 年 6 月第 1 次印刷
定　　價： 188. 00 圓

前言

一

《唐詩快》是明末清初著名詩人、小説家、詩文評論家、戲曲作家及戲曲理論家黄周星編纂的一部唐詩總集。

黄周星（一六一一—一六八〇），初字景明，又字景虞、九烟，初姓周名星，後還本姓黄；晚年更名黄人，字略似，號半非、圃庵、而庵，又自號汰沃主人、笑蒼道人、笑蒼老子等。江蘇上元人。黄周星一生命運坎坷。他本是金陵普通人家黄氏子，繈褓時即被富家大户湘潭周氏「計取陰拊之」，二十多年都對自己的身世一無所知。後偶遇本生父母，因欲認親歸宗而與周家生嫌隙。明崇禎十三年（一六四〇），黄周星考中進士。崇禎十六年（一六四三），李自成領導的農民軍在湖北建立了政權，次年在西安稱帝，國號「大順」。三月，大順軍攻克北京城，明崇禎皇帝朱由檢自縊而亡，明朝中央政權亦隨之滅亡。這一年，黄周星剛剛結束丁憂，在湖南湘潭周氏老家忙於處理父親亡故後的各種家庭事務，忽聞大順軍與大西軍打到湖南的消息，急匆匆地「盡弃輜糧」，奔赴金陵。此後幾年，黄周星奔走於江浙閩等地，仕於南明幾個政權，然而終因執政者偏安一隅、昏庸無能以及小朝廷的朝政腐敗，他大爲失望，福京亡而避走古田，從此走上了流寓四方、貧窮顛簸的道路。王朝傾覆令黄周星深受亡國之痛，成爲不仕清的遺民。清康熙十七年（一六七八），有人以博學鴻詞薦，他避走湘潭；康熙十九年（一六八〇），有司又欲强使其就職，他終於無法苟活人世，幾次投水自盡得救，最終絶食而亡。

黄周星天資聰穎，一生筆耕不輟，才子之名廣播於海内，在當時江南文人圈、遺民群體中具有廣泛的影響。他與杜岕等人并稱「湖廣四强」，他所交往的名流大家，如錢謙益、吴偉業、吕留良、黄宗炎、陶汝鼐、杜濬、尤侗等，不計其數。他們以文會友，促膝交談；他們游山玩水，詩酒唱和，留下了許多優美的詩篇。黄周星的朋友董樵有《閱黃九烟先生圃庵詩集》詩，將黃周星與南宋著名愛國詩人謝翱相比，高度贊頌了黃周星的家國情懷與民族氣概，詩云：「浩浩西風吹布袍，酒酣音吐撼秋濤。峥嶸瘦骨悲涼句，來往江湖老謝翱。」清代著名文獻學家鄧顯鶴稱其「詩文奇偉，慷慨激昂，略似其人」。晚清著名經學家、文學家王闓運在其編纂的《湘潭縣志》中説：「（黃周星）文詞沈博絶麗，而語言若狂……江南名士甚重之，争言黃九烟。其詩歌傳播一時，湖廣人士惟星及杜濬得與海内勝流相抗接，雖王岱不及也。」朱彝尊《静志居詩話》、王晫《今世説》、王士禛《池北偶談》、李元度《國朝先正事略》、鄧之誠《清詩紀事初編》、孫静庵《明遺民録》等對其生平、著述皆有著録。其人其作，後世周作人、胡適、林語堂、俞平伯等人也多有論及和引用。

二

黃周星長期從事文學創作與文學批評，其作品包括詩詞、小説、傳奇、雜劇、散曲及詩歌選本評點、曲論等多種體裁，并在這些領域均有所成就。據文獻記載，黃周星可知名目的作品有四十多種。然而遺憾的是，由於他身世坎坷、一生飄萍、屢經磨難，以至於大量著作散佚，尤其是明亡之前的詩文著作幾乎無存。黄周星現存詩文、戲曲、小説及其他作品，包括後人整理結集抄刻的集子，共計二十餘種，如《夏爲堂別集》《夏爲堂詩略刻》《圃庵詩集》《九烟先生遺集》《九烟詩鈔前後集》《周九烟集》《周九烟外集》《前身散見集編年詩續鈔》《人天樂傳奇》《唐詩快》《西游證道書》《廋詞》《百家姓新箋》等。其作品雖大量佚失，但存世的仍頗爲可觀。

黄周星現存詩歌約一千一百首，不僅各體兼具，且富有才情，尤以七律及歌行體水平爲高。他的詩歌注重錘煉字句，講究用典，語言風格慷慨激昂、蒼凉沉勁，令人讀之難忘，具有較高的藝術審美價值。這些詩歌透出典型的遺民之思，對故國深沉熾烈的愛體現得淋漓盡致。關注國家命運、民族興亡，黄周星的詩不僅反映出時代的風貌，也因爲其對社會的思考、人生價值的追求而具有豐富的思想内涵。他對美人、才子與神仙的向往，以及「驚天、泣鬼、移人」的創作思想，又使得他的詩歌極具個性色彩。

黄周星的戲曲代表作是傳奇《人天樂》，另有雜劇《惜花報》《試官述懷》及一些散曲等。《人天樂》創作於晚年，黄周星將自身的人生經歷以及對國家和社會的思考、對生活的向往結合起來。一方面，表現對現實社會的不滿，并進行了大膽的揭露與辛辣的諷刺；另一方面，又借想象的翅膀，飛臨佛國與仙界，體會人世間無法實現的美好生活。因此，黄周星的戲曲作品既立足於現實，又超脱於現實，充滿濃郁的浪漫主義色彩，表達了他對痛的感傷與對樂的追求。他在《試官述懷》中用詼諧幽默的語言，將黑暗腐朽的社會、貪官污吏的嘴臉刻畫得栩栩如生。

黄周星的小説主要有《補張靈崔瑩合傳》。小説以稗乘故事爲基礎，書寫了明才子張靈與崔瑩的愛情婚姻故事，熱情謳歌了男女主人公之間真摯而執著的愛情，從而表達了對美好感情的嚮往以及對封建傳統和邪惡勢力的反抗。男主人公張靈「反科舉」的舉動，無疑是對封建傳統無聲的抗議；男女主人公因寧王選美和皇帝好色而死的事實，則是對統治階級貪淫、腐朽的有力控訴。這部小説對後世影響較大，有不少文學作品，如傳奇《虎皁緣》《鴛鴦夢》和彈詞《何必西厢》等都是在其基礎上進行改編并流傳的。

黄周星一方面固守自己對故國的衷情，一方面又追求個性的自我釋放。他曾自鎸一印來昭示個性，文曰：「性剛、骨傲、腸熱、心慈」，以此爲箴言立身於世；「性警敏、善屬文，凡所作制藝及詩古文辭，揮毫立就，文不加點，人稱其有倚馬之才云」。他曾在詩中宣稱「借問阿誰堪作伴，美人才子與神仙」，顯露出對個人才華的自信和對精神世界的極高追求。黄周星天賦奇才，加上複雜的身世與閱歷，又遭逢國家傾覆，使得他的作品風骨凛然，又充塞着一股奇氣。而長期的創作經歷，令黄周星有了豐富的積累，他提出來一系列的文藝理論，亦頗具新意與創見。他的一生顛沛流離，充滿了無奈、辛酸與痛苦。然而他的創作却又豐富多彩、妙趣横生，既有嬉笑怒駡，也有悲歌沉吟。這些五味雜陳的作品，呈現給人們一個充滿矛盾、生動立體，却又真實可見的遺民文人形象。

三

唐詩選本自唐朝開始産生，至明清而數量愈增，據孫琴安《唐詩選本六百種提要》，僅清代唐詩選本的數量就近四百種。《唐詩快》成書於清康熙十八年（一六七九），分爲三集，第一集《驚天集》一卷，第二集《泣鬼集》二卷，第三集《移人集》十三卷，共十六卷，三集共計選詩一千四百六十三首。該集從選詩數量來看，在衆多唐詩選當中算不上規模特別大，但是，《唐詩快》却有幾點獨特之處，不同於一般唐詩選本：

第一，《唐詩快》是以挖掘詩歌審美價值、體現個人審美情趣作爲編纂出發點的。黄周星在序言中闡述了自己獨特的審美思想：「僕今者《詩快》之選，則不惟其世而惟其人，不惟其人而惟其詩，又不惟其詩而惟其快。於中厘爲三集，曰《驚天》《泣鬼》《移人》。移人則人快，驚天則天快，泣鬼則鬼亦快。而且，人快，則移人者尤快；天快，則驚天者尤快；鬼快，則泣鬼者尤快。蓋一快則無不快也。其爲選，則虚公平直，毫不敢以成心偏見參之，不問穠澹淺深，惟一以性情爲斷。」「快」的審美以雄奇瑰麗、恣意奔放、沉鬱悲愴、感人肺腑爲最高標準。黄周星在編選時，「去其不快者，取其快者，既乃去其差快者，取其最快者，譬之披沙揀金，剖璞出玉，蓋幾經剥換而後成」。可見其編纂始終堅持個人審美，竭盡所能地擇選符合個人品味和性情的作品。這在清代甚至歷史上的唐詩選本當中都是不多見的，無怪乎清代楊際昌《國朝詩話》稱《唐詩快》「脱盡滄溟、竟陵窠臼，足增人才識」。

第二，《唐詩快》重中晚唐詩歌，與一般選本尊盛唐詩有所不同。這點是建立在對明人高棅有關唐詩分「初、盛、中、晚」的不同意見上形成的。黄周星認爲：「夫初、盛、中、晚者，以言乎世代之先後可耳，豈可以此定詩人之高下哉？……僕嘗極服袁石公之論曰：『文章之氣，一代薄一代，而文章之妙，一代盛一代。故古有不盡之情，今無不寫之景，其盛處正其薄處也，然安得因其薄而掩其妙哉？』故僕以爲，初、盛、中、晚之分，猶之乎春、夏、秋、冬之序也。四序之中，各有良辰美景，亦各有風雨炎凝。歡賞恒於斯，怨咨恒於斯，不得謂夏劣於春，冬劣於秋也」，且「中、晚之人，本多於初、盛。人多，則詩多」。因此，該書不以時代先後論詩之優劣，而是積極尋找符合其審美要求者，收詩以中、晚唐爲多，試圖以此來突顯中晚唐詩歌的地位和價值。

第三，《唐詩快》借對所選詩歌的批評來表達個性、寄托理想，甚至用以表現其獨特的個人經歷。黄周星一生命運多舛，出生即被湘潭周氏抱養，三十歲方巧遇親生父母；滿懷報國之志却恰逢世變；才華横溢却一生無着，古稀之年多次覓死，投水不成轉而絶食。時代巨變、王朝更替、個人際遇很大程度上影響了黄周星的詩歌創作和文藝思想。他經由《唐詩快》表達對人生理想的追求，以及對人生經歷的慨嘆。比如，他評李白《善哉行》道：「忽而醉飽，忽而學仙，忽而感恩，忽而遺榮，總是傲睨疏狂，不可一世。」評白居易《上陽白髮人》道：「我亦不知其爲歌行耶？樂府耶？但讀之涕零如雨。若讀此而不墮淚者，其人必石心木腸。」評郭元振《王昭君二首》：「此二絶使多情才子讀之，定然淚下如雨。」評杜甫《北征》：「長篇纏綿悱惻，潦倒淋漓，忽而兒女喁喁，忽而老夫灌灌，似騷似史，似記似碑，誠如涪翁所言，足與國風、雅、頌相表裏。」評劉禹錫《蜀先主廟》：「先主有知，亦當淚下。」評韋莊《傷灼灼》：「『薄命曾嫌富貴家』七字真可泣鬼矣，因此一句，并『多情』一句亦可泣鬼，又因此二句，遂覺前後六句皆可泣鬼。」黄周星借選詩、評詩表達自己對英雄、美人、神仙的喜愛與憐惜，抒發掩藏在内心深處的亡國之痛和故人之思，也慨嘆人生的種種不如意以及古今興亡之感等等。

因此，《唐詩快》既是黄周星個人晚年成熟文學觀念和思想意識的表達，也是清初遺民心態的反映，是黄周星研究及清初遺民研究的珍貴材料，同時也爲普通讀者瞭解清代唐詩選本、學習唐代詩歌提供了更豐富的途徑。

《唐詩快》存世版本共三種：

其一爲清康熙刻本。其中《唐詩快自序》半頁八行二十字，餘皆爲九行二十字，四周雙欄，黑、單魚尾。版心上方鎸有「唐詩快」三字，中間刻卷次及名稱，下部頁碼。書名頁有「黄九烟先生選評」「本衙藏板」等字樣，每卷正文題目下皆題「鍾山黄周星九烟選評」「岑山程洪丹問較訂」。湖南圖書館有藏。日本國立公文書館所藏清康熙刻本，正文部分與湖南圖書館藏本出自同一刻板，但正文以外部分有所不同，其卷前有《題驚天集》《題泣鬼集》《題移人集》各一篇，又有《選詩前後諸咏》數篇、閔南仲《讀九烟黄先生選評〈唐詩快〉敬賦古體十九韻》一篇以及張潮序一篇（無題）。日藏本正文殘缺較多，雖經後世修補仍難免不全。湖南圖書館藏本文字完整，卷前有《題鷩天集》《唐詩快自序》各一篇；《題泣鬼集》《題移人集》二篇則置於各集之首。可以確定此二種藏本版本源流相同，但爲何序言部分有所差别，則尚待進一步考證。

其二爲清康熙吴佑申重訂本。半頁十行二十一字，左右雙欄，大黑口，黑、雙（逆）魚尾。書名頁有「黄九烟先生選評」「松陵吴佑申重訂」「鶴和堂藏板」。每卷正文前題「鍾山黄周星九烟選評，松陵吴永祚佑申、雲間張世林青苑較訂」等，各卷校訂人或有不同。藏南京圖書館。吴永祚爲黄周星門人，張世林在康熙十七年（一六七八）入國子監學習，可見該刻本當爲康熙間後出的重訂本。該刻本正文之前有《唐詩快自序》、《選詩前後諸咏》、閔南仲《讀九烟黄先生選評〈唐詩快〉敬賦》、《選詩略例》、《題移人集》、《題泣鬼集》、《題鷩天集》等。

其三爲清「書帶草堂」本。中國國家圖書館、南京圖書館等地有藏。該版本書名頁題有「黄九烟先生選評」「重訂唐詩快」。半頁十行二十一字，左右雙欄，大黑口，黑、雙（逆）魚尾，其行格、字體等皆與南京圖書館藏吴佑申重訂本同，但其中部分卷下校訂者姓名與吴本有异，部分則與吴本一致。推測該本應爲書商用吴本版片挖改後改頭换面印刷而成。

本書整理以湖南圖書館藏清康熙刻本爲底本，該刻本爲初刻本，且正文保存完整，字迹清晰，參校南京圖書館藏吴佑中重訂本、日本國立公文書館所藏清康熙本，同時亦與其他唐人詩歌别集、總集等比勘校對，希冀能給讀者以更多參考。惜整理者學識淺陋，錯誤疏漏難免，還望讀者不吝賜教！

劉娟　二〇二四年季夏

凡例

一、本次點校，以湖南圖書館所藏清康熙刻十六卷本《唐詩快》爲底本，以南京圖書館藏清吴佑申重訂本爲通校本（簡稱「吴本」），同時參校日本國立公文書館藏本（簡稱「日藏本」）及多種唐詩總集、别集等，參校文獻第一次出現時説明版本。

二、本書的訛、脱、衍、倒等改正後，出校勘記；有價值的异文亦出校勘記以備其説；明顯的誤字如己、已、巳之類徑改不出校；底本漫漶、殘缺不全又無别本可資參校者，出校勘記説明。

三、除人名、地名及某些特殊用法保留异體字外，一般改爲規範繁體字。

四、因歷史原因，對少數民族的歧視用字，如「猺」等，一般徑改爲「瑶」，不出校。

五、底本各卷原有目録，今仍然保留。與正文不符之處，出校説明。爲便於讀者觀覽，整理本重新編製目録。

目録

唐詩快卷二　泣鬼集一

七言古

長短句

唐詩快卷三　泣鬼集二

五言律

五言排律

七言律

五言絶句

七言絶句

唐詩快卷四　移人集一

五言古

唐詩快卷五　移人集二

五言古

唐詩快卷六　移人集三

唐詩快卷七　移人集四

七言古

長短句

唐詩快卷八　移人集五

五言律

唐詩快卷九　移人集六

五言律

目録

唐詩快卷十　移人集七

五言律

唐詩快卷十一　移人集八

七言律

唐詩快卷十二　移人集九

七言律

唐詩快卷十三　移人集十

五言排律

七言排律

唐詩快卷十四　移人集十一

五言絶句

四言六言 附

唐詩快卷十五　移人集十二

七言絶句

唐詩快卷十六　移人集十三

七言絶句

唐詩快自序

鍾山黃周星撰

粤稽史皇制字，心之爲志，言之爲詩。志也者，心之所之，則詩也者，其言之所之乎？而《尚書》紀舜之命夔，又曰「詩言志」。則言之所之，其即志之所之乎？後世以爲未足，而復於之下增寸，則似有取於尺寸矣。尺寸者，法度所繇生，意謂詩必麗於才，才必麗於法也。僕嘗聞康節之言曰：「須信畫前元有易，自從删後更無詩。」畫前有《易》，是已。若夫詩也者，天、地、人三才之靈籟也，如云删後無詩，則必春秋以後，并天、地、人皆無之而後可。而自春秋至今，固未始一日無天、地、人，則春秋至今，未始一日無天、地、人之三籟也。自僕言之，不但删後有詩，即畫後早已有詩；又不但畫後有詩，即畫前先已有詩。曷言之？詩爲天、地、人之三籟，而未有詩，先有天、地、人，既有天、地、人，即有天、地、人之三籟。彼三籟，非詩也乎哉？且無論衆竅、比竹、吹萬不同，即下至樹聲泉響、鳥語蟲吟，無一非自然之籟，即無一非自然之詩也。詩自皇初以來，至李唐而大盛。非詩獨盛於唐也，蓋天下之人心，每視功名爲趨嚮，唐以詩取士，故舉一世聰明才辨之士，皆竭智殫精以赴之，雖欲不盛而不可得。而唐之一代，垂三百祀，不能有今日而無明日，不能有今年而無明年，則不能有一世而無二十世。於是乎武德不得不降而開元，開元不得不降而大曆，大曆不得不降而元和、長慶，元和、長慶不得不降而天祐、五季者，此理勢所必至也，而後人遂執此爲初、盛、中、晚之分。夫初、盛、中、晚者，以言乎世代之先後可耳，豈可以此定詩人之高下哉？且如天地間樹聲泉響、鳥語蟲吟，凡有耳者聞之，未有不欣然以喜，或悄然以悲者。朝聞亦然，暮聞亦然，一歲聞之至歲歲聞之亦然。彼泉樹蟲鳥之音，豈嘗有初、盛、中、晚哉？至於疾雷震霆，則掩耳而思避；鴞啼鵶噪，則抨弓而思彈。苟意所不許，固亦不問其爲初、盛、中、晚也。僕嘗極服袁石公之論曰：「文章之氣，一代薄一代；而文章之妙，一代盛一代。故古有不盡之情，今無不寫之景，其盛處正其薄處也，然安得因其薄而掩其妙哉？」故僕以爲，初、盛、中、晚之分，猶之乎春、夏、秋、冬之序也。四序之中，各有良辰美景，亦各有風雨炎凝，歡賞恒於斯，怨咨恒於斯，不得謂夏劣於春，冬劣於秋也。况冬後又復爲春，安得謂明春遂劣於今冬耶？總之，世俗小儒，騖外好高，胸中眼底，實未得其最下者，而哆口輒取法乎最上，以中晚爲未足，乃進而初盛，初盛猶未足，乃進而六朝，六朝又未足，乃進而秦漢。等而上之，其勢不進於盤古不止。而盤古以前，相傳如龍漢蜆高之屬，又豈無更高於盤古者？則何不直求之混沌之初，未有天地之始乎？此真可爲仰天捧腹，大笑絶倒者也。

僕今者《詩快》之選，則不惟其世而惟其人，不惟其人而惟其詩，又不惟其詩而惟其快。於中厘爲三集，曰《驚天》《泣鬼》《移人》。移人則人快，驚天則天快，泣鬼則鬼亦快。而且，人快，則移人者尤快；天快，則驚天者尤快；鬼快，則泣鬼者尤快。蓋一快則無不快也。其爲選，則虛公平直，毫不敢以成心偏見參之，不問穠澹淺深，惟一以性情爲斷。初則去其不快者，取其快者，既乃去其差快者，取其最快者，譬之披沙揀金，剖璞出玉，蓋幾經剥換而後成，於以微顯闡幽，哀窮悼屈，以此自快，亦云庶矣。雖然，人之欲快，誰不如我？務期凡讀斯集之人，喜者可以當歌，歡者可以當劇，思者可以當月，慍者可以當風，倦者可以當游，雄者可以當獵，愁者可以當酒，寂者可以當花，鬱者可以當香，病者可以當藥，怒者可以當劍，仇者可以當椎，夢者可以當鐘，寃者可以當鼓，嫠者可以當婿，曠者可以當姬，不第者可以當銀魚，避世者可以當金馬，求仙者可以當白鳳，齎志者可以當青蠅。使我一人讀之，歌哭叫跳不已，人人讀之，亦歌哭叫跳不已。而千古以上之詩，人相與歌哭叫跳於前，千古以下之詩，人相與歌哭叫跳於後，則我一人之心快，而天下萬世之人心俱快，是則僕之私志也。至於僕生不辰，窮愁拂鬱，倔强支離，雖幸竊早歲之科名，無救於中年之貧賤。生平著述等身，積稿滿屋，曾未得一遇彭宣、侯芭其人者，與之從容而坐論焉。兹年届古稀，始勉成此一書，遂不覺愀然作而嘆曰：「嗟乎，宇宙大矣！古今名賢從事於丹鉛之役者，蓋無慮數十輩矣。計前此所選之詩，不啻汗牛充棟，僕區區兹集，何足當倉稊澤壘！毋亦聊存此一種於天地間，以當樹聲泉響、鳥語蟲吟而已。」既而復囅然笑曰：「唯唯否否。試觀今日村塾中，經如《三字》，詩如《千家》之類，尚傳之千餘年不絶，而况乎大於此者？」

夫文章，不朽之盛事，自當與天地相終始。僕生也晚，兹集之成又晚，是區區者，誠不得與天地相始矣，將不得與天地相終乎哉！若夫時輩悠悠之口，少可多怪，君山昌黎言之詳矣，今固不必問也。

題驚天集

或問於九烟曰：「天可驚乎？」九烟曰：「可。」曰：「奚驚？」曰：「天以風雷驚人，人以文章驚天。風雷者，天之文章；文章者，人之風雷也。」昔太白登華山落雁峰曰：「此處呼吸想通帝座，恨不携謝朓驚人詩來，搔首問青天耳。」夫以驚人之詩問天，則髣髴乎驚天矣，但不知閶闔之中，亦「解道澄江浄如練」否？少陵之寄太白曰「筆落驚風雨」，風雨非天之風雨乎？然不曰「天」而曰「風雨」，猶之乎呼「蓋臣告僕夫」云爾，尚未敢訟言驚天也。至長吉之《咏李憑箜篌》，則直曰「石破天驚逗秋雨」矣。夫箜篌，一小技耳，尚可以破石驚天，而况大於箜篌者乎？嘗觀《周易》之「坤」曰「龍戰於野，其血玄黄」，《太玄》之「劇」曰「海水群飛，蔽於天杭」，此真驚天語也。詩中有類此者，自不得不亟取之。嗟乎！天蒼蒼而高也，屈原問之而不應，庶女叫之而不聞，騶衍談之而不知，晁道元箋之而不答。從來夢夢若此，吾亦何從驚之哉！然世無驚天之事，而詩實有可以驚天之理，豈沐日浴月之章，吐火施鞭之句，反出二十三絲下耶。集《驚天》第一。

題泣鬼集

九烟曰：「古今來，善泣者無如鬼。」昔皇頡制字，鬼爲夜哭，哭字耳，非哭詩也。然而有字即有詩矣。《檀弓》云：「有愛而哭之，有畏而哭之。」後世詩有佳有劣，不知此夜哭之鬼，果愛其佳而哭耶？抑畏其劣而哭耶？嘗觀《葩》《騷》所載，如《萇楚》《桑柔》之什，《山鬼》《禮魂》之歌，其爲可泣者多矣，而初不聞有鬼從而泣之者，豈其時鬼皆頑聾乎？惟賀季真初見太白《烏栖曲》，以爲可泣鬼神，而少陵即用其語相贈。《長吉集》中，一則曰「願携漢戟招書鬼」，再則曰「秋墳鬼唱鮑家詩」，後人遂以鬼才目之。夫鬼能泣詩，詩亦能泣鬼，鬼詩之與詩鬼，正未知是一是二。然詩有佳有劣，鬼亦應有佳有劣，其爲雄奇高妙之詩，則必有雄奇高妙之鬼賞之；其爲卑俗庸陋之詩，則亦必有卑俗庸陋之鬼賞之。但恐以劣詩而遇佳鬼，則鬼當泣；以佳詩而遇劣鬼，則詩又當泣。斯二者之泣，一則鬼之不幸，一則詩之不幸也。吾所取於泣鬼者，其必以佳詩而挑佳鬼，以佳鬼而拜佳詩乎。噫，鬼猶如此，人何以堪！集《泣鬼》第二。

題移人集

九烟曰：「天下之最難移者，其惟斯人乎！禮樂移之不得，政教移之不得，甚至兵刑移之亦不得，而獨有一物焉，可以俄頃談笑而移之。一物者何？即所云釋西伯而走司寇者是也。」故於《傳》有之曰：「尤物移人。」然此物安可多得？則思得近似者以充之。詩也者，文章中之尤物也。孔子詔小子學《詩》，而曰「興、觀、群、怨」，之四者，以言詩可，以言尤物亦可。取尤物而比詩，殆猶西子之與西湖歟！夫古今之爲尤物者多矣，粉白黛緑，燕瘦環肥，其爲物也不一，而皆足以傾城國而眩帝天，所謂美人不同面而皆悦於目也，惟詩亦然。如《邶風》「山榛」「隰苓」之思，《楚辭》「沅芷」「澧蘭」之賦，寧復知尤物之爲詩，詩之爲尤物乎！但詩雖與尤物同功，祇恐世有魯男子與登徒大夫，則真無可如何耳。如其不然，吾見其從風而靡矣。若夫伯牙學琴於成連，從之東海，成連去而不返，但見海水山林，群鳥悲號。伯牙嘆曰：「先生將移我情。」此則姑射飛瓊之流，又不當與凡俗同觀矣。然其爲移人，寧有二乎？集《移人》第三。

選詩略例[一]

一、余初志原欲盡選古今之詩，以作宇内大觀，奈其事繁重難舉，必取精多而用物宏，誰爲爲之，孰令聽之耶？是以先取有唐一代之詩，爲之選定，且詩莫盛於唐，正如牡丹爲花中之王，得此首植庭檻，其餘梅蘭蓮菊，固不妨次第位置耳。

一、昔人評選諸書，類皆游歷歲月，多或逾紀，少亦數年，而余以旅館刺促，勢難持久，乃自季春迄秋杪，忽忽竣役，誠可謂殫竭心力。齊己有句云「五七字中苦，百千年後清」，請爲稍更之曰「二十旬中苦，百千年後傳」。傳不傳雖未可知，然而苦則良苦矣。

一、少陵詩云：「文章千古事。」凡語及文章，未有不以千古爲期者，顧安有半年而爲千古之事者乎？是以奇觚急就，不免紕漏貽慚，然而體裁粗具，正如衛文之革車、孫叔之綿蕞，雖云日不暇給，規模或亦可觀。

一、唐詩從來分初、盛、中、晚，選者好尚不同，或有多寡之畸。余兹選以

「快」爲名，則無論世代先後，但一以快爲主，及選畢校勘，乃不覺憮然曰：「嘻！余豈私好中、晚哉？是何中、晚之多也？」然中、晚之人，本多於初、盛。人多，則詩多；詩多，則選安得不多？

一、中、晚之詩雖多於初、盛，然初、盛中如王、孟、高、岑、李、杜之類，實選之不勝選，但全首未必能大快人意，故往往棄置之。若應制應教諸作，此中安得有快詩乎？則寧庋之高閣，以待後之專選此體者可也。

一、齋頭書苦未備，而客中借書殊難，所賴同志數子各由所藏，相與有成。如語溪吴子孟舉（之振）、延陵吴子園次（綺）、錦川席子允叔（居中）、白門龔子半千（賢）、松陵潘子雙南（鏐）、燕山盧子魯一（琮）、新安吴子銘卣（承勛），皆能攟摭籤軸，以佐丹鉛，既有暴富之樂，而復無一瓻之酬，厥功不可泯也。

一、全唐諸家專集，似已搜羅略盡，所少者惟李公垂（紳）之《追昔游詩》、皮襲美（日休）之《文藪》、司空表聖（圖）之《一鳴集》，然三公之詩散見於諸刻者已多，或者可免遺憾。此外復有文傳而詩不傳者，如李翱、皇甫湜、馬异、樊宗師、劉蜕、孫樵諸公，皆雄奇魁杰，絶無僅有，而吟咏寥寥，乾坤缺陷，莫大於是，殊足令人悵恨。

一、余生平握齱無狀，然虚懷好善，芻蕘必詢，如兹選皆閉户經營，一手獨拍，絶無相助爲理者。偶得吴子園次所舉王司馬建之詩，則亟録之；閔子湘人所舉鄭都官谷之詩，又亟録之。而湘人富於記問，遠隔重城，每日見過，多所諏度，亦一快事云。

一、前人選詩者多矣，無論高下奇平，要亦各有所見，而後人輒任意彈駁，似非雅道，且自古文人相輕，往往互相非笑。我能訾人、人獨不能訾我乎？余惟守忠厚之訓，一字不敢妄彈。

一、余初作選詩古風時即有《夕陽詩》一篇，意欲搜輯古今夕陽詩爲一集，以供詩人憑吊。而今何暇及此？姑存其詩，附於古風之後識之。然此事亦殊易辨，但得一精細記室，從諸刻中翻檢録出，以待評騭，自可計日而成，請以俟之好事者。

每見近日選刻，臚列參閲姓字，多至伯什，心竊哂之，此非金蘭籍、香火簿，安用是稷稷者爲？余生平落落寡合，且此集實成自獨杼，不敢妄載一人，以涉厚薄之嫌，幸觀者諒之。

九烟氏識

【校】

［一］選詩略例：原無此篇，據吴本補。

選詩前後諸咏[一]

余嘗欲評選古今人詩，自《葩》《騷》而外厘爲三集：一曰《驚天》，一曰《泣鬼》，一曰《移人》，而總名曰《詩貫》。先以一詩識之。

天上有詩仙，地下有詩鬼。人間有詩人，三才正鼎峙。我思邃古來，到今千萬紀。聖賢與英雄，衮衮隨流水。與日月争光，如此人有幾。相傳三不朽，德功言者是。德功安往哉，獨其言在耳。其言維伊何，墳索及經史。浩汗稱百家，縱横到諸子。讀之如望洋，數之難屈指。多少慧業人，嶺嶺埋故紙。何物通性情，觸耳能興起。哀感頑艷均，惟有詩而已。詩者本天機，别趣非關理。風雅共離騷，千秋尊祖禰。一辭安能贊，捧誦咸唯唯。過此首先秦，逮至今日止。上下二千年，作者多於蟻。人言氣運殊，升降分隆庳。昔爲粲與醇，今爲醨與秕。唐以後無詩，雖有未足齒。吾意頗不然，貞元終復始。歲歲有嘉禾，時時有名卉。悦目即嫱施，適口即珍餌。諸家非一家，衆體非一體。選詞惟選佳，擷句惟擷美。追貌如追魂，擢膚如擢髓。但取快意觀，何必拘繩軌？俗調與油腔，相去幾千里。見此太憎生，芟夷同莠秕。與其收卑庸，毋寧過奇傀。驚天天欲傾，泣鬼鬼不死。移人將移情，琴海詎堪擬。尤物一嫣然，城國皆敝屣。所以列三科，甲乙微分壘。大意將毋同，一貫義取此。我本曠逸人，鍾情更無比。生有風騷癖，吟咏罕暇晷。每欲勒一書，藏山復懸市。無數古精靈，奔命環窗几。一一聽品題，權衡如校士。我自用我法，公正無偏倚。既非竟陵鍾，亦非濟南李。寧俟一人知，毋爲衆人喜。收得好門生，榮樂勝金紫。大雅庶可扶，狂瀾庶可砥。此志何時酬，悵惜飛光駛。鼎鼎六十秋，貧賤負冠履。孤持千古意，誰人喻斯旨？屈宋倘復生，或者稱知己。

既爲長歌復繫以一絶

千秋大雅孰扶輪，萬丈文光自有神。好把一編傳不朽，驚天泣鬼與移人。

此余癸丑冬所咏也。初欲名爲《詩貫》，復改爲《詩别》，後以泗濱戚子緩耳玾言，遂定名《詩快》云。

夕陽詩 附

余生平最愛夕陽，嘗欲裒輯古今人詩爲《夕陽集》，凡句中有夕陽字者，悉皆采録。若斜陽、殘陽、夕照、返照之類亦附焉，并以一詩識之。

我聞詩人言，夕陽無限意。夕陽自夕陽，何與詩人事？多少蚩蚩兒，昏曉同夢寐。獨有多情人，烟雲滿胸次。所見皆夕陽，夕陽况相值。初不與詩期，爾時詩自至。靈均指纁黄，淵明賦佳氣。夕陽本無言，詩人自憔悴。多情我亦然，見此欲下淚。吁嗟一夕陽，宇宙相終始。碧雲惹相思，明霞澹摇曳。芳草恨無休，紅樹紛如醉。種種與偕來，茫茫百端萃。羈客劇傷心，美人漫凝睇。第一最銷魂，無如雨後霽。黯黯近黄昏，明滅半蒼翠。悲吟織暮蟬，殘虹空點綴。銷魂復銷魂，尤在秋冬際。草木倏變衰，悄如天地閉。斷雁與寒鴉，點點皆愁思。終古此夕陽，閲盡人間世。河山送興亡，城郭今古异。松柏五陵烟，樓臺鎖薜荔。哀樂兩無端，歌哭都非是。所以鍾情人，咏嘆恒不置。長篇或短篇，風謡及頌偈。詩但説夕陽，便有深妙義。或一兩句佳，定帶夕陽字。首尾縱參差，往往不忍弃。問我何爲然，殊不可思議。毋乃痼癖成，韻事等魔祟。

詩爲夕陽窮，亦爲夕陽貴。夕陽爲詩傳，或亦爲詩累。詩耶夕陽耶，是一還是二？若與我爲三，共命同根蒂。我今盡搜羅，不獨充巾笥。愁以當醇醪，病以當藥餌。亦可驚天公，亦可泣幽魅。此集若告成，詩人應破涕。萬古復千秋，夕陽長不墜。

又一絶句

自古詩人愛夕陽，夕陽佳句滿縑緗。我今收拾懸霄壤，好與天爭日月光。

余自癸丑歲有選詩之咏，忽忽又數載矣！至己未之春，館於岑山程子齋中，因從事斯役，於是先成《唐詩快》十六卷，復笑咏四首識之。

一〔二〕

驚天泣鬼更移人，生面重開净掃塵。詩賦有時還復古，風騷此日似懷新。儻來富貴真無謂，不朽文章定有神。萬丈焰光千古事，眼前譽謗總休論。

二

天人鬼物豈相同，同屬情田性海中。草木禽魚情可化，日星河岳性皆通。盛衰理一非關理，正變風殊總是風。解得别才兼别趣，唐詩終古在虚空。

三

生來誦法素王編，寢食葩壇七十年。敦厚温柔皆似此，興觀群怨豈徒然。風流合讓唐人占，忠孝還從魯國傳。説到移人無不有，何須問鬼復呵天。

四

鬼泣天驚半信疑，移人人豈不堪移。代無初晚惟求快，格有高卑略過奇。十六卷中吾自苦，百千年後世應知。此書若問何時歇，直到乾坤混沌時。

黄周星九烟自題

【校】

〔一〕選詩前後諸咏：原無此八篇，據日藏本補。

〔二〕一：原無，整理者加。

讀九烟黄先生選評唐詩快敬賦古體十九韻[一]

茗溪閔南仲湘人

自有乾坤即有詩，特假唐人一暢之。唐時名選已林立，間氣英靈才調集。擘劃雲漢紛天葩，留得鴻編識大家。誰分初盛與中晚，仿佛文明接混沌。鯫生妄作軒輊觀，正如蜩鷃譏龍鸞。多少光芒埋故紙，千載詩魂應恨死。今朝幸得黄先生，朱霞白鶴鍾山英。先生文章妙天下，富貴功名如土苴。忽提手眼出層霄，冰壺玉鑒排瓊瑶。騷壇天地重開闢，百靈奔命轟金石。鼎分三集矗嶙峋，驚天泣鬼更移人。名曰詩快真奇快，破荒開瞽呼聾聵。分明公道拔沉寒，權倖一辭不得干。先生識高又才捷，半年了却千秋業。先生學富復心勞，研窮萬卷析秋毫。書成麟炳懸日月，名山國門皆嘆絶。無數詩人盡感恩，遠勝及第慰孤魂。先生自是蓬萊客，有日飛升還拔宅。後來詞賦焕中天，先生功德當萬年。

【校】

［一］讀九烟黄先生選評唐詩快敬賦古體十九韻：原無此篇，據日藏本補。吴本作「讀九烟黄先生選評唐詩快敬賦」。

題黄九烟唐詩快[一]

吁嗟天公苦痴聾，從教萬鬼揶揄哄。人情頑劣石匪石，堅不可轉將無同。九烟先生雲霄客，談落塵界非凡庸。天聾自有驚天法，鬼笑還有泣鬼功。世人雖堅不可轉，力能移之疾如風。借問先生何神術，衹在詩人一卷中。三才貫徹真快事，紛紛俗輩皆沙蟲。先生笑向詩人語，此法非予自作祖。昔人元有三種詩，不信但撿圖書府。盤古開天即有詩，可惜元聲人不知。聊取有唐一代句，爲子權衡進退之。我聞欲驚還欲泣，此情移向半天立。不謂我生三十年，今朝得睹詩快集。急將此集寄高天，驚殺雲中八百仙。再將此集頒地府，靈鬼啾啾淚如雨。更將此集示斯人，嗔者忽笑笑忽顰。三者具矣衆美備，亘古亘今誰比倫。□[二]生不見唐人面，唐人雖死心如見。藏之名山懸國門，家傳户誦人争炫。此集正似泰山雲，不待崇朝天下遍。

新安張潮山來

【校】

〔一〕題黄九烟唐詩快：原無此篇，據日藏本補。詩題爲整理者加。

〔二〕□：日藏本此處缺損。

唐詩快卷一目次　驚天集

唐詩快卷一目次終

唐詩快卷一　驚天集

鍾山[一]　黄周星九烟　選評
岑山程　洪丹問　校訂

【校】

[一] 鍾山：原作「鐘山」，疑誤。底本此處處正文第一頁，該頁字體與全書存在差异，疑爲原書缺損後補刻。日藏本作「鍾山」，該處爲手寫補殘。

四言

李白　字太白，蜀廣漢人。玄宗天寶初爲翰林供奉。盛唐。

善哉行

古樂府題，白取其首句爲來日大難。

來日一身，携糧負薪。道長食盡，苦口焦脣。今日醉飽，樂過千春。一醉飽便樂過千春乎？此語已足驚下士矣。仙人相存，誘我遠學。海淩三山，陸憩五岳。乘龍天飛，目瞻兩角。投[一]以仙藥，金丹滿握。蟪蛄蒙恩，深愧短促。思塡東海，强銜一木。道重天地，軒師廣成。蟬翼九五，以求長生。下士大笑，如蒼蠅聲。

忽而醉飽，忽而學仙，忽而感恩，忽而遺榮，總是傲睨疏狂，不可一世。彼方以爲龍文，吾以爲蟬翼；彼方以爲豹吠，吾以爲蠅聲。而自署則方以爲飛龍，又以爲蟪蛄，俱是咄咄怪事。

【校】

［一］投：吳本、日藏本作「授」。

五言古

李白 見前。

短歌行

白日何短短，百年苦易滿。蒼穹浩茫茫，萬劫太極長。麻姑垂兩鬢，一半已成霜。天公見玉女，大笑億千場。笑得無謂，豈終日投壺不休耶？吾欲攬六龍，回車挂扶桑。北斗酌美酒，勸龍各一觴。勸龍勝於勸客。富貴非所願，爲人駐頹光。

信手拈來，亦復陸離光怪。

七言古

杜甫

字子美，襄陽人。肅宗時拜左拾遺，官至工部員外郎。盛唐。

韋諷録事宅觀曹將軍畫馬圖引

國初以來畫鞍馬，神妙獨數江都王。如此起句，真如高岩墜石，筆力千鈞。將軍得名三十載，人間又見真乘黃。曾貌先帝照夜白，龍池十日飛霹靂。紙上便有霹靂響。內府殷紅瑪瑙盤，婕妤傳詔才人索。盤賜將軍拜舞歸，輕紈細綺相追飛。貴戚權門得筆迹，始覺屏障生光輝。昔日太宗拳毛騧，近時郭家獅子花。今之新圖有二馬，復令識者久嘆嗟。此皆騎戰一敵萬，縞素漠漠開風沙。紙上便有風沙飛。其餘七匹亦殊絶，迥若寒空動烟雪。霜蹄蹴踏長楸間，馬官廝養森成列。可憐九馬争神駿，顧視清高氣深穩。《驃騎歌》狀馬曰「清峻」，此復曰「清高」、曰「深穩」。如此品題，非神駿何敢當之？借問苦心愛者誰，後有韋諷前支遁。（借客對主，豪氣橫軼。）憶昔巡幸新豐宮，翠華拂天來向東。騰驤磊落三萬匹，皆與此圖筋骨同。自從獻寶朝河宗，無復射蛟江水中。君不見金粟堆前松柏裏，龍媒去盡鳥呼風。

如此長篇，具有獅子跛太行之力，少陵真詩中五丁手也。

丹青引贈曹將軍霸

將軍魏武之子孫，於今爲庶爲清門。（此又是一起法，筆力俱足千鈞。）英雄割據雖已矣，文采風流今尚存。學書初學衛夫人，但恨無過王右軍。丹青不知老將至，富貴於我如浮雲。（筆趣橫流。）開元之中常引見，承恩數上南薰殿。凌烟功臣少顏色，將軍下筆開生面。良相頭上進賢冠，猛將腰間大羽箭。褒公鄂公毛髮動，英姿颯爽來酣戰。（閃爍怕人。「子璋髑髏」之句可以辟瘧，何不用此句乎？）先帝天馬玉花驄，畫工如山貌不同。是日牽來赤墀下，迥立閶闔生長風。詔謂將軍拂絹素，意匠慘淡經營中。（使觀者亦復慘淡。）斯須九重真龍出，一洗萬古凡馬空。（忽然眼張心動。）玉花却在御榻上，榻上庭前屹相向。至尊含笑催賜金，圉人太僕皆惆悵。弟子韓幹早入室，亦能畫馬窮殊相。

幹惟畫肉不畫骨，忍使驊騮氣凋喪。驊騮喪氣乎？英雄喪氣乎？將軍畫善蓋有神，必逢佳士亦寫真。即今漂泊干戈際，屢貌尋常行路人。途窮反遭俗眼白，俗眼青且不可，何況於白？然不白不成其俗。世上未有如公貧。但看古來盛名下，終日坎壈纏其身。

韓愈　字退之，南陽人。貞元中進士，官至吏部侍郎。中唐。

陸渾山火和皇甫湜用其韻

湜原詩不傳。

皇甫補官古賁渾，起句便極奇古，以下俱用柏梁體，無語不奇、無字不古，橫絕一世，不可有二。時當玄冬澤乾源。山狂谷很相吐吞，風怒不休何軒軒。擺磨出火以自燔，有聲夜中驚莫原。天跳地踔顛乾坤，赫赫上照窮岩垠。截然高周燒四垣，神焦鬼爛無逃門。三光弛隳不復暾，虎熊麋猪逮猴猿。水龍鼉龜魚與鼋，鴉鴟雕鷹雉鵠鵾。燖炰煨爊孰飛奔，此俗諺所云「一鍋熟」也。祝融告休酌卑尊。錯陳齊玫辟華園，芙蓉披猖塞鮮繁。千鍾萬鼓咽耳喧，攢雜啾嚄沸篪塤。彤幢絳旃紫纛幡，炎官熱屬朱冠褌。髹其肉皮通脏臀，頳胸垤腹車掀轅。緹顏韎股豹兩鞬，霞車虹靷日轂轓。丹蕤縓蓋緋繙帑，紅帷赤幕羅脤膰。盂池波風肉陵屯，谽呀鉅壑頗黎盆。豆登五山瀛四樽，熙熙釂醻笑語言。雷公擘山海水翻，齒牙嚼嚙舌齶反。電光磯磹頳目暖，頊冥收威避玄根。斥弃輿馬背厥孫，縮身潛喘拳肩跟。君臣相憐加愛恩，命黑螭偵焚其元。此黑螭可謂池魚之殃矣。天闕悠悠不可援，夢通上帝血面論。側身欲進叱於閽，帝賜九河湔涕痕。又詔巫陽反其魂，徐命之前問何冤。火行於今古所存，我如禁之絶其飧。女丁婦壬傳世婚，一朝結仇奈後昆。時行當反慎藏蹲，視桃着花可小騫。月及申酉利復怨，助汝五龍從九鯤。溺厥邑囚之崑崙，皇甫作詩止睡昏。辭誇出真遂上焚，要余和增怪又煩，雖欲悔舌不可捫。

此一陸渾山火，不過尋常野燒之類耳。初非若項王之焚咸陽，周郎之鏖赤壁也，却説得天翻地覆，海立山飛，鬼哭神號，鳥驚獸散，直似開闢以來乾坤第一場變异，令觀者心猥魂悚，五色無主。總是胸中萬卷，筆底千軍，無端作怪，借此發泄一番，煞是今古奇觀。至於句法字法之妙，更不足言。從來補膽無藥，昌黎此詩即小儒一帖補膽藥也，但恐小儒不敢服耳。

詩有可解者，有不可解者，有不可不解者。如昌黎此詩，固非不可解者，而後學或疑其聱倔，聊采原注，以備考證。賁，音陸，或作陸。踔，音卓，猶越也。爊，奧平聲。燖炰煨爊，皆以火熟物之名。祝融爲火，正火行於冬，猶祝融告休而歸也。玫，音梅。齊玫謂火，齊玫瑰也。篪塤，音池喧，皆樂器。纛，音道，幢旃纛幡，皆旌旂之屬。髹，音休。器物經漆者曰髹。緹，音提。韎，音妹。韃，音肩。緹韎兩韃，皆戎服。靷，引車索也。轓，音番，車箱也。一染紅色謂之縓繙，風吹旗貌。帤音鴛，幡也。脤膰，音矧煩，祭肉也。衁，音荒，血也。陵屯，謂高處，言火勢如衁池之波，風如肉之陵屯也。谽音酣，谽呀洞谷之形。頗黎即玻璃。木曰豆，瓦曰登。豆登，五山者，以五岳爲豆登。瀛四樽者，以四海爲酒樽也。釂，音醮。飲盡曰釂，主人進客曰醻。腭，同齶，音萼，齒斷也，反平聲。䃸磹，音綫店，電光也。暖，音喧，大目也。項冥、顓頊、玄冥，皆水神也。水生木，木生火，水之於火猶祖之於孫也。偵伺也，問也。元者，首也。詩意謂火既用事，則項冥水神皆當潛縮，而君臣乃命黑螭問之於祝融，而火焚其首，故黑螭血面而訴於帝也。閽，帝閽也。丁，火也。壬，水也。火爲女，水爲男，丁女而爲婦於壬，故曰女丁婦壬，以見水火之相配合也。桃着花謂二月也。騫，虧少也。怨，平聲。水生於申，火死於酉。故申酉之月，水可以復火之怨。自「山狂谷很」至「沸篪塤」，言風火聲勢之盛。自「彤幢絳旃」至「頳目暖」，言祝融行火，車御飲食之盛。自「頊冥收威」至終，皆言水火相剋相濟之義。

李賀

字長吉。鄭王之後，爲協律郎。卒年二十七。中唐。

李憑箜篌引

吴絲蜀桐張高秋，空山凝雲頽不流。江娥啼竹素女愁，李憑中國彈箜篌。崑山玉碎鳳凰叫，芙蓉泣露香蘭笑。十二門前融冷光，二十三絲動紫皇。女媧煉石補天處，石破天驚逗秋雨。夢入神山教神嫗，老魚跳波瘦蛟舞。吴質不眠倚桂樹，露脚斜飛濕寒兔。

本咏箜篌耳，忽然説到女媧、神嫗驚天入月，變眩百怪、不可方物，真是鬼神於文。

夢天

命題奇創。詩中句句是天，亦句句是夢，正不知夢在天中耶，天在夢中耶？

老兔寒蟾泣天色，雲樓半開壁斜白。玉輪軋露濕團光，鸞珮相逢桂香陌。黄鹿[一]清水三山下，更變千年如走馬。遥望齊州九點烟，一泓海水杯中瀉。

是何等胸襟眼界，有如此手筆。《白玉樓記》不得不借重矣。

【校】

[一]鹿：《四部叢刊》景金刊本《李賀歌詩集》作「塵」。

浩歌

南風吹山作平地，此南風直如此利害。帝遣天吴移海水。王母桃花千遍紅，彭祖巫咸幾回死。青毛驄馬參差錢，嬌春楊柳含細烟。箏人勸我金屈卮，神血未凝身問誰。不須浪飲丁都護，世上英雄本無主。買絲綉作平原君，有酒惟澆趙州土。漏催水咽玉蟾蜍，衛娘髮薄不勝梳。傳稱衛子夫髮最濃美，顧安得薄？然山可平、海可移、彭巫可死，衛娘之髮何難薄乎？看見秋眉换新绿，二十男兒那刺促。

詩意祇在「世上英雄」「二十男兒」兩句耳。前後無非滄桑隙駒之感，此之謂浩歌。

秦王飲酒

秦王騎虎游八極，劍光照空天自碧。羲和敲日玻璃聲，日可敲乎，敲可有聲乎？劫灰飛盡古今平。龍頭瀉酒邀酒星，金槽琵琶夜棖棖。洞庭雨脚來吹笙，雨脚能吹笙乎？酒酣喝月使倒行。月可喝使倒行乎？銀雲櫛櫛瑶殿明，宮門掌事報一更。文長云：言天將明而報一更以勸酒也。最奇。花樓玉鳳聲嬌獰，二字合説，奇。海綃紅文香淺清，黄鵝跌舞千年觥。仙人燭樹蠟烟輕，清琴醉眼淚泓泓。

一篇中，日月雲雨供其顛倒、驅遣簸弄，直是無可奈何，祇得借《玉樓》一記，請歸天上，且圖大家安静。

盧仝

自號玉川子，洛陽人。中唐。

石請客 千古無此奇怪詩題。

啓母是諸母，三十六峰是諸父。知君家近父母家，小人安得不懷土。憐君與我金石交，君歸可得共載否。小人無以報君恩，使君池亭風月古。昔聞以直報怨，今乃以古報恩。

石不能言而客代之言，已奇矣。一再曰小人，小人豈即所云硜硜然小人者耶？

嘆昨日

上帝板板主何物，想亦主酒國而已，不然何以常醉而不醒耶？日車劫劫西向没。自古賢聖無奈何，道行不得皆白骨。白骨化土鬼入泉，生人莫負平生年。何時出得禁酒國，滿甕釀酒曝背眠。

唐時酒禁甚嚴，故詩人苦之，思得出禁爲樂。今日幸無酒禁，而詩人之苦如故，何也？

李商隱 字義山，河内人。開成中進士，爲吏部員外郎。晚唐。

韓碑

元和天子神武姿，彼何人哉軒與羲。誓將上雪列聖耻，坐法宮中朝四夷。淮西有賊五十載，封狼生貙貙生羆。（吴少誠、少陽、元濟，據淮西五十餘年。七字皆平聲。）不據山河據平地，長戈利矛日可麾。帝得聖相相曰度，（七字皆仄聲。）賊斫不死神扶持。（句法俱古倔絶倫。）腰懸相印作都統，陰風慘淡天王旗。愬武古通作牙爪，（李愬、韓公武、李道古、李文通四人俱從征討。）儀曹外郎載筆隨。行軍司馬智且勇，十四萬衆猶虎貔。入蔡縛賊獻太廟，（七仄。）功無與讓恩不訾。帝曰汝度功第一，汝從事愈宜爲辭。愈拜稽首蹈且舞，金石刻畫臣能爲。古者世稱大手筆，此事不繫於職司。當仁自古有不讓，言訖屢頷天子頤。公退齋戒坐小閤，濡染大筆何淋漓。點竄堯典舜典字，塗改清廟生民詩。文成破體書在紙，清晨再拜鋪丹墀。表曰臣愈昧死上，咏神聖功書之碑。碑高三丈字如斗，負以靈鼇蟠以螭。句奇語重喻者少，讒之天子言其私。長繩百尺拽碑倒，粗砂大石相磨治。（有此一倒一磨，乃至今不倒不磨。）公之斯文若元氣，先時已入人肝脾。湯盤孔鼎有述作，今無其器存其辭。嗚呼聖皇及聖相，相與烜赫流淳熙。公之斯文不示後，曷與三五相攀追。

願書萬本誦萬遍，口角流沫右手胝。傳之七十有二代，以爲封禪玉檢明堂基。

伯敬云：「一篇典謨雅頌大文字，出自纖麗手中，尤爲不測。」惟其能爲典謨雅頌，所以能爲纖麗也。彼不能典謨雅頌而爲纖麗者，皆屬閨閣脂粉耳。

長短句

李白 見前。

蜀道難

噫吁嚱，危乎高哉！蜀道之難，難於上青天！蠶叢及魚鳧，開國何茫然！爾來四萬八千歲，不與秦塞通人烟。西當太白有鳥道，可以横絶峨眉巔。地崩山摧壯士死，然後天梯石棧相鈎連。上有六龍回日之高標，下有冲波逆折之回川。黄鶴之飛尚不得過，猿猱欲度愁攀援。青泥何盤盤，百步九折縈巖巒。捫參歷井仰脅息，以手撫膺坐長嘆。問君西游何時還，畏途巉岩不可攀。但見悲鳥號古木，雄飛雌從繞林間。又聞子規啼夜月，愁空山。蜀道之難，難於上青天，使人聽此凋朱顔！連峰去天不盈尺，枯松倒挂倚絶壁。飛湍瀑流争喧豗，砯崖轉石萬壑雷。其險也若此，嗟爾遠道之人胡爲乎來哉！劍閣峥嶸而崔嵬，一夫當關，萬夫莫開。所守或匪親，化爲狼與豺。朝避猛虎，夕避長蛇；磨牙吮血，殺人如麻。錦城雖云樂，不如早還家。蜀道之難，難於上青天，側身西望長咨嗟！

按：《本事詩》云：太白初至京師，賀知章訪之，請所爲文，出此篇示之。讀未竟，稱嘆數四，號爲「謫仙」，解金龜换酒與盡醉，由是稱譽光赫。嗟乎！以如此雄肆之文，僅得賀監一人鑒賞，纔博得金龜一醉。文章知己，可易得哉！此詩論者紛紛，咸疑太白有爲而作，而遯叟以爲《蜀道難》自是古相和歌曲，梁陳間頗有擬作者。白蜀人言蜀事，且因險著戒，自是風人之義，不必固求其人其事以實之。可謂知言者矣。

任華

爵里無考。盛唐。

寄李白

古來文章有能奔逸氣，聳高格，清人心神，驚人魂魄。我聞當今有李白，（喝起甚奇。）大獵賦，鴻猷文；嗤長卿，笑子雲。班張所作瑣細不入耳，未知卿雲得在嗤笑限。（句法何等古拙。「限」字當讀作「痕」字，與「文」「雲」叶。）登廬山，觀瀑布，海風吹不斷，江月照還空，余愛此兩句；（「句」字與「布」叶。）登天台，望渤海，雲垂大鵬飛，山壓巨鼇背，斯言亦好在。（在字與海叶。）至於他作多不拘常律，振擺超騰，既俊且逸。或醉中掃紙，或興來走筆。手下忽然片雲飛，眼前劃見孤峰出。（其評太白如此。）而我有時白日忽欲睡，睡覺欻然起攘臂。任生知有君，君也知有任生未？中間聞道在長安，及余戾止，君已江東訪元丹。（元丹丘止稱元丹，亦奇。）邂逅不得見君面，每常把酒，向東望良久。（「久」字與「逅」「酒」叶。）見說往年在翰林，胸中矛戟何森森。新詩傳在宮人口，佳句不離明主心。身騎天馬多意氣，目送飛鴻對豪貴。（此句畫出太白。）承恩召入凡幾回，待詔歸來仍半醉。（又畫出。）權臣妒盛名，群臣[一]多吠聲。有敕放君却歸隱淪處，高歌大笑出關去。（又畫出。）且向東山爲外臣，諸侯交迓馳朱輪。白璧一雙買交者，黃金百鎰相知人。平生傲岸其志不可測；數十年爲客，未嘗一日低顏色。八咏樓中坦腹眠，五侯門下無心憶。繁花越臺上，細柳吴宫側。緑水青山知有君，白雲明月偏相識。（是太白。）養高兼養閑，可望不可攀。莊周萬物外，范蠡五湖間。又聞訪道滄海上，丁令王喬每往還。蓬萊徑是曾到來，方丈豈唯方一丈。（忽著此語，全不說太白，却正是說太白。）伊余每欲乘興遠相尋，江湖擁隔勞寸心。今朝忽遇東飛翼，寄此一章表胸臆。倘能報我以片言，但訪任華有人識。

考《太白集》中竟無答寄任華詩，此公於少陵尚稍有周旋，而太白則竟未謀面，并片言亦未得報，豈非恨事？

【校】

［一］臣：《文苑英華》作「犬」。

寄杜拾遺

（太白則呼名，少陵則呼官，若有分別，若無分別。總是狂放不羈，出於禮法之外。）

杜拾遺，（如此喝起，又奇。）名甫第二才甚奇。任生與君别來已多時，何嘗一日不相思。杜拾遺，知不知？昨日有人誦得數篇黄絹詞，吾怪异奇特借問，果然稱是杜二之所爲。勢攫虎豹，氣騰蛟螭，滄海無風似鼓蕩，華岳平地欲奔馳。其評少陵如此。曹劉俯仰慚大敵，沈謝逡巡稱小兒。昔在帝城中，盛名君一個。諸人見所作，無不心膽破。郎官叢裏作狂歌，丞相閤中常醉臥。此又畫出少陵矣。前年皇帝歸長安，承恩闊步青雲端。積翠扈游花匼匝，披香寓直月團欒。又畫出。英才特達承天眷，公卿無不相欽羨。祇緣汲黯好直言，遂使安仁却爲椽。如今避地錦城隅，幕下英寮每日相隨提玉壺。半醉起舞捋髭鬚，乍低乍昂傍若無。又畫出。古人制禮但爲防俗士，豈得爲君設之乎。用「之乎」字，亦嫩亦老。而我不飛不鳴亦何以，祇待朝廷有知己。已曾讀却無限書，拙詩一句兩句在人耳。如今看之總無益，又不能崎嶇傍朝市。且當事耕稼，豈得便徒爾。南陽葛亮爲友朋，東山謝安作鄰里。閑常把琴弄，悶即携樽起。鶯啼二月三月時，花發千山萬山裏。此時幽曠無人知，火急將書憑驛使，爲報杜拾遺。

不模不範，不倫不理，槎枒佶倔，奇絶怪絶，世間乃有此人！此公不知何許人，諸本皆不載其爵里，詩亦寥寥。此二篇之外，仍有《懷素草書歌》一首，亦復突兀離奇，但稍近淺，率不及此二篇也。李杜爲有唐一代詩人之冠，難得此公當日便一眼覷定，吐此鴻恣之章，至今遂與李杜并傳。如此識力，亦豈他人可及。古今來有張顛、米顛，當與此公而爲三。此公幸生盛唐之時，若在今日，定呼爲任風子矣。然外若粗豪，而中實細密，何嘗顛哉。

韓愈 見前。

月蝕詩效玉川子作

元和庚寅斗插子，月十四日三更中。森森萬木夜僵立，寒氣屓奰頑無風。（好老硬句法。）月形如白盤，完完上天東。忽然有物來啖之，不知是何蟲。如何至神物，遭此狼狽凶。星如撒沙出，攢集争强雄。油燈不照席，是夕吐焰如長虹。玉川子涕泗，下中庭獨行。念此日月者，爲天之眼睛。此猶不自保，吾道何由行。嘗聞古老言，疑是蝦蟆精。徑圓千里納汝腹，何處養汝百醜形。爬沙脚手鈍，誰使汝解緣青冥。黃帝有四目，帝舜重其明。今天祇兩目，何故許食使偏盲。堯呼大水浸十日，不惜萬國赤子魚頭生。（堯何嘗呼大水，水又安能浸日？伊耆不免稱冤。）汝於此時若食日，雖食八九無饞名。赤龍黑烏燒口熱，翎鬣倒側相搪撑。婪酣大肚遭一飽，饑腸徹死無由鳴。後時食月罪當死，天羅磕帀何處逃汝形。玉川子立於庭而言曰：地行賤臣仝，「地行賤臣」不如原詩「地上蟣虱臣」五字爲佳。再拜敢告上天公。臣有一寸刃，可刳凶蟆腸。無梯可上天，天階無由有臣踪。寄牋東南風，天門西北祈風通。叮嚀附耳莫漏泄，薄命正值飛廉慵。東方青色龍，牙角何䶩䶩。從官百餘座，嚼啜煩官家。月蝕汝不知，安用爲龍窟天河。赤烏司南方，尾禿翅觰沙。月蝕於汝頭，汝口開呀呀。蝦蟆掠汝兩吻過，忍學省事不以汝嘴啄蝦蟆。於菟蹲於西，旗旄衛毿㲚。既從白帝祠，又食於䄍禮有加。忍令月被惡物食，枉於汝口插齒牙。月蝕自月蝕耳，與周天星宿何與？却一一按名問罪，青龍、白虎諸君真是晦氣。烏龜怯奸，怕寒縮頸，以殼自遮。終令夸娥抉汝出，卜師燒錐鑽灼滿板如星羅。烏龜更晦氣。此外內外官，瑣細不足科。原詩尚有五星、三臺、牛女、蚩尤諸種，頗覺株連瑣細。昌黎一筆删除，良是。臣請悉掃除，慎勿許語令啾嘩。并光全耀歸我月，盲眼鏡淨無纖瑕。蟼蛙拘送主府官，帝箸下腹嘗其皤。忍非佳味。依前使兔操杵臼，玉階桂樹閑婆娑。姮娥還宮室，太陽有室家。如此竭智盡忠，不減庭氏救日之弓、救月之矢。天雖高，耳屬地。感臣赤心，使臣知意。雖無明言，潛喻厥旨。有氣有形，皆吾赤子。雖忿大傷，忍殺孩稚。還汝月明，安行於次。盡釋衆罪，以蛙磔死。

此非效玉川作，乃删玉川作也。玉川原詩計一千六百七十餘字，軋茁鈎軥，幾不可句。賴昌黎此一删，斫削磩礌，方中繩墨，其有功於玉川亦多矣。此因月蝕發憤而作，乃爲天壓驚耳，非敢驚天也。然天公必更驚，曰：怪哉！下土草野中乃有如此忠義士，作如許雄傀詩乎？屓奰，音戲避，壯大貌。千里，《白虎通》曰：「日月徑千里。」鰆，音楂，角上張也。䄍，一作蜡，音乍，年終祭名。《禮記》：「大蜡……迎虎。」

李賀 見前。

苦晝短

飛光飛光，勸爾一杯酒。吾不識青天高，黄地厚，唯見月寒日暖，來煎人壽。食熊則肥，食蛙則瘦。神君何在，太一安有。天東有若木，下置銜燭龍。吾將斬龍足，嚼龍肉。使之朝不得回，夜不得伏。自然老者不死、少者不哭。老者自死，與燭龍何干。何爲餌黄金，吞白玉。誰似任公子，雲中騎白驢。劉徹茂陵多滯骨，嬴政梓棺費鮑魚。

同一晝也，有神君、太一之晝，有劉徹、嬴政之晝，有長吉之晝，其苦樂不同，故其長短亦不同。然昔之長吉苦而短，今之長吉樂而長矣，飛光何嘗負此一杯耶？

五言律

王績

字無功，絳州人。高祖時舉孝廉，授正字，待詔門下省。初唐。

贈程處士

百年長擾擾，萬事悉悠悠。日光隨意落，河水任情流。禮樂囚姬旦，詩書縛孔丘。不如高枕上，時取醉消愁。

囚縛姬孔，大指本之蒙莊，亦曠達人恒談耳。此不足驚才士也，然已足驚小儒矣。

五言絶句

劉叉

爵里無考。以叉爲名，可知其作怪矣。中唐。

獨飲

盡欲調太羹，自古無好手。所以山中人，兀兀但飲酒。

此調羹好手，自古惟有一人。一人者誰？乃村學究所云「我敝友姓堯名舜，字禹湯，號文武者」是也。若舍此而外，未敢多許。

七言絶句

劉叉 見前。

偶書

日出扶桑一丈高，人間萬事細如毛。野夫怒見不平處，磨損胸中萬古刀。

張承吉云：「百年已死斷腸刀。」彼斷腸之百年，何如磨胸之萬古？《傳》稱叉少爲俠士，因酒殺人亡命，會赦出，後去齊魯，不知所終。則此胸中之刀，必非空磨者矣。

李群玉 字文山，澧州人。中間以處士除弘文館校書郎。晚唐。

贈魏三十七

名珪字玉淨無瑕，珪玉，想即魏君名字耶？如此造句，亦未曾有。美譽芳聲有數車。莫放焰光高二丈，來年燒殺杏園花。

二十八字中，光芒閃爍，稜角槎枒，咄咄令人驚怪。

郯峭

無考。

大言詩

綫大長江扇大天，芒鞋抛向海東邊。世間多少閑蟲豸，盡在郯生拄杖前。

此與宋玉大言不同，彼是文士大言，此是神仙大言，故有虛實之别。

唐詩快卷一终

唐詩快卷二目次　泣鬼集一

唐詩快卷二目次　終

唐詩快卷二　泣鬼集一

鍾山　黃周星九烟　選評
岑山　程　洪丹問　校訂

五言古

李白　見前。

望鸚鵡洲懷禰衡

魏帝營八極，蟻視一禰衡。（此反言也，其實正平蟻視一曹瞞耳。正言之不足，故反言之。）黃祖斗筲人，殺之受惡名。吴江賦鸚鵡，落筆超群英。鏘鏘振金玉，句句欲飛鳴。鷙鶚啄孤鳳，千春傷我情。五岳起方寸，隱然詎可平。（此胸中塊壘何如？此豈斗酒所能澆乎？）才高竟何施，寡識冒天刑。（才多識寡，本孫登評嵇康語，以悼正平，毋乃相似。）至今芳洲上，蘭蕙不忍生。蘭蕙亦千春傷情矣，何況于我？

杜甫 見前。

新婚别

兔絲附蓬麻，引蔓故不長。興起便悲。嫁女與征夫，不如弃路旁。一泣。結髮爲君妻，席不暖君床。二泣。暮婚晨告别，無乃太匆忙。君行雖不遠，守邊赴河陽。妾身未分明，何以拜姑嫜。三泣。父母養我時，日夜令我藏。四泣。生女有所歸，鷄狗亦得將。君今往死地，沉痛迫中腸。五泣。誓欲隨君往，形勢反蒼黄。勿爲新婚念，努力事戎行。婦人在軍中，兵氣恐不揚。自嗟貧家女，久致羅襦裳。羅襦不復施，對君洗紅妝。六泣。仰視百鳥飛，大小必雙翔。人事多錯迕，與君永相望。七泣。

少陵《新安》《石壕吏》與《新婚》《垂老》《無家别》五篇，皆可泣鬼，而此篇尤爲悲慘。劉須溪云：縷縷凡七轉，曲折詳至。不知一轉一悲，一悲一泣。

北征

皇帝二載秋，閏八月初吉。杜子將北征，蒼茫問家室。（筆法妙絶，古今未有。）維時遭艱虞，朝野少暇日。顧慚恩私被，詔許歸蓬蓽。拜辭詣闕下，怵惕久未出。雖乏諫諍姿，恐君有遺失。君誠中興主，經緯固密勿。東胡反未已，臣甫憤所切。揮涕戀行在，（此涕即前此受拾遺之涕也。）道途猶恍惚。乾坤含瘡痍，憂虞何時畢？靡靡逾阡陌，人烟眇蕭瑟。所遇多被傷，呻吟更流血。回首鳳翔縣，旌旗晚明滅。前登寒山重，屢得飲馬窟。邠郊入地底，涇水中蕩潏。猛虎立我前，蒼崖吼時裂。菊垂今秋花，石戴古車轍。青雲動高興，（忽著此軒豁語。）幽事亦可悦。山果多瑣細，羅生雜橡栗。或紅如丹砂，或黑如點漆。雨露之所濡，甘苦齊結實。（流離顛蹶中，安得如此閑心？想總是天真爛熳，觸景生情。）緬思桃源内，益嘆身世拙。坡陀望鄜時，谷岩互出没。我行已水濱，我僕猶木末。（絶好畫圖。）鴟鳥鳴黄桑，野鼠拱亂穴。夜深經戰場，寒月照白骨。（悲。）潼關百萬師，往者散何卒？遂令半秦民，殘害爲异物。况我墮胡塵，及歸盡華髮。經年至茅屋，妻子衣百結。慟哭松聲迴，悲泉共幽咽。平生所嬌兒，顏色白勝雪。見耶背面啼，垢膩脚不韈。床前兩小女，補綻纔過膝。海圖拆波濤，舊綉移曲折。天吳及紫鳳，顛倒在裋褐。又有此間點染，益見文字之妙。老夫情懷惡，嘔泄卧數日。那無囊中帛，救汝寒凛栗。粉黛亦解包，衾裯稍羅列。瘦妻面復光，痴女頭自櫛。學母無不爲，曉妝隨手抹。移時施朱鉛，狼藉畫眉闊。愁苦中令人失笑。生還對童稚，似欲忘飢渴。問事競挽鬚，誰能即嗔喝？情狀如見。翻思在賊愁，甘受雜亂聒。新歸且慰意，生理焉得說？至尊尚蒙塵，此所謂一飯不忘君也。幾日休練卒？仰看天色改，旁覺祆氛豁。陰風西北來，慘澹隨回紇。其王願助順，其俗善馳突。送兵五千人，驅馬一萬匹。此輩少爲貴，四方服勇決。所用皆鷹騰，破敵過箭疾。聖心頗虛佇，時議氣欲奪。伊洛指掌收，西京不足拔。官軍請深入，蓄鋭可俱發。此舉開青徐，旋瞻略恒碣。昊天積霜露，正氣有肅殺。禍轉亡胡歲，勢成擒胡月。胡命其能久？皇綱未宜絶。憶昨狼狽初，事與古先別。奸臣竟葅醢，同惡隨蕩析。不聞夏殷衰，中自誅褒妲。勁語。周漢獲再興，宣光果明哲。桓桓陳將軍，仗鉞奮忠烈。微爾人盡非，於今國猶活。淒涼大同殿，寂寞白獸闥。都人望翠華，佳氣向金闕。園陵固有神，掃灑數不闕。煌煌太宗業，樹立甚宏達！長篇纏綿悱惻，潦倒淋漓，忽而兒女喁喁，忽而老夫灌灌，似騷似史，似記似碑，誠如涪翁所言，足與《國風》《雅》《頌》相表裏。

彭衙行 彭衙故城在同州白水縣。

憶昔避賊初，北走經險艱。夜深彭衙道，月照白水山。盡室久徒步，逢人多厚顔。可傷。參差谷鳥吟，不見游子還。痴女飢咬我，啼畏虎狼聞。懷中掩其口，反側聲愈嗔。小兒强解事，故索苦李餐。一旬半雷雨，泥濘相攀牽。既無禦濕備，徑滑衣又寒。有時經契闊，竟日數里間。野果充糇糧，卑枝成屋椽。早行石上水，暮宿天邊烟。少留同家窪，欲出蘆子關。故人有孫宰，高義薄曾雲。延客已曛黑，張燈起重門。暖湯濯我足，翦紙招我魂。未死何云招魂，此一語真可泣鬼。從此出妻孥，相視涕闌干。衆雛爛熳睡，唤起沾盤飧。誓將與夫子，永結爲弟昆。遂空所坐堂，安居奉我歡。誰肯艱難際，豁達露心肝。别來歲月周，胡羯仍構患。何當有翅翎，飛去墮爾前。

贈蘇侍御渙并序

蘇大侍御渙，静者也。旅於江側，不交州府之客，人事都絶久矣。肩輿江浦，忽訪老夫舟楫。已而茶酒内，余請誦近詩，肯吟數首，才力素壯，詞句動人。接對明日，憶其涌思雷出，書篋几杖之外，殷殷留金石聲。賦八韻記异，亦記老夫傾倒於蘇至矣。

龐公不浪出，蘇氏今有之。再聞誦新作，突過黄初詩。乾坤幾反覆，楊馬宜同時。今晨清鏡中，勝食齋房芝。余髮喜却變，白間生黑絲。昨夜舟接天，湘娥簾外悲。百靈未敢散，風破寒江遲。四語奇絶、險絶。

此非泣鬼詩也，然誦「湘娥」「百靈」二語，其中定有鬼泣。

夢李白二首

死别已吞聲，生别常惻惻。江南瘴癘地，逐客無消息。故人入我夢，明我長相憶。恐非平生魂，路遠不可測。魂來楓林青，魂返關塞黑。本是幻境，却言之鑿鑿，奇絶。君今在羅網，何以有羽翼。落月滿屋梁，猶疑照顏色。水深波浪闊，無使蛟龍得。

又

浮雲終日行，行字妙。游子久不至。三夜頻夢君，情親見君意。告歸常局促，苦道來不易。情至苦語，人不能道。江河多風波，舟楫恐失墜。出門搔白首，若負平生志。冠蓋滿京華，斯人獨憔悴。孰云網恢恢，將老身反累。千秋萬歲名，寂寞身後事。竟説到身後矣，今人豈敢開此口？

此二詩乃夢李白也。是時白尚未死，然竟似吊李白矣。後來白果墜江波，果爲蛟龍得，又安知非詩讖？

常建

開元中進士，爲盱眙尉。盛唐。

昭君墓

漢宫豈不死，异域傷獨没。萬里馱黄金，蛾眉爲枯骨。回車夜出塞，立馬皆不發。共恨丹青人，墳上哭明月。

同一死也，若將漢宫與青冢較，正未知孰魚孰熊掌耳。

柳宗元

字子厚，河東人。貞元中進士，官禮部員外郎，貶柳州刺史。中唐。

韋道安

道安本儒士，頗擅弓劍名。二十游太行，暮聞號哭聲。疾驅前致問，有叟垂華纓。言我故刺史，失職還西京。偶爲群盜得，毫縷無餘贏。貨財足非吝，二女皆娉婷。蒼黄見驅逐，誰識死與生。便當此殞命，休復事晨征。一聞激高義，眦裂肝膽横。挂弓問所往，蹻捷超峥嶸。見盗寒澗陰，羅列方忿争。一矢斃酋帥，餘黨號且驚。麾令遞束縛，纆索相拄撑。彼姝久褫魄，刃下俟誅刑。危哉！可憐。却立不親授，諭以從父行。捃收自擔肩，轉道趨前程。夜發敲石火，山林如畫明。有景。父子更抱持，涕血紛交零。頓首願歸貨，納女稱舅甥。道安奮衣去，義重利固輕。此乃大聖賢、大菩薩也。安得僅以仁人義士目之。師婚古所病，合姓非用兵。竭來事儒術，十載所能逞。慷慨張徐州，朱邸揚前旌。投軀獲所願，前馬出王城。轅門立奇士，淮水秋風生。君侯既即世，麾下相欷傾。立孤抗王命，鐘鼓四野鳴。横潰非所壅，逆節非所嬰。舉頭自引刃，顧義誰顧形。（惜哉！）烈士不忘死，所死在忠貞。咄嗟狗權子，翕習猶趨榮。我歌非悼死，所悼時世情。

天下有如此奇人！所謂廉頗藺相如，千載下猶凜凜有生氣。此等詩真可廉頑立懦。

白居易

字樂天，太原人。貞元中進士，官至刑部尚書。中唐。

讀鄧魴詩

塵架多文集，偶取一卷披。未及看姓名，疑是陶潛詩。看名知是君，惻惻令我悲。詩人多蹇厄，近日誠有之。京兆杜子美，猶得一拾遺。襄陽孟浩然，亦聞鬢成絲。嗟君兩不如，三十在布衣。擢第禄不及，新婚妻未歸。少年無疾患，溘死於路岐。天不與爵壽，惟與好文詞。此理勿復道，巧曆不能推。

以鄧君之才，其詩文竟一字不傳，賴白公此詩，乃僅存其姓名。嗟乎，世之才如鄧君而不遇白公者，可勝道哉！

夜聞歌 宿鄂州。

夜泊鸚鵡洲，秋江月澄澈。鄰船有歌者，發調堪愁絶。歌罷繼以泣，泣聲通復咽。尋聲見其人，有婦顔如雪。獨倚帆檣立，娉婷十七八。夜淚如真珠，雙雙墮明月。借問誰家婦，歌泣何凄切？一問一沾襟，低眉終不説。

畢竟是説不出口，可憐可憐。

劉叉 見前。

自古無長生勸姚合酒

奉子一杯酒，爲子照顏色。但願腮上紅，莫管頦下白。自古無長生，生者何戚戚。登山勿厭高，四望都無極。丘壟逐日多，天地爲我窄。禰正平云：「行於尸冢之間，安得不哭？則滿目皆丘壟也，何必北邙蒿里。」祇見李耳書，對之空脉脉。何曾見天上，著得劉安宅。若問長生人，昭昭孔丘籍。

《仙傳》云：「略記飛升者三萬餘人，拔宅者八百餘家。」安得無長生乎？但如秦皇漢武，求之無益，故不如當前一杯酒耳。

作詩

作詩無知音，作不如不作。未逢賡載人，此道終寂寞。有虞今已没，來者誰爲托。朗咏豁心胸，筆與淚俱落。

此賡載人千古難逢，不如尋采山飲河之士，相與作《箕山之歌》。《傳》稱叉「步歸韓愈，作《冰柱》《雪車》二詩，出盧仝、孟郊右。樊宗師見之爲獨拜。」則宗師即叉之知音矣。然《冰柱》《雪車》二詩，實未盡叉之所長，樊君之拜，亦殊難得。

孟郊

字東野，武康人。五十登進士，爲溧陽尉。中唐。

弔盧殷

登封草木深，登封道路微。日月不與光，莓苔空生衣。可憐無子翁，蚍蜉緣病肌。攣卧歲時長，漣漣但幽噫。幽噫虎豹聞，虎豹即徒侶矣。此外相訪稀。至親惟有詩，抱心死有歸。天下無詩，以身殉詩。河南韓先生，後君作因依。磨一片嵌岩，書千古光輝。句法奇古之極。

邵謁

韶州人。釋褐赴官，不知所終。晚唐。

歲豐

皇天降豐年，本憂貧士食。貧士無良疇，安能得稼穡。工傭輸富家，日落長嘆息。爲供豪者糧，役盡匹夫力。天地莫施恩，施恩强者得。

此强者想天地亦無如之何，姑請冷眼觀之何如？

皮日休

字襲美，襄陽人。咸通中進士，太常博士。晚唐。

奉和讀陰符經見寄

二百八十言，出自伊祁氏。上以生神仙，次云立仁義。玄機一以發，五賊紛然起。結爲日月精，融作天地髓。不測似陰陽，難名若神鬼。得之升高天，失之沉厚地。具茨雲木老，大塊烟霞委。自顓頊以降，賊爲聖人軌。堯乃一庶人，得之賊帝摯。摯見其德尊，脱身授其位。舜爲一鰥民，冗冗作什器。得之賊帝堯，白丁作天子。禹本刑人後，以功繼其嗣。得之賊帝舜，用以平洚水。自禹及文武，天機嗒然弛。姬公樹其綱，賊之爲聖智。聲詩川競大，禮樂山争峙。爰從幽厲餘，宸極若孩稚。九伯真犬彘，諸侯實虎兕。五星合其耀，白日下闕里。由是生聖人，於焉當亂紀。黃帝之五賊，拾之若青紫。高揮春秋筆，不可刊一字。賊子虐甚斯，奸臣痛於箠。至今千餘年，蚩蚩受其賜。時代更復改，刑政崩且陊，予將賊其道，所動多訾毀。叔孫與臧倉，賢聖多如此。如何黃帝機，吾得多坎躓。縱失生前祿，亦多身後利。我欲賊其名，垂之千萬祀。

昔史皇制字，鬼爲夜哭，嘗疑制字爲萬古文章之祖。鬼何爲而夜哭？及閱此等詩，乃知鬼哭蓋爲此耳。按：《陰符》云：「天有五賊，見之者昌。五賊在心，施行於天。宇宙在乎手，萬化生乎身。」《注》曰：「五賊即五行也，以其相生相剋，故謂之賊。」其在人心，則爲仁義禮智信，又爲精神魂魄意。人能見五行從出之源，則宇宙在手，而萬化生身。其人爲誰？即黃帝、堯、舜、禹、湯、文、武、周、孔是也。襲美一則曰賊其道，再則曰賊其名，此道豈易行，此名豈易當者哉？

七言古

杜甫 見前。

乾元中寓居同谷縣作歌七首

有客有客字子美，白頭亂髮垂過耳。歲拾橡栗隨狙公，天寒日暮山谷裏。中原無書歸不得，手脚凍皴皮肉死。嗚呼一歌兮歌已哀，悲風爲我從天來。

又

長鑱長鑱白木柄，我生托子以爲命。才人至托鑱爲命。悲哉！須溪云：「一歌喚子美，二歌喚長鑱。豈不奇崛？」況列長鑱于弟妹之前，則此物竟同骨肉矣，尤令人悲。黃獨無苗山雪盛，短衣數挽不掩脛。此時與子空歸來，男呻女吟四壁静。嗚呼二歌兮歌始放，閭里爲我色惆悵。

又

有弟有弟在遠方，三人各瘦何人强。生别展轉不相見，胡塵暗天道路長。東飛駕鵝後鶖鶬，安得送我置汝傍。嗚呼三歌兮歌三發，汝歸何處收兄骨。

又

有妹有妹在鍾離，良人早殁諸孤痴。長淮浪高蛟龍怒，十年不見來何時。扁舟欲往箭滿眼，杳杳南國多旌旗。嗚呼四歌兮歌四奏，林猿爲我啼清晝。

又

四山多風溪水急，寒雨颯颯枯樹濕。黄蒿古城雲不開，白狐跳梁黄狐立。我生胡爲在窮谷，中夜起坐萬感集。嗚呼五歌兮歌正長，魂招不來歸故鄉。

又

南有龍兮在山湫，古木巃嵸枝相樛。木葉黃落龍正蟄，蝮蛇東來水上游。我行怪此安敢出，拔劍欲斬且復休。嗚呼六歌兮歌思遲，溪壑爲我回春姿。

又

男兒生不成名身已老，三年饑走荒山道。長安卿相多少年，富貴應須致身早。山中儒生舊相識，但話宿昔傷懷抱。嗚呼七歌兮悄終曲，仰視皇天白日速。

七歌體創自少陵，後乃轉相摹仿，然無如此之悲切。内《長鑱》一章，尤出意想之外。

李賀 見前。

秋來

桐風驚心壯士苦，衰燈絡緯啼寒素。誰看青簡一編書，不遣花蟲粉空蠹。思牽今夜腸應直，雨冷香魂吊書客。秋墳鬼唱鮑家詩，恨血千年土中碧。

唱詩之鬼豈即書客之魂耶？鮑家詩何其聽之歷歷不爽。

金銅仙人辭漢歌并序

魏明帝青龍元年八月，詔宮官牽車西取漢孝武捧露盤仙人，欲立置前殿。宮官既拆盤，仙人臨載，乃潸然淚下。此淚何來？想亦思漢之故耶？唐諸王孫李長吉遂作《金銅仙人辭漢歌》。

茂陵劉郎秋風客，（徽號甚妙，使漢武聞之，亦當啞然失笑。）夜聞馬嘶曉無迹。畫欄桂樹懸秋香，三十六宮土花碧。魏官牽車指千里，東關酸風射眸子。空將漢月出宮門，憶君清淚如鉛水。衰蘭送客咸陽道，天若有情天亦老。（老天有情亦當潸然淚下，何但仙人？）攜盤獨出月荒涼，渭城已遠波聲小。

長短句

陳子昂

字伯玉，梓州人。舉進士，武后時官右拾遺。初唐。

登幽州臺歌

前不見古人，後不見來者。念天地之悠悠，獨愴然而涕下。

胸中自有萬古，眼底更無一人。古今詩人多矣，從未有道及此者。此二十二字，真可泣鬼。

白居易

見前。

上陽白髮人

愍怨曠也。天寶五載以後，楊貴妃專寵後宮，人無復進幸矣。六宮有美色者，輒置别所，上陽是其一也，貞元中尚存焉。

上陽人，紅顏暗老白髮新。緑衣監使守宮門，一閉上陽多少春。玄宗末歲初選入，入時十六今六十。祗此一語，可以泣鬼矣。同時采擇百餘人，零落年深殘此身。泣鬼語。憶昔吞悲别親族，扶入車中不教哭。皆云入内便承恩，臉似芙蓉胸似玉。未容君王得見面，已被楊妃遥側目。殊可切齒，馬嵬之死不足悲也。妒令潛配上陽宮，一生遂向空房宿。泣鬼語。秋夜長，夜長無寐天不明。耿耿殘燈照背影，蕭蕭暗雨打窗聲。春日遲，日遲獨坐天難暮。宮鶯百囀愁厭聞，梁燕雙棲老休妒。鶯歸燕去長悄然，春往秋來不記年。惟向深宮望明月，東西四五百回圓。泣鬼語。今日宮中年最老，大家遥賜尚書號。要他何用。小頭鞋履窄衣裳，青黛點眉眉細長。外人不見見應笑，天寶末年時世妝。泣鬼語。此一語更慘。上陽人，苦最多。少亦苦，老亦苦，少苦老苦兩如何！君不見昔時吕尚美人賦，天寶末有密采艷色者，當時號花鳥使，吕尚獻《美人賦》以諷之。又不見今日上陽白髮歌！

我亦不知其爲歌行耶？樂府耶？但讀之涕零如雨。若讀此而不墮淚者，其人必石心木腸。凡世間美人每遭無限魔難，文人哭不勝哭，無已，祗得以妄塞悲，曰此必前生爲大惡人，故今生受此果報耳。今觀此《上陽白髮人》，想必是妒婦轉世。

新豐折臂翁 戒邊功也。

新豐老翁八十八，頭鬢眉鬚皆似雪。玄孫扶向店前行，左臂憑肩右臂折。問翁臂折來幾年，兼問致折何因緣。翁云貫屬新豐縣，生逢聖代無征戰。慣聽梨園歌管聲，不識旗槍與弓箭。無何天寶大徵兵，户有三丁點一丁。點得驅將何處去，五月萬里雲南行。聞道雲南有瀘水，椒花落時瘴烟起。大軍徒涉水如湯，未過十人二三死。村南村北哭聲哀，兒別爺娘夫別妻。皆云前後征蠻者，千萬人行無一回。是時翁年二十四，兵部牒中有名字。夜深不敢使人知，偷將大石鎚折臂。泣鬼語。張弓簸旗俱不堪，從兹始免征雲南。骨碎筋傷非不苦，且圖揀退歸鄉土。此臂折來六十年，一肢雖廢一身全。至今風雨陰寒夜，直到天明痛不眠。痛不眠，終不悔，且喜老身今獨在。不然當時瀘水頭，身死魂飛骨不收。應作雲南望鄉鬼，萬人冢上哭呦呦。老人言，君聽取。君不聞開元宰相宋開府，不賞邊功防黷武。又不聞天寶宰相楊國忠，欲求恩幸立邊功。邊功未立生人怨，請問新豐折臂翁。

嗚呼，爲民父母者，奈何使天下有折臂翁乎！

顧況

字逋翁，姑蘇人。至德中進士，爲著作郎。中唐。

囝一章

囝，哀閩也。囝音蹇，閩俗呼子爲囝，父爲郎罷。

囝生閩方，閩吏得之，乃絶其陽。爲臧爲獲，致金滿屋。爲髡爲鉗，如視草木。天道無知，我罹其毒。神道無知，彼受其福。郎罷別囝，吾悔生汝。及汝既生，人勸不舉。不從人言，果獲是苦。囝別郎罷，心摧血下。隔地絶天，及至黄泉，不得在郎罷前。

此豈治平生之世所宜有乎？今日閩中固不聞有是事也，何唐時風化殊絶乃爾？

唐詩快卷二終

唐詩快卷三目次　泣鬼集二

五言律

五言排律

七言律

五言絶句

七言絶句

唐詩快卷三目次終

唐詩快卷三　泣鬼集二

鍾山　黃周星九烟　選評
岑山　程　洪丹問　校訂

五言律

閻朝隱

字友倩，趙州人。官至秘書少監。初唐。

奉和送金城公主適西蕃應制

甥舅重親地，君臣厚義鄉。說得如此冠冕，愈覺可悲。還將貴公主，嫁與傉檀王。鹵簿山川闊，琵琶道路長。回瞻父母國，日出在東方。

日出東方，與郭代公「一見漢家塵」語意相類。彼惟望塵，此惟瞻日，同一傷心。

張説

字道濟，洛陽人。玄宗時爲中書令，封燕國公。初唐。

南中别蔣五岑向青州

老親依北海，賤子弃南荒。有淚皆成血，無聲不斷腸。此中逢故友，彼地送還鄉。願作楓林葉，隨君度洛陽。

對此茫茫，百端交集，四十字可抵文通一賦。

杜甫

見前。

喜達行在所二首

西憶岐陽信，無人遂却回。眼穿當落日，此句應「西」字。心死著寒灰。此句應「無人」字。霧樹行相引，蓮峰望或開。所親驚老瘦，辛苦賊中來。真辛苦。

又

愁思胡笳夕，淒凉漢苑春。生還今日事，間道暫時人。五字令人迸淚。司隸章初睹，南陽氣已新。喜心翻倒極，嗚咽淚沾巾。此豈隨人憂樂語。

不見

自注「近無李白消息」。

不見李生久，佯狂真可哀。世人皆欲殺，吾意獨憐才。非少陵誰能爲此言。敏捷詩千首，飄零酒一杯。匡山讀書處，頭白好歸來。

天末懷李白

凉風起天末，君子意如何。鴻雁幾時到，江湖秋水多。文章憎命達，魑魅喜人過。遯叟云：「『文章憎命達』，猶道家所謂三尸惡人生也。」須溪云：「魑魅猶能知此人之來以爲喜，則朝廷之士不如魑魅多矣。」二評俱確。應共冤魂語，投詩贈汨羅。伯敬云：「贈字説得精神，與古人相關，若用吊字則淺矣。」此評亦確。

得舍弟消息

汝懦歸無計，吾衰往未期。浪傳烏鵲喜，深負鶺鴒詩。生理何顏面，憂端且歲時。兩京三十口，雖在命如絲。

才人窮困如此，黔羸豈復可問。

第五弟豐獨在江左近三四載寂無消息覓使寄此二首

亂後嗟吾在，羈栖見汝難。草黄騏驥病，沙晚鶺鴒寒。楚設關城險，吳吞水府寬。十年朝夕淚，衣袖不曾乾。

又

聞汝依山寺，杭州定越州。風塵淹別日，江漢失清秋。影著啼猿樹，魂飄結蜃樓。明年下春水，東盡白雲求。形影凄然。

不歸

禄山亂時，公之從弟有死於河間者，至此已經三年，有感而作此詩。

河間尚征伐，汝骨在空城。從弟人皆有，終身恨不平。數金憐俊邁，總角愛聰明。面上三年土，春風草又生。痛絶。

皇甫曾

字孝常，潤州人。天寶中進士，歷官侍御史，貶舒州司馬。中唐。

傷陸處士

從此無期見，柴門對雪開。二毛逢世難，萬恨掩泉臺。返照空堂夕，孤城吊客回。漢家偏訪道，猶畏鶴書來。

荒寒慘澹，字字可傷。説到漢家鶴書，尤有言外之痛。

于鵠 隱居漢陽，大曆間薦歷諸府從事。中唐。

送遷客

得罪誰人送，來時不到家。白頭無侍子，多病向天涯。莽蒼淩江水，黄昏見塞花。如今賈誼賦，不漫説長沙。

此遷客必遠赴邊徼者，讀之如有猿啼鬼嘯。

李廓

李程之子，元和中進士，官至觀察使。中唐。

落第

榜前潛制淚，衆裏自嫌身。氣味如中酒，情懷似別人。暖風張樂席，晴日看花塵。盡是添愁處，深居乞過春。

描繪落第苦况，無如此詩。首二語尤極悲痛。

劉禹錫

字夢得，中山人。貞元中進士，官至禮部尚書。中唐。

蜀先主廟

漢末謡：「黄牛白腹，五銖當復。」

天地英雄氣，五字有千鈞之力。千秋尚凛然。勢分三足鼎，業復五銖錢。得相能開國，生兒不象賢。凄凉蜀故妓，來舞魏宫前。

先主有知，亦當淚下。

白居易 見前。

哭皇甫七郎中 湜。

志業過玄晏，詞華似禰衡。多才非福禄，薄命是聰明。嗚呼，祇此二語盡之矣！不得人間壽，還留身後名。涉江文一首，便可敵公卿。

元稹 字微之，河南人。元和初封策第一，爲尚書右丞，終武昌節度使。中唐。

哭呂衡州二首

望有經綸釣，虔收宰相刀。江文駕風遠，雲貌接天高。國待球琳器，家藏虎豹韜。盡將千載寶，埋入五原蒿。讀此二語，安得不哭。

又

雕鶚生難敵，沉檀死更香。壯而辣。兒童喧巷市，羸老哭碑堂。雁起沙汀暗，雲連海氣黄。祝融峰上月，幾照北人喪。

劉叉 見前。

自問

自問彭城子，何人授汝顛。此乃天授，非人力也。酒腸寬似海，詩膽大於天。從來云色膽大於天，詩乃與色共膽乎？斷劍徒勞匣，枯琴無復弦。相逢不多合，賴是向林泉。

沈亞之

字下賢，吴興人。登進士，官侍御史。中唐。

夢中作

泣葬一枝紅，生同死不同。金鈿墜芳草，香綉滿春風。舊日聞蕭處，高樓當月中。梨花寒食夜，深閉翠微宫。

此下賢夢中送弄玉公主葬咸陽挽歌也。下賢自識云：「弄玉既仙矣，惡又死乎？」夫弄玉既同蕭史而仙矣，何又再適沈郎而死乎？不解！不解！

朱慶餘

名可久，以字行，越州人。寶曆中進士，校書郎。中唐。

過孟浩然舊居

命合終山水，五字傷神。才非不稱時。冢邊空有樹，身後獨無兒。散盡詩篇本，長存道德碑。

平生誰見重，應衹是王維。明皇有愧色矣。

李咸用 隴西人。推官。晚唐。

送從兄坤載

忍淚不敢下，恐兄情更傷。别離當亂世，骨肉在他鄉。語盡意不盡，路長愁更長。那堪回首處，殘照滿衣裳。到此恐淚亦不能終忍矣。

杜荀鶴 字彦之，池州人。大中間進士，爲主客員外郎。晚唐。

經青山吊李翰林

何爲先生死，先生道日新。青山明月夜，千古一詩人。可作太白墓上一聯。天地空銷骨，聲名不傍身。誰移耒陽冢，來此作吟鄰。竟欲將李杜合葬，奇想奇談，無人道及。

曹松

字夢徵，衡陽人。天復初及第，授校書郎。晚唐。

哭陳陶處士

園裹先生冢，烏啼春更傷。空餘八封樹，尚對一茅堂。白日埋杜甫，皇天無耒陽。如何稽古力，報答甚茫茫。分明哭陳陶，却竟似哭杜甫矣。造語特老硬异常。

林寬

閩人。舉進士，爲諫官。晚唐。

寓興

西母一杯酒，空言浩劫春。英雄歸厚土，日月照閑人。衰草珠璣冢，冷灰龍鳳身。茂陵驪岫晚，過者暗傷神。

神仙帝王英雄美人，皆在其中，如此寓興，豈是尋常。

哭栖白供奉

侍輦才難得，三朝有上人。琢詩方到骨，至死不離貧。風帳孤螢入，霜階積葉頻。夕陽門半掩，過此亦無因。

上人作供奉，奇矣。三朝侍輦而不離貧，此豈紫衣僧之流乎。

五言排律

喬知之 馮翊人。武后時除右補闕，遷左司郎中。初唐。

哭故人

生死久離居，凄凉歷舊廬。嘆兹三徑斷，不踐十年餘。古木巢禽合，荒庭愛客疏。匣留彈罷劍，床積讀殘書。玉没終無像，蘭言强問虚。平生不得意，泉路復何如。

傷心之言，不忍多讀。

七言律

劉長卿

字文房，河間人。開元中進士，爲御史，終隨州刺史。中唐。

感懷

秋風落葉正堪悲，黄菊殘花欲待誰。水近偏逢寒氣早，山深常見日光遲。愁中卜命看周易，夢裏招魂讀楚辭。

讀《楚辭》，悲矣。讀《楚辭》而招魂，則尤悲。招魂而在夢裏，則尤悲之悲。上句是兩層意，此是三層意。

自笑不如湘浦雁，飛來即是

北歸時。

劉禹錫 見前。

和楊師皋給事傷小姬英英

見學胡琴見藝成，今朝追賞幾傷情。撚弦花下呈新曲，放撥燈前謝改名。瑣事說來便妙。但是好花皆易落，從來尤物不長生。奈何奈何，真是無法可治。鸞臺夜直衣衾冷，雲雨無因入禁城。

王建 字仲初，潁州人。大曆中進士，官至陝州司馬。中唐。

自傷

衰門海内幾多人，滿眼公卿總不親。四授官資元七品，再經婚娶尚單身。圖書亦爲頻移盡，兄弟還因數散貧。獨自在家常似客，黄昏哭向野田春。

仲初嘗舉進士，官侍御史，爲司馬。而其言孤苦，乃爾詩能窮人，果不謬耶。

張祜

字承吉，清河人。後知南海間罷職。中唐。

病宮人

佳人卧病動經秋，簾幕襤縿不挂鈎。四體强扶藤夾膝，雙鬟慵插玉搔頭。花顔有幸君王問，藥餌無徵待詔愁。惆悵近來消瘦盡，淚珠時傍枕函流。

多情才子讀此亦墮淚否？

感王將軍柘枝妓殁

寂寞春風舊柘枝，舞人休唱曲休吹。鴛鴦鈿帶抛何處，孔雀羅衫付阿誰。此二語樂天所謂「款頭詩」也，然能令人傷神迸淚，正惟恐其不款頭耳。畫鼓不聞招節拍，錦靴空想挫腰肢。今來座上偏惆悵，曾見堂前教徹時。

姚合

陝州人，姚崇之曾孫。元和中進士，爲武功尉，終秘書少監、杭州刺史。中唐。

楊給事師臯哭亡愛姬英英繼和

真珠爲土玉爲塵，未識遥聞鼻亦辛。天上還應收至寶，世間難得是佳人。朱絲自斷虚銀燭，紅粉潜消冷綉茵。見説忘情惟有酒，夕陽對酒更傷神。

與劉賓客作可稱并美，亦復同悲。

李商隱

見前。

王十二兄與畏之員外相訪見招小飲時予以悼亡日近不去因寄

謝傅門庭舊末行，今朝歌管屬檀郎。更無人處簾垂地，欲拂塵時簟竟床。銷魂語。嵇氏幼男猶可憫，左家嬌女豈能忘。秋霖腹疾俱難遣，萬里西風夜正長。

如此悼亡，足勝安仁三詩。

曹唐

字堯賓，桂州人。初爲道士，太和中舉進士，累爲諸府從事。晚唐。

哭陷邊許兵馬使

北風裂地黯邊霜，戰敗桑乾日色黄。故國暗回殘士卒，新墳空葬舊衣裳。散牽細馬嘶青草，任去佳人吊白楊。除却陰符與兵法，更無一物在儀床。

細馬曰「散牽」，則非復櫪中之馬。佳人曰「任去」，則非復閨中之人矣。合讀全首，不言悲而悲可知。

病馬呈鄭校書二首

騄駬何年别渥洼，病來顔色半泥沙。此語豈是說馬。四蹄不鑿金砧裂，雙眼慵開玉箸斜。豈是說馬。墮月兔毫乾鷇觫，失雲龍骨瘦楂枒。豈是說馬。平原好牧無人放，嘶向秋風苜蓿花。

又

空被秋風吹病毛，無因濯浪刷洪濤。卧來總怪龍蹄跙，瘦盡誰驚虎口高。追電有心猶款段，逢人相骨强嘶號。欲將鬃鬣重裁剪，乞借新城利鉸刀。

此首則全乎說馬矣。讀至「逢人相骨」句，又不止爲馬痛哭。堯賓《病馬》詩共五首，如第三之「何人識是古龍孫，風吹病骨無驕氣」，第五之「病久無人着意看，五華衫色欲凋殘」，皆不似說馬者。無限傷心，惜不能盡載。

韋莊 字端己，京兆人。乾寧中進士，授校書郎，後爲蜀相。晚唐。

傷灼灼

灼灼姓石，蜀之麗人也。近聞貧且老，殂於成都酒市中，因以四韻吊之。

嘗聞灼灼麗於花，雲髻盤時未破瓜。桃臉慢長橫綠水，玉肌香膩透紅紗。多情不住神仙界，薄命曾嫌富貴家。流落錦江無處問，斷魂飛作碧天霞。

「薄命曾嫌富貴家」七字真可泣鬼矣，因此一句，并「多情」一句亦可泣鬼，又因此二句，遂覺前後六句皆可泣鬼。

五言絶句

駱賓王 義烏人。武后時除臨海丞，後隨徐敬業起兵，徐敗，亡命，不知所之。初唐。

於易水送人

此地別燕丹，壯士髮衝冠。昔時人已没，今日水猶寒。荆卿不死。

丁季子 咸亨中進士。初唐。

咏漢高祖

百戰方夷項，三章且代秦。功歸蕭相國，氣盡戚夫人。

虞姬之辭楚王曰：「大王意氣盡。」此咏漢帝之於戚夫人，亦曰「氣盡」，可見英雄皆生死於美人。世無美人則英雄之氣不揚，世無美人則英雄之氣亦不盡。

張説

見前。

傷妓人董氏

粉蕊粘妝籠，金花竭翠條。夜臺無戲伴，魂影向誰嬌？

生則有形有色，死則惟魂影耳，安得不傷？

郭元振

名振，魏州人。舉進士，武后時同中書門下，封代公。

王昭君二首

厭踐冰霜域，嗟爲邊塞人。思從漠南獵，一見漢家塵。

又

聞有南河信，傳言殺畫師。始知君念重，更肯惜蛾眉。

此二絶使多情才子讀之，定然淚下如雨。

崔國輔

吴郡人。官禮部員外郎。盛唐。

王昭君

漢使南還盡，胡中妾獨存。形影相吊而已。紫臺綿望絶，秋草不堪論。

真是哭不得、笑不得。「秋草不堪論」大有鬼氣。

李白

見前。

哭宣城善釀紀叟

紀叟黄泉裏，還應釀老春。以老春名酒亦妙。夜臺無李白，沽酒與何人。

長安市有酒仙，夜臺豈無酒鬼？然酒仙即詩仙，酒鬼非詩鬼也。则老春誰許擅沽，此叟竟打斷主顧矣。

劉叉 見前。

姚秀才愛予小劍因贈

一條古時水，向我手心流。臨行瀉贈君，勿報細碎仇。

此手心一條水，即所謂「胸中萬古刀」也。未知此秀才能用否？

陸龜蒙 字魯望，吴中人。晚唐。

離騷

天問復招魂，無因徹帝閽。豈知千麗句，不敵一譏言。

賈生之吊屈，揚子之反騷，總不及此二語。

王氏 華州人。中唐。

贈李章武

昔辭懷後會，今别便終天。新悲與舊恨，千古閉重泉。

此多情女鬼詩也，當日泣而吟、吟而復泣，使千古情鬼聞之，亦當同聲一慟。

七言絶句

宋之問 字延清，汾州人。上元中進士，武后時爲内供奉、考功員外。初唐。

傷曹娘

前溪妙舞今應盡，子夜新歌遂不傳。無復綺羅嬌白日，直將珠玉閉黄泉。

傷心在「今應」「遂不」「無復」「直將」八字，末句尤悲。

常建 見前。

塞下曲

因嫁單于怨在邊，蛾眉萬古葬胡天。漢家此去三千里，青冢常無草木烟。

意亦猶人，但悲在「萬古」二字。

嶺猿

裊裊凄凄清且切，鷓鴣飛處又斜陽。相思嶺上相思淚，不到三聲合斷腸。若遇相思人，更當何如。

王偃 無考。盛唐。

明君詞

北望單于日半斜，明君馬上泣胡沙。一雙淚滴黄河水，應得東流入漢家。

與郭代公「思從漢南獵，一見漢家塵」同一悲慘，而寄淚更苦於望塵。

竇鞏

字友封，扶風人。元和中進士，爲秘書少監、節度使。中唐。

宫人斜

離宫路繞北原斜，生死恩深不到家。雲雨今歸何處去，黄鸝飛上野棠花。

生死恩深，不知爲君恩乎？親恩乎？忽接「不到家」三字，便覺有啾啾鬼哭。

劉禹錫

見前。

燕爾館破屏風所畫至精人多嘆賞題之

畫時應遇空亡日，賣處難逢識別人。唯有多情往來客，强將衫袖拂埃塵。

此不過嘆屏風耳，而讀者胸中，遂不知有幾許英雄失路、美人塵土之感。所謂物猶如此，人何以堪？豈不信然。

虎丘寺見元相公題名

湹水送君君不還，見君題字虎丘山。因知早貴兼才子，不得多時在世間。

世間貴者不必才，才者不必貴，二者每若相避，固矣。乃貴者必不才，才者必不貴，二者竟若相仇，何哉？讀夢得此詩，可爲俯首痛哭，亦可爲仰天大笑。

韩愈

見前。

游西林寺題蕭二兄郎中舊堂

中郎有女能傳業，伯道無兒可保家。遇到匡山曾住處，幾行衰淚落烟霞。能不哭否？

張籍 字文昌，蘇州人。貞元中及第，官至國子司業。中唐。

哭孟寂

曲江院裏題名處，十九人中最少年。今日春光君不見，杏花零落寺門前。亦不得不哭。

白居易 見前。

感化寺見元九劉三十二題名處

微之謫去千餘里，太白無來十一年。今日見名如見面，塵埃壁上破窗前。

信手寫來，便自慘絕。

元相公挽詞

墓門已閉笳簫去，唯有夫人哭不休。蒼蒼露草咸陽壟，此是千秋第一秋。口頭語耳，人却說不出。

哭從弟

傷心一尉便終身，叔母年高新婦貧。一片緑衫消不得，腰金拖紫是何人。

此猶得一尉終身也，世間尚有一領青衿消不得者，更當何如？

和劉郎中傷鄂姬

姬鄂人也。

不獨君嗟我亦嗟，西風北雪殺南花。句亦詫异。不知月夜魂歸處，鸚鵡洲頭第幾家。

元稹

見前。

哭小女降真

雨點輕漚風復驚，偶來何事去何情。浮生未到無生地，暫到人間又一生。蜉蝣蟪蛄，如是如是。

哭女樊

秋天净緑月分明，何事巴猿不剩鳴。應是一聲腸斷去，不容啼到第三聲。

真是無淚可揮。

哭子二首

爾母溺情連夜哭，我身因事有時悲。鐘聲欲絶東方動，便是尋常上學時。

此豈止如山季倫所云「孩抱中物」乎？

又

節量梨栗愁生疾，教示詩書望早成。鞭朴較多憐較少，又緣遺恨哭三聲。

悔恨沉痛，寫出愈覺難堪。

李賀

見前。

南園

尋章摘句老雕蟲，曉月當簾挂玉弓。不見年年遼海上，文章何處哭秋風。

嘗見長吉所評《楚辭》云：時居南園，讀《天問》數過，忽得「文章何處哭秋風」之句。則此一句中，有全卷《天問》在。

張祜

見前。

孟才人嘆

偶因歌態咏嬌顰，傳唱宮中十二春。却爲一聲河滿子，下泉須吊舊才人。

才人因一聲何滿子，立殞以殉武宗，自是千古奇事，讀此詩亦當爲之腸斷。

退宫人

開元皇帝掌中憐，流落人間二十年。長説承天門上宴，百官樓下拾金錢。

每誦此詩，不知涕之何從。然傷心豈獨爲宫人哉？

要娘歌

宜春花夜雪千枝，妃子偷行上密隨。便唤要娘歌一曲，六宫生老是蛾眉。生老更悲於老死。

李商隱 見前。

渾河中 渾，瑊也。

九廟無塵八駿回，奉天城壘長春苔。咸陽原上英雄骨，半向君家養馬來。

若果繫八駿，尚值得英雄一養，衹恐多是駑駘耳。

雍陶　字國鈞，成都人。太和中進士，簡州刺史。晚唐。

哀蜀人爲南詔所俘　蠻界不許有悲泣之聲。

雲南路出洱河西，毒草長青瘴霧低。漸近蠻城誰敢哭，一時收淚羡猿啼。

自古有羡啼者乎？哭者羡不啼者，不敢哭者乃反羡啼者。哀哉哀哉。

劉得仁　雲陽公主之子。出入舉場三十年，卒無成。晚唐。

省試日上崔侍郎

方寸終朝似火燃，爲求白日上青天。自嗟辜負平生眼，不識春光二十年。人生有幾二十年乎？言之可痛。

陳陶

字嵩伯[一]，番陽人。武宣間自稱三教布衣。晚唐。

【校】

［一］字嵩伯：原無「字」字，據本書體例補。

隴西行

誓掃匈奴不顧身，五千貂錦喪胡塵。可憐無定河邊骨，猶是春閨夢裏人。

不曰「梦裏魂」而曰「梦裏人」，殊令想者難想，讀者難讀。

陸龜蒙

見前。

和女墳湖

即吴王葬小女紫玉之所。

水平波淡繞迴塘，鶴殉人沉萬古傷。應是離魂雙不得，至今沙上少鴛鴦。

紫玉以不得嫁韓重，結氣而死。其死後見形作歌曰：「鳳凰失雄，三年感傷。雖有衆鳥，不爲匹雙。」此離魂所以雙不得也。然韓重未嘗不可雙，何不效韓朋之化鴛鴦耶？

邵謁

見前。

巫語

青山山下少年郎，失意當時别故鄉。惆悵不堪回首望，隔溪遥見舊書堂。

此邵君死後降村巫所作也。「失意」「别故鄉」未足悲，悲在「少年郎」三字。

羅隱

字昭諫，餘杭人。光啓中錢鏐辟爲從事，後授給事中。晚唐。

焚書坑

千載遺踪一窖塵，路傍耕者亦傷神。祖龍算事渾乖角，將謂詩書活得人。

詩書不但不能活人，而且往往誤人至死，此特借呂政發之，真千古傷心之言。

偶題

鍾陵醉別十餘春，重見雲英掌上身。我未成名君未嫁，可能俱是不如人。

未成未嫁，足傷心矣。又接「可能」一句，不覺令人迸淚。

曹松

見前。

己亥歲

澤國江山入戰圖，生民何計樂樵蘇。憑君莫話封侯事，一將功成萬骨枯。此即無定河邊之骨也，一旦不忍，何況於萬？然則此侯竟當封爲萬骨侯可矣。

韓偓 字致堯，京兆人。龍紀元年進士，爲翰林學士，進兵部侍郎。後入閩依王審知。晚唐。

夕陽

花前灑淚臨寒食，醉裏回頭問夕陽。不管相思人老盡，朝朝容易下西墻。

余每見夕陽，即欲銷魂痛哭，殊不能自解，豈亦相思老盡之故耶？

偶題

俟時輕進固相妨，實行丹心仗彼蒼。蕭艾轉肥蘭蕙瘦，可能天亦妒馨香。天之妒馨香久矣，着「可能」二字，如作商確之語，不知彼蒼何以應之。

哭花

曾愁香結破顔遲，今見妖紅委地時。若是有情争不哭，夜來風雨葬西施。不知有王郎相送否？

韋莊

見前。

旅次甬西見兒童以竹槍紙旗戲爲陣列主人叟曰斯子也三世没於陣思所襲祖父仇余因感之

已聞三世没軍營，又見兒孫學戰争。聽爾此言堪慟哭，遣予何日望時平。真堪慟哭。

朱褒

無考。

悼楊氏妓琴弦

魂歸寥廓魄歸烟，衹住人間十八年。昨日施僧裙帶上，斷腸猶繫琵琶弦。此乃實述所見，非虛作悲悼語也，可謂痛絶。琵，入聲。

温憲

庭筠之子。光啓中山南從事。晚唐。

題崇慶寺壁

十口溝隍待一身，李頻有句云，「全家待此身」，慘矣。此更加「溝隍」二字，慘極、慘極。半年千里絶音塵。鬢毛如雪心如死，猶作長安下第人。

亦無樂乎，其爲人矣。

裴羽仙

夫征不歸

良人平昔逐蕃渾，力戰輕生出塞門。從此不歸成萬古，空留賤妾怨黃昏。

《楚辭》中《國殤》《禮魂》，雄矣、悲矣，無如此第三句之竦激哀動。

唐詩快卷三終

唐詩快卷四目次　移人集一

五言古

唐詩快卷四目次終

唐詩快卷四移人集一

鍾山　黄周星九烟　選評
岑山　程洪丹問　校訂

五言古

陳子昂 見前。以下初唐。

感遇詩

林居病時久，水木澹孤清。雋句。閑卧觀物化，悠悠念群生。青春始萌達，朱火已滿盈。徂落方自此，感嘆何時平。

答洛陽主人

平生白雲志，早愛赤松游。事親恨未立，從宦此中州。主人亦何問，旅客非悠悠。方謁明天子，清晏奉良籌。再取連城璧，三陟平津侯。不然拂衣去，歸從海上鷗。寧隨當代子，傾側且沉浮。

叙述生平亦復浩浩落落。

宋之問 見前。

見南山夕陽召監師不至

夕陽黯晴暮，山翠互明滅。此中意無限，要與開士説。徒鬱仲舉思，詎迴道林轍。孤興欲待誰，待此湖上月。

以夕陽起、以月結，而開士居中作過文，總在可解不可解之間，正當以不解解之。

吴少微

新安人。舉進士，中興初官吏部侍郎、監察御史。

哭富嘉謨并序

維三月癸丑，河南富嘉謨卒。予時寢疾於洛陽北里，聞之投枕而起，淚沾乎袵席。匍匐於寢門之外，病不能哭，仰天而呼曰：天乎天乎！俾予曷所朋，曷有律，曷可得而見？抑斯文也，以存乎哀。太常少卿徐、鄜州刺史尹公、中書徐元二舍人、兵部張郎中，未嘗值我不嘆於朝。夫情悼之賦詩以寵亡也。其詞曰：

吾友適不死，於戲社稷臣。直祿非造利，長懷大庇人。乃通承明籍，遘此敦牂春。藥礪其可畏，皇穹故匪仁。疇昔與夫子，孰云异天倫。同病一相失，茫茫不重陳。子之文章在，其殆尼父新。鼓興斡河岳，貞詞毒鬼神。可悲不可朽，車輤没荒榛。聖主賢爲寶，吁兹大國貧。

詩之尖新者能感人，古拙者亦能感人。尖新之感人在聲色之中，古拙之感人在聲色之外，故是古拙爲難耳。

邢象玉

無考。

古意

家中酒新熟，園裏葉初榮。佇杯欲取醉，悒然思友生。忽聞有奇客，何姓復何名。此客真奇。嗜酒陶彭澤，能琴阮步兵。何須問寒暑，徑共坐山亭。舉袂袪啼鳥，袪得奇。揚巾掃落英。掃得奇。心神無俗累，歌咏有新聲。新聲是何曲，滄浪之水清。

俱是奇情景。客奇主奇，人奇事奇，曲奇詩奇，無所不奇。

張九齡

字子壽，曲江人。擢進士，玄宗時中書侍郎同平章事。

感遇

蘭葉春葳蕤，桂華秋皎潔。欣欣似生意，自爾爲佳節。誰知林栖者，聞風坐相悦。草木有本心，何求美人折。

美人尚不求折，何况俗子。然草木雖有此心，詩人亦安從知之耶？

王維

字摩詰，太原人。開元中進士，尚書右丞。以下盛唐。

扶南曲歌詞

朝日照綺窗，佳人坐臨鏡。散黛恨猶輕，插釵嫌未正。同心勿遽游，幸待春妝竟。

想見嬌憨之態。

藍田山石門精舍

落日山水好，漾舟信歸風。探奇不覺遠，因以緣源窮。遥愛雲木秀，初疑路不同。安知清流轉，偶與前山通。捨舟理輕策，果然愜所適。老僧四五人，逍遥蔭松柏。朝梵林未曙，夜禪山更寂。道心及牧童，伯敬云：「『及』字深妙難言。」不但難言，亦且難想。世事問樵客。暝宿長林下，焚香卧瑶席。澗芳襲人衣，山月映石壁。再尋畏迷誤，明發更登歷。笑謝桃源人，花紅復來覿。

一幅石門精舍圖，讀至「道心」二語，則又别有天地，非人間矣。

青溪

言入黄花川，每逐青溪水。隨山將萬轉，趨途無百里。聲喧亂石中，色静深松裏。漾漾泛菱荇，澄澄映葭葦。我心素已閑，清川澹如此。請留盤石上，垂釣將已矣。

右丞詩大抵無烟火氣，故當於筆墨外求之。

崔濮陽兄季重前山興

秋色有佳興，况君池上閑。悠悠西林下，自識門前山。千里横黛色，數峰出雲間。嵯峨對秦國，合沓藏荆關。殘雨斜日照，夕嵐飛鳥還。故人今尚爾，嘆息此頹顔。

何其澹遠。

送別

下馬飲君酒，問君何所之？君言不得意，歸卧南山陲。但去莫復問，白雲無盡時。白雲無盡，得意亦無盡矣，除却白雲，亦何足問。

成文學

寶劍千金裝，登君白玉堂。身爲平原客，家有邯鄲娼。使氣公卿座，論心游俠場。中年不得志，謝病客游梁。

其人可想。

偶然作二首

楚國有狂夫，茫然無心想。散髮不冠帶，行歌南陌上。孔丘與之言，仁義莫能奬。未嘗肯問天，何事須擊壤。復笑采薇人，胡爲乃長往。

既薄孔孟，復笑夷齊，又不肯爲屈原，此狂夫煞是作怪。

又

田舍有老翁，垂白衡門裏。有時農事閑，斗酒呼鄰里。喧聒茅檐下，或坐或復起。短褐不爲薄，園葵固足美。動則長子孫，不曾向城市。想見桃花源中。五帝與三王，古來稱君子。駭語自妙。干戈將揖讓，畢竟何者是。得意苟爲樂，野田安足鄙。且當放懷去，行行没餘齒。

西施咏

艷色天下重，西施寧久微。朝爲越溪女，暮作吴宫妃。二語不獨爲美人吐氣，亦可令才士揚眉。賤日豈殊衆，貴來方悟稀。邀人傅脂粉，不自着羅衣。君寵益嬌態，君憐無是非。既有君憐無是非，便有君憎無是非矣。語有意外之痛。當時浣紗伴，莫得同車歸。持謝鄰家子，效顰安可希。與太白「寄語無鹽子」同一意，而「持謝」更趣於「寄語」。

李陵咏

漢家李將軍，三代將門子。結髮有奇策，少年成壯士。長驅塞上兒，深入單于壘。旌旗列相向，簫鼓悲何已。日暮沙漠陲，戰聲烟塵裏。將令驕虜滅，豈獨名王侍。既失大軍援，遂嬰穹廬耻。少小蒙漢恩，何堪坐思此。深衷欲有報，投軀未能死。引領望子卿，非君誰相理。

君臣朋友之間，同一慟哭。子長尚不能相理，子卿安能相理乎？寫出無可奈何，足令鬼神飲泣。

儲光羲

兗州人，一云潤州人。開元中進士，爲監察御史。

題太玄觀

門外車馬喧，門裏宮殿清。行即翳若木，坐即吹玉笙。所喧既非我，真道其冥冥。所喧非我，不可説、不可説，須静參之。

池邊鶴

舞鶴傍池邊，水清毛羽鮮。立如依岸雪，飛似向池泉。立如雪，尋常語耳。飛似泉，却無人能道。江海雖言曠，無如君子前。鶴爲仙人之騏驥，自當志在江海。而今乃反言之，則知君子更曠於江海矣。

同王十三維偶然作二首

野老本貧賤，冒雨鋤瓜田。一畦未及終，樹下高枕眠。荷蓧者誰子，皤皤來息肩。不復問鄉墟，相見但依然。腹中無一物，高話羲皇年。妙甚。落日臨層隅，逍遥望晴川。使婦提蠶筐，呼兒榜漁船。悠悠泛緑水，去摘浦中蓮。蓮花艷且美，使我不能還。

何處來此荷蓧子，鼓腹而話羲皇？正宜與之飲酒，爲何白白放去，豈如第一首所云「無錢可沽酒」者耶？當面錯過，可惜可惜。

又

草木花葉生，相與命爲春。當非草木意，信是故時人。静念惻群物，何由知至真。狂歌問夫子，夫子莫能陳。此狂歌之問，亦須讓荷蓧者來問之，然夫子非腹中無一物者，安能與之高話羲皇？鳳凰飛且鳴，容裔下天津。清净無言語，兹焉庶可親。

田家雜興二首

衆人耻貧賤，相與尚膏腴。我情既浩蕩，所樂在畋漁。畋漁乃真浩蕩也，非浩蕩安能樂畋漁。山澤時晦暝，歸家暫閑居。滿園植葵藿，繞屋樹桑榆。禽雀知我閑，禽雀何由知我閑？妙理可想。翔集依我廬。所願在優游，州縣莫相呼。日與南山老，兀然傾一壺。真快活。

又

種桑百餘樹，種黍三十畝。衣食既有餘，時時念親友。夏來菰米飯，秋至菊花酒。孺人喜逢迎，稚子解趨走。日暮閑園裏，團團蔭榆柳。酩酊乘夜歸，涼風吹户牖。清淺望河漢，低昂看北斗。數甕猶未開，明朝能飲否。

觀此二詩，則公理《樂志論》可以不作矣。儲公有此清福，進士何必中、御史何必做耶？

崔興宗 與王維俱居終南，後爲右補闕。

同王右丞送瑗公南歸

行苦神亦秀，泠然溪上松。可想風霜高潔之致。銅瓶與竹杖，來自祝融峰。常願入靈岳，藏經訪遺蹤。南歸見長老，且爲説心胸。

丘爲 嘉興人。天寶初進士，官太子右庶子。

尋西山隱者不遇

絶頂一茅茨，直下三十里。不曰「直上」，而曰「直下」，正是書法。扣關無僮僕，窺室惟案几。若非巾柴車，應是釣秋水。差池不相見，黽俯空仰止。草色新雨中，松聲晚窗裏。及兹契幽絶，自足蕩心耳。雖無賓主意，頗得清净理。興盡方下山，何必待之子。

雖不見隱者而如見隱者矣。

王昌齡 字少伯，江寧人。開元中進士，補秘書郎，後貶龍標尉，以世亂還鄉，爲刺史閭丘曉所殺。

聽彈風入松闋贈楊補闕

商風入我弦，夜竹深有露。弦悲與林寂，清景不可度。寥落幽居心，颼飀青松樹。松風吹草白，溪水寒日暮。聲意去復還，九變待一顧。空山多雨雪，獨立君始悟。

悟琴耶？悟道耶？惟獨立山雪者知之。

秋興

日暮西北堂，涼風洗修木。著書在南窗，門館常肅肅。苔草延古意，視聽轉幽獨。或問余所營，刈黍就寒谷。

著書與刈黍，豈一事耶？合説自趣。

趙十四兄見訪

客來舒長簟，開閣延清風。但有無弦琴，共君盡樽中。晚來常讀易，頃者欲還嵩。似尺牘中妙語。世事何須道，黄精且養蒙。嵇康殊寡識，張翰獨知終。忽憶鱸魚膾，扁舟往江東。

失題

奸雄乃得志，遂使群心摇。赤風蕩中原，烈火無遺巢。一人計不用，萬里空蕭條。

此毋乃指張曲江、安禄山事耶？然古今如此遺恨多矣，何必觀其題而始知之。

高適

字達夫，滄州人。舉有道科，授封丘尉。廣德中以散騎常侍封渤海侯，卒謚曰忠。

宓公琴臺

邦伯感遺事，慨然建琴堂。乃知静者心，千載猶相望。入室想其人，出門何茫茫。惟見白雲合，東臨鄒魯鄉。

此白雲即静者之知心也。

宋中二首

登高臨舊國，懷古對窮秋。難爲懷，亦難爲對。落日鴻雁度，寒城砧杵愁。昔賢不復有，行矣莫淹留。

又

出門望終古，終古如何望，解人請參之。獨立悲且歌。憶昔魯仲尼，凄凄此經過。衆人不可向，伐樹將如何。

按：高公年五十始爲詩，而其詩高妙如此，然則人亦何必小時了了乎。

常建

見前。

宿王昌齡隱居

清溪深不測，隱處唯孤雲。松際露微月，清光猶爲君。茅亭宿花影，藥院滋苔紋。余亦謝時去，西山鸞鶴群。

好隱居。

江上琴興

江上調玉琴，一弦清一心。泠泠七弦遍，萬木澄幽陰。能使江月白，又令江水深。水月皆爲琴驅使，妙理難知。始知枯桐枝，可以徽黃金。句法亦妙。

岑參

南陽人。天寶中進士，爲侍御史，終嘉州刺史。

因假歸白閣西草堂

雷聲傍太白，雨在八九峰。假歸草堂，乃忽著此二語領起，真是突兀不測。東望白閣雲，半入紫閣松。勝概紛滿目，衡門趣彌濃。幸有數畝田，得延二仲踪。早聞達士語，偶與心相通。誤徇一微官，還山愧塵容。釣竿不復把，野碓無人舂。惆悵飛鳥盡，南溪聞夜鐘。

秋夕聽羅山人彈三峽流泉

嶓嶓岷山老，抱琴鬢蒼然。衫袖拂玉徽，爲彈三峽泉。此曲彈未半，高堂如空山。將移我情矣。石林何颼飀，忽在窗户間。繞指弄嗚咽，青絲激潺湲。演漾怨楚雲，虚徐韻秋烟。疑兼陽臺雨，似雜巫山猿。幽引鬼神聽，浄令耳目便。楚客腸欲斷，湘妃淚斑斑。誰裁青桐枝，緪以朱絲弦。能含古人曲，遞與今人傳。知音難再逢，惜君方老年。曲終月已落，惆悵東齋眠。

一唱三嘆，尚有餘音裊裊。

李頎

東川人。開元中進士，新鄉尉。

贈張旭

張公性嗜酒，豁達無所營。皓首窮草隸，時稱太湖精。此公乃有此徽號。露頂據胡床，長叫三五聲。興來灑素壁，揮筆如流星。下舍風蕭條，寒草滿户庭。問家何所有，生事如浮萍。左手持蟹螯，右手執丹經。酒人持螯何奇，奇在執丹經。丹經豈亦下酒物耶？瞪目視霄漢，不知醉與醒。諸賓且方坐，旭日臨東城。荷葉裹江魚，白甌貯香粳。微禄心不屑，放神於八紘。時人不識者，即是安期生。

此即張顛小傳也，再加老杜《八仙歌》三句作贊，太湖精可不死矣。

贈蘇明府

蘇君年幾許，狀貌如玉童。采藥傍梁宋，共言隨日翁。常辭小縣宰，一往東山東。不復有家室，悠悠人世中。子孫皆老死，相識悲轉蓬。髮白還更黑，身輕行若風。泛然無所繫，心與孤雲同。出入雖一杖，安然知始終。願聞素女事，去采山花叢。誘我爲弟子，逍遥尋葛洪。

此亦异人也，既蒙其誘爲弟子，何不蹇裳從之？

光上座廊下衆山五韻

名岳在廡下，吾師居一床。此即「五岳森禪房」注脚也。每聞楞伽經，祇對清翠光。百穀聚雪色，聚得奇。莓苔侵屋梁。莓苔亦高矣哉！氣盤古壁轉，勢引幽階長。願游薜葉下，日見金爐香。

題神力師院

大師神杰貌，五岳森禪房。堅持日月珠，豁見滄江長。隨病拔諸苦，致身如法王。階庭藥草遍，飯食天花香。樹色向高閣，晝陰横半墻。每聞第一義，心净琉璃光。

此師號爲神力，想亦名稱其實矣。

崔國輔

吴郡人。許昌縣令，官至禮部員外郎。

雜詩

逢著平樂兒，論交鞍馬前。與酤一斗酒，恰用十千錢。何等掃興。後余在關内，作事多迍邅。何肯相救援，徒聞《寶劍篇》。何等掃興。

此平樂兒但能騙酒，以後若逢此輩，切須謹慎，恐不止於騙酒而已。

古意

紅荷楚水曲，彪炳爍晨霞。未得兩回摘，秋風吹却花。時芳不待妾，玉珮無處誇。悔不盛年時，嫁與青樓家。

此與張文昌《節婦吟》皆有所寄托而作，彼有相逢未嫁之感，此有不嫁青樓之悔，語异而意則同，意异而情則同。

李白 見前。

妾薄命

漢帝寵阿嬌，貯之黄金屋。咳唾落九天，隨風生珠玉。寵極愛還歇，妒深情却疏。長門一步地，不肯暫迴車。雨落不上天，水覆難再收。君情與妾意，各自東西流。昔日芙蓉花，今成斷根草。以色事他人，能得幾時好。

勿作莊語，不异棒喝。

沐浴子

沐芳莫彈冠，浴蘭莫振衣。處世忌太潔，至人貴藏輝。滄浪有釣叟，吾與爾同歸。

豪放人，忽作此澹寂語，賢者信不可測耶。

長干行

妾髪初覆額，折花門前劇。郎騎竹馬來，繞床弄青梅。同居長千里，兩小無嫌猜。十四爲君婦，羞顔未嘗開。低頭向暗壁，千喚不一回。十五始展眉，願同塵與灰。常存抱柱信，豈上望夫臺！十六君遠行，瞿塘灧澦堆。五月不可觸，猿聲天上哀。門前舊行迹，一一生緑苔。苔深不能掃，落葉秋風早。八月蝴蝶黄，雙飛西園草。感此傷妾心，坐愁紅顔老。早晚下三巴，預將書報家。相迎不道遠，直至長風沙。

雖是兒女喁喁，却原帶英雄之氣，自與他人閨怨不同。

古風

鄭客西入關，行行未能已。白馬華山君，相逢平原里，璧遺鎬池君，明年祖龍死。秦人相謂曰，吾屬可去矣！一往桃花源，千春隔流水。

筆趣横流，直是以文爲戲。

效古

自古有秀色，西施與東鄰。蛾眉不可妒，况乃效其顰。着一「况」字，效顰乃更惡於妒。所以尹婕妤，羞見邢夫人。低頭不出氣，塞默少精神。寄語無鹽子，如君何足珍。純是諧趣。

春思

燕草如碧絲，秦桑低緑枝。當君懷歸日，是妾斷腸時。春風不相識，何事入羅帷。

同一入羅帷也，明月則無心可猜，而春風則不識何事，一信一疑，各有其妙。

春滯沅湘有懷山中

沅湘春色還，風暖烟草緑。古之傷心人，於此腸斷續。予非懷沙客，但美采菱曲。所願歸東山，寸心於此足。

古之傷心人，即昔日之懷沙客也。此腸兼斷續言，斷字人能道，續字人不能道。太白之《懷禰衡》曰「千春傷我情」，有傷心之古人，豈無傷情之今我乎？

泛沔州城南郎官湖并序

乾元歲秋八月，白遷于夜郎，遇故人尚書郎張謂出使夏口。沔州牧杜公、漢陽宰王公，觴於江城之南湖，樂天下之再平也。方夜水月如練，清光可掇。張公殊有勝概，四望超然，乃顧白曰：「此湖古來賢豪游者非一，而枉踐佳景，寂寥無聞。夫子可爲我標之嘉名，以傳不朽。」白因舉酒酹水號之曰「郎官湖」，亦猶鄭圃之有僕射陂也。席上文士輔翼、岑静以爲知言，乃命賦詩紀事，刻石湖側，將與大別山共相磨滅焉。「共相磨滅」四字妙妙，若云共爲不朽，亦有何奇？

張公多逸興，共泛沔城隅。當時秋月好，不減武昌都。四座醉清光，爲歡古來無。郎官愛此水，因號郎官湖。風流若未滅，名與此山俱。

如此風流，至今可想。

下邳圯橋懷張子房

子房未虎嘯，破産不爲家。滄海得壯士，椎秦博浪沙。報韓雖不成，天地皆震動。潛匿游下邳，豈曰非智勇？我來圯橋上，懷古欽英風。惟見碧流水，曾無黄石公。嘆息此人去，蕭條徐泗空。

惟英雄知英雄，有博浪之椎，自不可無圯橋之詩。子房、太白豈易地則皆然耶。

嘲魯儒

魯叟談五經，白髮死章句。問以經濟策，茫如墜烟霧。足着遠游履，首戴方山巾。緩步從直道，未行先起塵。（四語畫出迂腐小像，魯儒在焉，呼之或出。）秦家丞相府，不重褒衣人。君非叔孫通，與我本殊倫。時事且未達，歸耕汶水濱。

莊子言「魯少儒」，舉國「獨有一丈夫」，太白亦同此意，而以詼諧出之，不過如《牡丹亭》之陳最良耳，豈必實有其人？

贈盧司户

秋色無遠近，出門盡寒山。蒼然有仙氣。白雲遥相識，待我蒼梧間。借問盧耽鶴，西飛幾歲還。

送楊山人歸嵩山

我有萬古宅，嵩陽玉女峰。長留一片月，挂在東溪松。對之神骨清泠，不知身在人世。爾去掇仙草，菖蒲花紫茸。歲晚或相訪，青天騎白龍。

杜甫

見前。

後出塞

朝進東門營，暮上河陽橋。落日照大旗，馬鳴風蕭蕭。平沙列萬幕，部伍各見招。中天懸明月，令嚴夜寂寥。悲笳數聲動，壯士慘不驕。借問大將誰，恐是霍嫖姚。

少陵前後《出塞》共十四首，童時即誦此一首，頗喜其風調悲壯。及今反覆點勘，仍不出此一首。李、鍾兩家并選之，豈爲無見！

佳人

絕代有佳人，幽居在空谷。祇此二語，令人凄然欲淚。自云良家子，「自云」二字亦傷心。零落依草木。關中昔喪亂，兄弟遭殺戮。官高何足論，伤心。不得收骨肉。世情惡衰歇，萬事隨轉燭。夫婿輕薄兒，新人美如玉。合昏尚知時，鴛鴦不獨宿。但見新人笑，那聞舊人哭。可哭。在山泉水清，出山泉水濁。侍婢賣珠回，牽蘿補茅屋。摘花不插髮，采柏動盈掬。天寒翠袖薄，日暮倚修行。悄然。

題祇「佳人」二字耳，初未嘗云嘆佳人、惜佳人也，然篇中可勝嘆惜乎。此詩蓋爲佳人而發。但不知作者果爲佳人否？則觀者果當作佳人觀否？請試參之。

游龍門奉先寺

已從招提游，更宿招提境。陰壑生靈籟，月林散清影。天闚象緯逼，雲卧衣裳冷。欲覺聞晨鐘，令人發深省。

「天闚」多作「天闕」。據胡氏《詩通》云：從舊本作「闚」，引潘岳《閑居賦》爲證。然此詩佳處原不在此，即以爲「闚」亦可。讀至末二句，雖不聞晨鐘而如聞晨鐘，不游招提而如游招提矣。

望岳

岱宗夫如何，齊魯青未了。祇此五字，可以小天下矣。何小儒存乎見少也。造化鍾神秀，陰陽割昏曉。「割」字奇。蕩胸生層雲，決眦入歸鳥。「入」字又奇，然「割」字人尚能用，「入」字人不能用。會當淩絶頂，一覽衆山小。

述懷

去年潼關破，妻子隔絶久。今夏草木長，脱身得西走。麻鞋見天子，衣袖露兩肘。奇情奇事，從古未有。朝廷愍生還，親故傷老醜。涕淚受拾遺，流離主恩厚。至性語，令人墮淚。柴門雖得去，未忍即開口。寄書問三川，不知家在否。比聞同罹禍，殺戮到鷄狗。山中漏茅屋，誰復依户牖？摧頽蒼松根，地冷骨未朽。幾人全性命？盡室豈相偶？嶔岑猛虎場，鬱結回我首。自寄一封書，今已十月後。反畏消息來，宋延清「近鄉情更怯，不敢問來人」十字妙矣，此以五字括之。寸心亦何有。漢運初中興，生平老耽酒。沉思歡會處，恐作窮獨叟。

羌村

崢嶸赤雲西，日脚下平地。柴門鳥雀噪，歸客千里至。妻孥怪我在，伯敬云：「怪深於喜而不知怪更深於驚。」驚定還拭淚。世亂遭飄蕩，生還偶然遂！鄰人滿墻頭，宛然如見。感嘆亦歔欷。夜闌更秉燭，相對如夢寐。

《羌村》詩三首俱佳，而二、三之嬌兒父老，此首足以兼之，且選之不勝選也。

杜鵑

西川有杜鵑，東川無杜鵑。涪萬無杜鵑，雲安有杜鵑。我昔游錦城，結廬錦水邊。有竹一頃餘，喬木上參天。杜鵑暮春至，哀哀叫其間。我見常再拜，重是古帝魂。生子百鳥巢，百鳥不敢嗔。仍爲喂其子，禮若奉至尊。鴻雁及羔羊，有禮太古前。行飛與跪乳，識序又知恩。聖賢古法則，付之後世傳。君看禽鳥情，猶解事杜鵑。今忽暮春間，值我病經年。身病不能拜，淚下如迸泉。

首四句觀者或連圈之，或大抹之。而胡氏《詩通》從王洙之説，以爲是題下甫自注誤入詩中，竟行删去。然詳味此四句，終似詩不似注，且饒有奇致，毋寧過而存之。詩亦有關於人倫世道，讀之大有可感。

夏日李公見訪

遠林暑氣薄，公子過我游。貧居類村塢，僻近城南樓。傍舍頗淳朴，所願亦易求。隔屋喚西家，借問有酒不。墻頭過濁醪，（此偶然事耳，至今遂相傳以爲典故矣。文人之筆，豈不可貴。）展席俯長流。清風左右至，客意已驚秋。巢多衆鳥喧，葉密鳴蟬稠。苦遭此物聒，孰謂吾廬幽。水花晚色静，庶足充淹留。預恐樽中盡，更起爲君謀。（真朴語人不能到。）

晦日尋崔戢李封

（唐貞元前以正月晦日爲令節。）

朝光入甕牖，尸寢驚弊裘。起行視天宇，春氣漸和柔。興來不暇懶，（懶亦不暇乎，雋語可思。）今晨梳我頭。出門無所待，徒步覺自由。杖藜復恣意，免值公與侯。晚定崔李交，會心真罕儔。每過得酒傾，二宅可淹留。喜結仁里歡，况因令節求。李生園欲荒，舊竹頗修修。引客看掃除，隨時成獻酬。崔侯初筵色，已畏空樽愁。未知天下士，至性有此不。草牙既青出，蜂聲亦暖游。（點綴濃麗，亦見體物之妙。）思見農器陳，何當甲兵休。上古葛天民，不貽黄屋憂。

至今阮籍等，熟醉爲身謀。四語若不相聯，又若極相聯，正是妙處。威鳳高其翔，長鯨吞九洲。地軸爲之翻，百川皆亂流。當歌欲一放，淚下恐莫收。濁醪有妙理，此妙理遂千古矣。庶用爲[一]沉浮。

【校】

[一] 爲：《杜工部集》作「慰」。

奉贈韋左丞丈二十二韻

公以開元二十四年預京兆貢舉不第，客居長安，所云「早充觀國賓」「旅食京華春」也。至天寶六載，玄宗詔天下有一藝者赴轂下，復應詔，而林甫忌人斥己，建言乞先下尚書省試，遂無一中者。公由是退下，所云「主上頃見徵」「青冥却垂翅」也。明年去爲東都之行，詩別韋云：

紈袴不餓死，儒冠多誤身。骯髒悲憤，出口便見。丈人試静聽，賤子請具陳。甫昔少年日，早充觀國賓。讀書破萬卷，下筆如有神。賦料楊雄敵，詩看子建親。李邕求識面，王翰願[二]卜鄰。連用四人名，而兩古兩今，殊爲奇肆。自謂頗挺出，立登要路津。致君堯舜上，再使風俗淳。此自道素志耳，非大言也。此意竟蕭條，行歌非隱淪。騎驢三十載，旅食京華春。朝叩富兒門，暮隨肥馬塵。殘杯與冷炙，到處潛悲辛。主上頃見征，欻然欲求伸。青冥却垂翅，蹭蹬無縱鱗。甚愧丈人厚，甚知丈人真。句法古甚。每於百寮上，猥誦佳句新。竊效貢公喜，難甘原憲貧。焉能心怏怏，祇是走踆踆。今欲東入海，即將西去秦。尚憐終南山，回首清渭濱。常擬報一飯，況懷辭大臣。白鷗没浩蕩，萬里誰能馴？「没」字舊作「波」字，東坡定爲「没」，須溪從之。

英雄失路，滿腹牢騷，雖有丈人，其如之何。

【校】

［一］顧：《杜工部集》作「願」。

贈衛八處士

人生不相見，動如參與商。今夕復何夕，共此燈燭光。少壯能幾時，鬢髮各已蒼。訪舊半爲鬼，驚呼熱中腸。焉知二十載，重上君子堂。昔別君未婚，兒女忽成行。怡然敬父執，問我來何方。問答未及已，兒女羅酒漿。夜雨剪春韭，新炊間黃粱。主稱會面難，一舉累十觴。十觴亦不醉，感子故意長。明日隔山岳，世事兩茫茫。

此首無甚奇妙處，既逸而復收之，不過一真。

遭田父泥飲美嚴中丞

泥，去聲，謂强之飲也。

步屧隨春風，村村自花柳。田翁逼社日，邀我嘗春酒。酒酣誇新尹，畜眼未見有。回頭指大男，渠是弓弩手。名在飛騎籍，長番歲時久。前日放營農，辛苦救衰朽。差科死則已，誓不舉家走。今年大作社，拾遺能住否。如聞其聲。叫婦開大瓶，盆中爲吾取。感此氣揚揚，須知風化首。語多雖雜亂，説尹終在口。朝來偶然出，自卯將及酉。久客惜人情，如何拒鄰叟。高聲索果栗，欲起時被肘。指揮過無禮，未覺村野醜。月出遮我留，仍嗔問升斗。

真可謂詩中有畫。此田父不知何許人，泥飲情況當自不惡，少陵有此一詩，足以答其席矣。彼中丞者，亦何足道。

九日寄岑參

出門復入門，兩脚但仍舊。情境宛然。所向泥活活，思君令人瘦。沉吟坐西軒，飯食錯昏晝。寸步曲江頭，難爲一相就。吁嗟乎蒼生，稼穡不可救。安得誅雲師，疇能補天漏。大明韜日月，曠野號禽獸。君子强逶迤，小人困馳驟。維南有崇山，恐與川浸溜。是節東籬菊，紛披爲誰秀。岑生多新詩，性亦嗜醇酎。采采黃金花，何由滿衣袖。古意。

分明一首苦雨詩，祇「岑生多新詩」二語是寄岑耳，然語語與寄岑無异。

送從弟亞赴河西判官

亞上書肅宗行在，論當世事，擢校書郎。時杜鴻漸節度河西，奏署幕府。

南風作秋聲，殺氣薄炎熾。盛夏鷹隼擊，時危异人至。令弟草中來，蒼然請論事。「草中來」如「田間來」。論事上著「蒼然」二字，殊妙。詔書引上殿，奮舌動天意。兵法五十家，爾腹爲篋笥。應對如轉丸，疏通略文字。經綸皆新語，足以正神器。宗廟尚爲灰，君臣俱下淚。崆峒地無軸，青海天軒輊。西極最瘡痍，連山暗烽燧。帝曰大布衣，出語典重。藉卿佐元帥。坐看清流沙，所以子奉使。歸當再前席，適遠非歷試。須存武威郡，爲晝長久利。孤峰石戴驛，快馬金纏轡。黄羊飫不羶，蘆酒多還醉。踴躍常人情，慘澹苦士志。安邊敵何有，反正計始遂。吾聞駕鼓車，不合用騏驥。龍吟回其頭，夾輔待所致。

鄭善夫云：「雄心鋭氣，奮發飛騫，而造語雕字之力，妙出筆墨外。」此評甚確然。此詩字語之妙，却非雕造而得。少陵五古中，無限奇崛之語。如「百祥奔盛明」「皇天照嗟嘆」「冰雪净聰明，雷霆走精鋭」之類，俱可驚人泣鬼。奈全篇不稱，不能概收，可勝悵嘆。

元結

字次山，瀼州人。天寶中進士，道州刺史，進容管經略使。

賊退示官吏有序

癸卯歲，西原賊入道州，焚燒殺掠幾盡而去。明年，賊又攻永破邵，不犯此州邊鄙而退。豈力能制敵歟？蓋蒙其傷憐而已。諸使何爲忍苦徵斂？故作詩一篇以示官吏。可爲酸鼻。

昔年逢太平，山林二十年。泉源在庭户，洞壑當門前。井税有常期，日晏猶得眠。所謂「王者之民，皞皞如也」。忽然遭世變，數歲親戎旃。今來典斯郡，山夷又紛然。城小賊不屠，人貧傷可憐。是以陷鄰境，此州獨見全。使臣將王命，豈不如賊焉。請拊心自思何如？今彼徵斂者，迫之如火煎。誰能絶人命，以作時世賢。思欲委符節，引竿自刺船。將家就魚麥，歸老江湖邊。

仁人之言，潺湲陫惻。讀之貌悴而神傷矣。

招孟武昌并序

漫叟作《退谷銘》，指曰干進之客不能游之；作《杯湖銘》，指曰爲人厭者勿泛杯湖。孟士源嘗黜官，無情干進，在武昌不爲人厭，可游退谷、可泛杯湖，筆力嶄然如鐵。故作詩招之。

風霜枯萬物，退谷如春時；窮冬涸江海，杯湖澄清漪。湖盡到谷口，單船近階墀。湖中更何好，坐見大江水。欹石爲水涯，半山在湖裏。谷口更何好，絶壑流寒泉。松桂蔭茅舍，白雲生坐邊。武昌不干進，武昌人不厭。退谷正可游，杯湖任來泛。湖上有水鳥，見人不飛鳴；谷口有山獸，往往隨人行。莫將車馬來，令我鳥獸驚。

次山詩文如商匜周斝，方響雲璈，迷迭都梁，江瑶海月，別有一種异色异香异味，出乎尋常耳目口鼻之外，自是世上奇觀。

喻瀼溪鄉舊游

往年在瀼濱，瀼人皆忘情。今來游瀼鄉，瀼人見我驚。我心與瀼人，豈有辱與榮。瀼人异其心，應爲我冠纓。昔賢惡如此，（真可惡。）所以辭公卿。貧窮老鄉里，自休還力耕。況曾經逆亂，日厭聞戰争。尤愛一溪水，而能存讓名。終當來其濱，飲啄全此生。

比柳州愚溪何如？

漫問相里黄州

東鄰有漁父，西鄰有山僧。各問其性情，變之俱不能。（不能變，亦不必變。）公爲二千石，我爲山海客。志業豈不同，今已殊名迹。相里不相類，相友且相异。何況天下人，而欲同其意。人意苟不同，分寸不相容。漫問軒裳客，何如耕釣翁。軒裳耕釣，原畢世不相爲謀，漫叟殊多此一問。

送孟校書往南海并序

平昌孟雲卿，與元次山同州里，以詞學相友，幾二十年。次山今罷守春陵，雲卿始典校芸閣。於戲！材業，次山不如雲卿；詞賦，次山不如雲卿；通和，次山不如雲卿，在次山又詡然求進者也。誰言時命，吾欲聽之。次山今且未老，雲卿少次山六七歲，雲卿聲名滿天下，知己在朝廷，及次山之年，雲卿何事不可至？勿隨長風，乘興蹈海；勿愛羅浮，往而不歸。南海幕府有樂安任鴻，與次山最舊，請任公爲次山一白府主，趣資裝雲卿使北歸，慎勿令徘徊海上，諸公第作歌送之。

吾聞近南海，乃是魑魅鄉。忽見孟夫子，歡然游此方。忽喜海風來，海帆又欲張。漂漂隨所去，不念歸路長。君有失母兒，愛之似阿陽。始解隨人行，不欲離君傍。相勸早旋歸，此言慎勿忘。

一序古拙雋妙，詩特平平，然自非俗筆可及。前《招武昌》極重其品，此

《送雲卿》極愛其才。漫叟一生與姓孟人大是有緣。

登殊亭作

時節方大暑，試來登殊亭。憑軒未及息，忽若秋氣生。主人既多閑，有酒共我傾。坐中不相异，豈限醉與醒。漫歌無人聽，浪語無人驚。時復一回望，心目出四溟。誰能守纓佩，日與灾患并。請君誦此意，令彼惑者聽。

有此樂境，則瀼溪可不必喻，相里可不必問。

石魚湖上作有序

瀼泉南上有獨石在水中，狀如游魚，魚凹處，修之可以賘酒。水涯四匝，多欹石相連，石上堪人坐。水能浮小舫載酒，又能繞石魚洄流，乃命湖曰石魚湖。鐫銘於湖上，顯示來者，又作詩以歌之。

吾愛石魚湖，石魚在湖裏。魚背有酒樽，繞魚是湖水。兒童作小舫，載酒勝一杯。座中令酒舫，空去復滿來。湖岸多欹石，石下流寒泉。醉中一盥漱，快意無比焉。金玉吾不須，軒冕吾不愛。且欲坐湖畔，石魚長相對。

天生此妙境，以供漫叟酣咏，豈非异福？

登九疑第二峰

九疑第二峰，其上有仙壇。杉松映飛泉，蒼蒼在雲端。何人居此處，云是魯女冠。不知幾百歲，燕坐餌金丹。相傳羽化時，雲鶴滿峰巒。婦中有高人，相望空長嘆。婦中高人，更勝於女中丈夫矣。吾安得見之？

窊樽詩 在道州。

巉巉小山石，數峰戴窊亭。窊石堪爲樽，狀類不可名。巡迴數尺間，如見小蓬瀛。樽中酒初漲，始有島嶼生。豈無日觀峰，直下臨滄溟。愛之不覺醉，醉卧還自醒。醒醉在樽畔，始爲吾性情。若以形勝論，坐隅臨郡城。平湖近階砌，遠山復青青。异木幾十株，枝條冒檐楹。盤根滿石上，皆作龍蛇形。酒堂貯釀器，户牖皆罌瓶。此樽可常滿，誰是陶淵明。

石魚之外，又有窊樽，俱是絶妙酒器。讀至末四語，如身在醉鄉國矣。

余延壽 江寧人。開元中處士。

南州行

摇艇至南國，國門連大江。中洲西邊岸，數步一垂楊。寫景不惡。金釧越溪女，羅衣胡粉香。織縑春卷幔，采蕨暝提筐。弄瑟嬌垂幌，迎人笑下堂。河頭浣衣處，無數紫鴛鴦。紫鴛鴦却罕見。

司馬退之 羽士。

洗心

不踐名利道，始覺塵土腥。不味稻粱食，始覺神骨清。羅浮奔走外，日月無短明。山瘦松亦勁，鶴老飛更輕。逍遥此中客，翠髮皆長生。草木多古色，鷄犬無新聲。君有出俗志，不貪英雄名。傲然脱冠帶，改换人間情。去矣丹霄路，向曉雲冥冥。

此羽士詩，非神仙詩也，然已栩栩有仙氣矣。

唐詩快卷四終

唐詩快卷五目次　移人集二

五言古二

唐詩快卷五目次終

唐詩快卷五　移人集二

鍾山　黄周星九烟　選評
岑山　程　洪丹問　校訂

五言古

韋應物

長安人。官左司郎中，蘇州刺史。以下中唐。

寄全椒山中道士

今朝郡齋冷，忽念山中客。澗底束荆薪，歸來煮白石。欲持一瓢酒，遠慰風雨夕。落葉滿空山，何處尋行迹。

陶弘景入官，松風之夢故在，其韋公之謂歟？

送李十四山東游

聖朝有遺逸，披膽謁至尊。是太白。豈是貿榮寵，誓將救元元。是太白。權豪非所使，書奏寢禁門。高歌長安酒，忠憤不可吞。是太白。欻來客河洛，日與静者論。是太白。濟世翻小事，丹砂駐精魂。東游無復繫，梁楚多大藩。高論動侯伯，疏懷脱塵喧。是太白。送君都門野，飲我林中樽。立馬望東道，白雲滿梁園。踟躕欲何贈，空是平生言。

須溪云：「李十四，豈非太白耶？」又云：「此非太白不能當。」須溪似不能無疑者。蓋以太白行十二，此云十四耳。然行序復何關繫，安在二之不可爲四耶？

始除尚書郎別善福精舍

簡略非世器，委身同草木。逍遥精舍居，飲酒自爲足。累日曾一櫛，對書嘗懶讀。社臘會高年，山川恣游矚。明世方選士，中朝懸美禄。除書忽到門，冠帶便拘束。愧忝郎署迹，謬蒙君子録。俯仰垂華纓，飄颻翔輕轂。行將親愛别，戀此西澗曲。遠峰明夕川，夏雨生衆緑。（即此一語，精舍便不可舍。）迅風飄野路，回首不遑宿。明晨下烟閣，白雲在幽谷。

天下人皆要做官，然自有一種做不得官之人，如稽叔夜、陶淵明是也，得韋左司而三矣。

逢楊開府

少事武皇帝，無賴恃恩私。（直供出少年無賴，可謂不打自招。）身作里中横，（横行第一。）家藏亡命兒。（招亡第二。）朝持樗蒱局，（縱博第三。）暮竊東隣姬。（行奸第四。）司隷不敢捕，立在白玉墀。驪山風雪夜，長楊羽獵時。一字都不識，飲酒肆頑痴。（酗酒第五。）武皇升仙去，憔悴被人欺。讀書事已晚，把筆學題詩，兩府始收迹，南宫謬見推。非才果不容，出守撫惸嫠。忽逢楊開府，論舊涕俱垂。坐客何由識，惟有故人知。

史稱韋刺史爲性高潔，鮮食寡欲，所居焚香掃地而坐。又云：居官自愧，閔閔有恤人之心，洵高賢也。今觀其自序爾爾，則少年時，特周處、戴淵之流耳。何後來遂折節讀書，進道冲粹，判若兩截？豈所謂放下屠刀，立地成佛者耶？《傳》稱太白少時任俠嗜酒，嘗手刃數人，故其贈從兄皓詩云：「脱身白刃裏，殺人紅塵中。」韋蘇州當開元天寶間，宿衛仗內，亦任俠負氣，豪縱不羈。兩公少年行徑，故當相似。然太白之不羈，人能信之，蘇州之不羈，非自道誰知之者？即此真實不諱，亦非後人可及。

長相思

朝出自不還，暮歸花盡發。豈無終日會，惜此花間月。空館忽相思，微鐘坐來歇。

詩乎？禪乎？是一，是二？

幽居

貴賤雖異等，（正好對「喧静兩皆禪」。）出門皆有營。獨無外物牽，遂此幽居情。微雨夜來過，不知春草生。（豈非禪機乎？）青山忽已曙，鳥雀繞舍鳴。時與道人偶，或隨樵者行。自當安蹇劣，誰謂薄世榮。

何元朗云：「左司恬淡之趣，不減陶靖節。」劉須溪云：「體裁情韻，俱過淵明，要亦其情趣自相近耳。」觀其全集中止有效陶一首，豈真如後人效顰學步者哉。

秋夜

暗窗涼葉動，秋齊寢席單。憂人半夜起，明月在林端。一與清景遇，每憶平生歡。如何方惻愴，披衣露轉寒。

實情實景，惟憂人半夜知之。然憂人非詩人，亦不能知。

喜園中茶生

潔性不可污，爲飲滌塵煩。此物信靈味，本自出山原。聊因理郡餘，率爾植荒園。喜隨衆草長，得與幽人言。

石可共語，鷄可談論，茶亦可與言乎？茗柯真有妙理矣。須溪云：「誦蘇州詩，高處有山泉極品之味。」然則詩即是茶，茶即是詩矣，宜其可與言也。

花徑

山花夾徑幽，古甃生苔澀。胡床理事餘，玉琴承露濕。朝與詩人賞，夜携禪客入。自是塵外踪，無令吏趨急。

天下有如是之刺史乎？

答暢校書當

偶然弃官去，投迹在田中。日出照茅屋，園林養愚蒙。雖云無一資，蹲酌會不空。且忻百穀成，仰嘆造化功。出入與民伍，作事靡不同。時伐南澗竹，夜還灃水東。貧蹇自成退，豈爲高人踪。覽君金玉篇，彩色發我容。日日欲爲報，方春已徂冬。

說得宦况嚼蠟，豈止太虛浮雲。

錢起

字仲文，吳興人。天寶中及第，終考功郎中。

贈東鄰鄭少府

一聞白雪唱，願見清揚久。誰謂結綬來，得陪趨府後。小邑藍溪上，卑栖愜所偶。宴言復連墻，片月一攜手。草色同春徑，鶯聲共高柳。美景百花時，平生一杯酒。聖朝法天地，以我爲芻狗。妙語從無人道。秩滿歸白雲，期君訪谷口。

罷章陵令山居過中峰道者

寧辭園令秩，不改淵明調。解印無與言，縱言亦不敢領教。見山始一笑。自然該笑。幽人還絕境，誰道苦奔峭。隨雲剩渡溪，出門更垂釣。吾盧青霞裏，窗樹玄猿嘯。微月清風來，方知散髮妙。豈能有不妙之理？

盧綸

字允言，河中人。户部郎中。

同吉中孚夢桃源

妙題。

春雨夜不散，夢中山亦陰。雲中碧潭水，路暗紅花林。花水自深淺，無人知古今。

此三十字足抵淵明一篇詩記矣。末二句尤妙，在似夢中語。

柳宗元

見前。

溪居

久爲簪組累，幸此南夷謫。閑依農圃鄰，偶似山林客。曉耕翻露草，夜榜響溪石。來往不逢人，長歌楚天碧。

如此亦得。

夏初雨後尋愚溪

悠悠雨初霽，獨繞清溪曲。引杖試荒泉，解帶圍新竹。沉吟亦何事，寂寞固所欲。幸此息營營，嘯歌静炎燠。

可知避暑之方矣。

韓愈

見前。

醉贈張秘書

人皆勸我酒，我若耳不聞。今日到君家，呼酒持勸君。豈非痴客勸主乎？爲此座上客，及余各能文。君詩多態度，藹藹春空雲。東野動驚俗，天葩吐奇芬。張籍學古淡，軒鶴避鷄群。避鷄群，是鷄群避。阿買不識字，頗知書八分。詩成使之寫，亦足張吾軍。所以欲得酒，爲文俟其醺。酒味既泠冽，酒氣又氛氳。性情漸浩浩，諧笑方云云。此誠得酒意，餘外徒繽紛。長安衆富兒，盤饌羅膻葷。不解文字飲，惟能醉紅裙。能醉紅裙者，尚非俗主。雖得一餉樂，有如聚飛蚊。今我及數子，同無蕕與薰。險語破鬼膽，高詞媲皇墳。至寶不雕琢，神功謝鋤耘。方今向泰平，元凱承華勛。吾徒幸無事，庶以窮朝曛。此醉不錯。

送靈師

佛法入中國，爾來六百年。齊民逃賦役，高士著幽禪。官吏不之制，紛紛聽其然。耕桑日失隸，朝署時遺賢。靈師皇甫姓，胤胄本蟬聯。少小涉書史，早能綴文篇。中間不得意，失迹成延遷。逸志不拘教，軒騰斷牽攣。圍棋鬥白黑，生死隨機權。六博在一擲，梟盧叱迴旋。戰詩誰與敵，浩汗橫戈鋋。飲酒盡百盞，嘲諧思逾鮮。有時醉花月，高唱清且綿。四座咸寂寞，杳如奏湘弦。尋勝不憚險，黔江屢迴沿。瞿塘五六月，驚電讓歸船。怒水忽中裂，千尋墮幽泉。環迴勢益急，仰見團團天。投身豈得計，性命甘徒捐。浪沫蹙翻涌，漂浮再生全。同行二十人，魂骨俱坑填。靈師不挂懷，冒涉道轉延。開忠二州牧，詩賦時多傳。失職不把筆，珠璣爲君編。强留費日月，密席羅嬋娟。昨者至林邑，使君數開筵。逐客三四公，盈懷增蘭荃。湖游泛漭沆，溪宴駐潺湲。別語不許出，行裾動遭牽。鄰州競招請，書札何翩翩。十月下桂嶺，乘寒恣窺緣。落落王員外，争迎獲其先。自從入賓館，占吝久能專。吾徒頗携被，接宿窮歡妍。聽說兩京事，分明皆眼前。縱横雜瑶[一]俗，瑣屑咸羅穿。材調真可惜，朱丹在磨研。方將斂之道，且欲冠其顛。他人作老語，祇見其稚；此公作稚語，轉見其老。韶陽李太守，高步凌雲烟。得客輒忘食，開囊乞繒錢。手持南曹叙，字重青瑶鐫。古氣參彖繫，高標摧太玄。維舟事干謁，披讀頭風痊。還如舊相識，傾壺暢幽悁。以此復留滯，歸驂幾時鞭。

此僧行徑甚奇，詩却能一一寫出。

【校】

[一] 瑶：宋蜀本《昌黎先生文集》作「謡」。

調張籍

李杜文章在，光焰萬丈長。不知群兒愚，那用故毁傷。蚍蜉撼大樹，可笑不自量。伊我生其後，舉頸遥相望。夜夢多見之，晝思反微茫。徒觀斧鑿痕，不矚治水航。想當施手時，巨刃磨天揚。垠崖劃崩豁，乾坤擺雷硠。惟此兩夫子，家居率荒凉。帝欲長吟哦，故遣起且僵。剪翎送籠中，使看百鳥翔。平生千萬篇，金薤垂琳琅。仙官敕六丁，雷電下取將。流落人間者，太山一毫芒。我願生兩翅，捕逐出八荒。精誠忽交通，百怪入我腸。刺手拔鯨牙，舉瓢酌天漿。騰身跨汗漫，不著織女襄。顧語地上友，經營無太忙。乞君飛霞佩，與我高頡頏。

亦足爲李杜吐氣矣！

從仕

居閑食不足，從仕力難任。兩事皆害性，一生恒苦心。黄昏歸私室，惆悵起嘆音。弃置人間世，占來非獨今。

爲之奈何？

盧仝

見前。

客謝竹

揚州駁雜地，不辨龍蜥蜴。此唐時之揚州也，不知今日更當何如。客身正乾枯，行處無膏澤。泰山道不遠，相庇實無力。君若隨我行，必有煎茶厄。

此君自當連聲告退矣。

劉禹錫

見前。

客有爲余話登天壇遇雨之狀因以賦之

清晨登天壇，半路逢陰晦。疾行穿雨過，却立視雲背。白日照其上，風雷走於内。滉漾雪海翻，槎牙玉山碎。蛟龍露鬐鬣，神鬼含變態。萬狀互生滅，百音以繁會。俯觀群動静，始覺天宇大。山頂自晶明，人間已霶霈。豁然重昏斂，涣若春冰潰。反照入松門，瀑流飛縞帶。遥光泛物色，餘韻吟天籟。洞府撞仙鐘，村墟起夕靄。却見山下侣，已如迷世代。問我何處來，我來雲雨外。

一路極力鋪叙，總趕到末二句緊緊收鎖，正如風墻陣馬，截然而止，此豈尋常筆力？

送惟良上人

高齋映寒水，是夕山僧至。玄牝無關鎖，瓊書拾文字。燈明香滿室，月午霜凝地。語到不言時，世間人盡睡。

由他睡罷，不睡又有何用。

孟郊

見前。

長安旅情

盡説青雲路，有足皆可至。我馬亦四蹄，貧賤之士，雖乘八駿亦不能追人，何况四蹄。出門似無地。玉京十二樓，峨峨倚青翠。下有千朱門，此千朱門，惟有鬼瞰。何門薦孤士。

游終南山

南山塞天地，日月石上生。高峰夜留景，深谷晝未明。終南在日矣。山中人自正，路險心亦平。長風驅松柏，聲拂萬壑清。到此悔讀書，朝朝近浮名。悔浮名也，非悔讀書也，若得入山讀書，自然不悔。

看花

芍藥誰爲婿，人人不敢來。惟應待詩老，日日殷勤開。玉立無氣力，春凝且徘徊。將何謝青春，痛飲一百杯。

不過對花酣咏耳，却説得奇奇怪怪，令人目眴口呿。

藍溪元居士草堂

市井不容義，義歸山谷中。將義驅逼得無處逃生，真是可憐。夫君宅松桂，招我栖蒙蘢。人樸情慮肅，境閑視聽空。此乃義之所由歸也。清溪宛轉水，修竹徘徊風。木倦采樵子，土勞稼穡翁。讀書業雖異，敦本志亦同。本即是義。藍岸青漠漠，藍峰碧崇崇。日昏各命酒，寒蛩鳴蕙叢。

贈鄭夫子魴

天地入胸臆，吁嗟生風雷。文章得其微，物象由我裁。宋玉逞大句，李白飛狂才。苟非聖賢心，孰與造化該。勉矣鄭夫子，驪珠今始胎。此夫子亦非恒人矣，而今一字不傳，天地風雷、聖賢造化，竟何益哉！

大隱訪三首

此三君子豈今之人哉。

崔從事鄖以直隳官

古人留清風，千載遥贈君。颯然而來。破松見貞心，裂竹看直文。殘月色不改，高賢德常新。家懷詩書富，宅抱草木貧。安得一蹄泉，來化千尺鱗。含意永不語，釣璜幽水濱。命意造語，一毫不肯猶人。

章仇將軍良弃功守貧

飲君江海心，詎能辨淺深。揖君山岳德，誰能齊嶔岑。東海精爲月，西岳氣凝金。進則萬景晝，退則群物陰。豈非與日月争光乎？我欲薦此言，天門峻沉沉。風飆亦感激，爲我颼飀吟。

趙記室俶在職無事

卑静身後老，高動物先摧。方圓水任器，剛勁木成灰。大道母群物，達人腹衆才。亢倉鶡冠，無此精峭。時吟堯舜篇，心向無爲開。彼隱山萬曲，我隱酒一杯。公庭何所有，日日清風來。大有天際真人之想。

送豆盧策歸別墅

短松鶴不巢，高石雲始栖。君今瀟湘去，意與雲鶴齊。力買奇險地，手開清淺溪。身披薜荔衣，山陟莓苔梯。一卷冰雪文，避俗常自携。有冰雪文，不可無冰雪詩，此一首可敵一卷。

送蕭煉師入四明山

閑於獨鶴心，大於高松年。迴出萬物表，高栖四明巔。千尋直裂峰，百尺倒瀉泉。絳雪爲我飯，白雲爲我田。静言不語俗，靈踪時步天。

如入林屋峋嶁，所見皆非凡境。

尋言上人

萬里莓苔地，不見驅馳踪。惟開文字窗，時寫日月容。大哉言乎。竹韻漫蕭屑，草花徒蒙茸。披霜入衆木，獨自識青松。挺然不群。

上昭成閣不得於從侄僧悟空院嘆嗟

欲上千級閣，問天三四言。此必機密語也，不然何其矜貴爾爾。未盡數十登，心目風浪翻。手手把驚魄，脚脚踏墜魂。却流至舊手，傍掣猶欲奔。老病但自悲，古蠹木萬痕。老力安可誇，秋海萍一根。孤叟何所歸，晝眼如黄昏。常恐失好步，入彼市井門。結僧爲親情，策竹爲子孫。此子孫奇。此誠徒切切，此意空存存。一寸地上語，高天何由聞。并三四言亦不問矣。

夜集汝州郡齋聽陸僧辯彈琴

康樂寵詞客，清宵意無窮。徵文北山外，借月南樓中。暗用孔德璋、庾元規事，妙在不覺。千里愁并盡，一樽歡暫同。胡爲戛楚琴，淅瀝起寒風。若非第七句一「琴」字，竟是律詩矣。

白居易

見前。

賀雨

皇帝嗣寶曆，元和三年冬。自冬及春暮，不雨旱爞爞。上心念下民，懼歲成灾凶。遂下罪己詔，殷勤制萬邦。帝曰予一人，繼天承祖宗。憂勤不遑寧，夙夜心忡忡。元年誅劉闢，一舉靖巴邛。二年戮李錡，不戰安江東。顧惟眇眇德，遽有巍巍功。或者天降沴，無乃儆予躬？上思答天戒，下思致時邕。莫如率其身，慈和與儉恭。乃命罷進獻，乃命賑饑窮。宥死降五刑，責己寬三農。宫女出宣徽，厩馬減飛龍。庶政靡不舉，皆由自宸衷。奔騰道路人，傴僂田野翁。歡呼相告報，感泣涕沾胸。順人人心悦，先天天意從。詔下纔七日，和氣生冲融。凝爲悠悠雲，散作習習風。晝夜三日雨，凄凄復濛濛。萬心春熙熙，百穀青芃芃。人變愁爲喜，歲易儉爲豐。乃知王者心，憂樂與衆同。皇天與后土，所感無不通。冠佩何鏘鏘，將相及王公。蹈舞呼萬歲，列賀明庭中。小臣誠愚陋，職忝金鑾宫。稽首再三拜，一言獻天聰。君以明爲聖，臣以直爲忠。敢賀有其始，亦願有其終。

祗如説家常話，忠愛懇惻，字字從肺腑中流出，真仁人君子之言。

贈樊著作

陽城爲諫議，以正事其君。其手如屈軼，舉必指佞臣。奇語。卒使不仁者，不得秉國鈞。元稹爲御史，以直立其身。其心如肺石，動必達窮民。奇語。東川八十家，冤憤一言伸。劉闢肆亂心，殺人正紛紛。其嫂曰庾氏，弃絶不爲親。從史萌逆節，隱心潛負恩。其佐曰孔戡，捨去不爲賓。凡此士與女，其道天下聞。常恐國史上，但記鳳與麟。賢者不爲名，名彰教乃敦。每惜若人輩，身死名亦淪。君爲著作郎，職廢志空存。雖有良史才，直筆無所申。何不自著書，實録彼善人。編爲一代言，以備史闕文。

如此微顯闡幽，詩乃更勝于史。

送王處士

王門豈無酒，侯門豈無肉。主人貴且驕，待客禮不足。望塵而拜者，朝夕走碌碌。王生獨拂衣，遐舉如黄鵠。寧歸白雲外，飲水卧空谷。不能隨衆人，斂手低眉目。扣門與我别，酤酒留君宿。好去采薇人，終南山正緑。

此即王右丞所謂「但去莫復問，白雲無盡時」也。山正緑矣，雲豈不白乎？

寄唐生

賈誼哭時事，阮籍哭路岐。唐生今亦哭，异代同其悲。唐生者何人，五十寒且饑。不悲口無食，不悲身無衣。所悲忠與義，悲甚則哭之。（該哭。）太尉擊賊日，（段太尉以笏擊朱泚。）尚書叱盗時。（顔尚書叱李希烈。）大夫死凶寇，（陸大夫爲亂兵所害。）諫議謫蠻夷。（楊諫議左遷道州。）每見如此事，聲發涕輒隨。（如此事安得不哭？）往往聞其風，俗士猶或非。憐君頭半百，其志竟不衰。我亦君之徒，鬱鬱何所爲。不能發聲哭，轉作樂府詩。篇篇無空文，句句必盡規。功高虞人箴，痛甚騷人辭。非求宫律高，不務文字奇。惟歌生民病，願得天子知。未得天子知，甘受時人嗤。藥良氣味苦，琴澹音聲稀。不懼權豪怒，亦任親朋譏。人竟無奈何，呼作狂男兒。每逢群盗息，或遇雲霧披。但自高聲歌，庶幾天聽卑。歌哭雖异名，所感則同歸。寄君三十章，與君爲哭詞。

此真奇人奇事也。世傳唐衢善哭，若無樂天此詩，祇將衢看作楊朱、阮籍一流矣。昌黎詩亦未曾寫出。

北窗三友

今日北窗下，自問何所爲。欣然得三友，三友者爲誰。琴罷輒舉酒，酒罷輒吟詩。三友遞相引，循環無已時。一彈愜中心，一咏暢四肢。猶恐中有間，以醉彌縫之。豈獨吾拙好，古人多若斯。嗜詩有淵明，嗜琴有啓期。嗜酒有伯倫，三人皆吾師。或乏儋石儲，或穿帶索衣。弦歌復觴咏，樂道知所歸。三師去已遠，高風不可追。三友游甚熟，無日不相隨。左擲白玉卮，右拂黄金徽。興酣不疊紙，走筆操狂詞。誰能持此詞，爲我謝親知。縱未以爲是，豈以我爲非。醉翁六一，何如香山三友？

元稹 字微之，河南人。元和初對策第一，後爲尚書右丞平章事。

和樂天初授户曹喜而言志

樂天爲左拾遺，歲滿當遷，帝以資淺且家貧，聽自擇官。樂天請以翰林學士兼京兆户曹參軍，以便養。詔可。

王爵無細大，得請即爲恩。君求户曹椽，貴以禄奉親。聞君得所請，感我欲沾巾。今人重軒冕，所重華與紛。矜誇仕臺閣，奔走無朝昏。君衣不盈篋，君食不滿囷。君言養既薄，何以榮我門。披誠再三請，天子憐儉貧。詞曹直文苑，捧詔榮且欣。歸來高堂上，兄弟羅酒樽。各稱千萬壽，共飲三四巡。我實知君者，千里能具陳。感君求禄意，求禄殊衆人。上以奉顔色，餘以及親賓。弃名不弃實，謀養不謀身。可憐白華士，永願凌青雲。

此非君臣也，乃父子耳。衹「家貧聽自擇官」六字，千載之下猶能令人感泣。

歐陽詹

字行周，泉州人。舉進士，終四門助教。閩人第進士自詹始。

玩月詩并序

月可玩。玩月，古也。謝賦、鮑詩，眺之庭前、亮之樓中，皆玩月也。貞元十二年，甌閩君子陳可封在秦，寓於永崇華陽觀，予與鄉故人安陽邵楚萇、濟南林藴、潁川陳詡亦旅長安。秋八月十五日夜，詣陳之居，修厥玩事。月之爲玩，冬則繁霜太寒，夏則蒸雲太熱。雲蔽月、霜侵人，蔽與侵，俱害乎玩。秋之於時，後夏先冬。八月之於秋，季始孟終。十五於夜，又月之中。稽於天道，則寒暑均；取於月數，則蟾兔圓。况埃壒不流，太空悠悠。嬋娟徘徊，桂華上浮。升東林、入西樓，肌骨與之疏凉，神魂與之清冷。四君子悦而相謂曰：「斯古人所以爲玩也。」既得古人所玩之意，宜襲古人所玩之事，乃作《玩月詩》。序竟似一片小賦。

八月三五夕，舊嘉蟾兔光。斯從古人好，共下今宵堂。素魄皎孤凝，芳輝紛四揚。徘徊林上頭，泛灧天中央。皓霧[一]助流華，輕飆佐浮凉。清冷到肌骨，潔白盈衣裳。惜此苦宜玩，攬之非可將。含情顧廣庭，願勿沉西方。

詩與序俱有古拙之趣。

【校】

[一] 霧：《四部叢刊》景明本《歐陽行周文集》作「露」。

姚合

見前。

溪路

此路何瀟灑，永無公卿迹。日日多往來，藜杖與桑屐。路邊何所有，磊磊青緑石。

此青緑石勝公卿多矣。

拾得古硯

僻性愛古物，終歲求不獲。昨朝得古硯，黄河灘之側。念此黄河中，應有昔人宅。想頭奇。宅亦作流水，斯硯未變易。波瀾所激觸，背面生罅隙。質狀樸且醜，今人作不得。捧持且驚嘆，不敢施筆墨。或恐先聖人，嘗用修六籍。置之潔净室，一日三磨拭。大喜豪貴嫌，久長得保惜。

老古董，在行、在行。

温庭筠

本名岐，字飛卿。并州人。方山尉。以下晚唐。

鄠郊别墅寄所知

持頤望平緑，萬景集所思。曠然有懷，莫知起止。南塘遇新雨，百草生容姿。幽鳥不相識，美人如何期。徒然委摇蕩，惆悵春風時。

李群玉　見前。

廣州重别方處士之封川又約同游羅浮期素秋而行

楚國傲名客，九州遍芳聲。白衣謝簪紱，雲卧重岩扃。長波飛素舸，五月下南溟。大笑相逢日，天邊作酒星。

似太白。

邵謁　見前。

古樂府

對酒彈古琴，弦中發新音。新音不可辨，十指幽怨深。妾顔不自保，四時如車輪。不知今夜月，曾照幾時人。露滴芙蓉香，香銷心亦死。良時無可留，殘紅謝池水。

祇「殘紅謝池水」五字足使香銷心死矣。

寒女吟

寒女命自薄，生來多賤微。家貧人不聘，一身無所歸。養蠶多苦心，繭熟他人絲。織素徒苦力，素成他人衣。青樓富家女，纔生便有主。終日着羅綺，何曾識機杼。清夜聞歌聲，聽之淚如雨。他人如何歡，我意又何苦。所以問皇天，皇天竟無語。

皇天縱有語，不過日努力養蠶織絲，將來自有人聘而已。舍此更有何說？

司馬札

大中時人。諸本誤札爲禮。

感螢

愛爾持照書，臨書嘆吾道。青螢一點光，曾誤幾人老。夜久獨此心，環垣閉秋草。

此非感螢，乃感書也。誤人至老，雖有車武子何用？[一]

【校】

[一] 此原爲夾評。疑誤。

劉駕

字司南，江東人。大中時國子博士。

勵志

白髮豈有情，貴賤同日生。足感公道。一輪不暫駐，似趁長安程。想亦爲夸父追逐之故耶？前堂吹參差，不作緱山聲。後園植木槿，月照無餘英。及時立功德，身後猶光明。仲尼亦爲土，魯人焉敢耕。奇想，奇語。

早行

馬上續殘夢，馬嘶時復驚。心孤行多虞，僮僕近我行。栖禽未分散，落月照古城。莫羡居者閑，冢邊人已耕。

早行情景，宛在目中，其老於道途可知。

曹鄴

字鄴之，陽朔人。大中時進士，洋州刺史，官至吏部侍郎。

杏園席上同年

岐路不在天，十年行不至。一旦公道開，青雲在平地。枕上數聲鼓，衡門已如市。白日探得珠，不待驪龍睡。匆匆出九衢，僮僕顔色异。故衣未及换，尚有去年淚。晴陽照花影，落絮浮野翠。對酒時忽驚，猶疑夢中事。自憐孤飛鳥，時接鸞鳳翅。永懷共濟心，莫起胡越意。

句句是成名之喜，却句句是下第之悲。痛定思痛，豈不信然？

四望樓 樓在洛陽東，今廢。秦時有貴公子賈虛每日宴其上。

背山見樓影，應合與山齊。座上日已出，城中未鳴鷄。無限燕趙女，吹笙上金梯。風起洛陽東，香過洛陽西。公子長夜醉，不聞子規啼。

此公子之福力，能過於呂政、楊廣否？

成名後獻恩門

爲物稍有香，心遭蠹蟲嚙。平人登太行，萬萬車輪折。一辭桂嶺猿，九泣東門月。可謂老於打毦毿者矣。年年孟春時，看花不如雪。僻居城南隅，顔子須泣血。沉埋若九泉，誰肯開口說。辛勤學機杼，坐對秋燈滅。織錦花不常，見之盡云拙。自憐孤生竹，出土便有節。每聽浮競言，喉中似無舌。忽然風雷至，驚起池中物。拔上青雲顛，輕如一毫髮。瓏瓏金鎖甲，稍稍城烏絶。名字如鳥飛，數日便到越。可見報捷之事，唐時已有。幽蘭生雖晚，幽香亦難歇。何以保此身，終身事無缺。

鄴之蓋備嘗下第之苦者，故成名後，言之猶有餘痛。

吴宫宴

吴宫城闕高，龍鳳遥相倚。四面鏗鼓鐘，中央列羅綺。春風時一來，蘭麝聞數里。三度明月落，青娥醉不起。江頭鐵劍鳴，玉座成荒壘。適來歌舞處，未知身是鬼。

鄴之何以知鬼之來游？東坡言閑人説鬼，何如文人説鬼耶？

陸龜蒙

見前。

奉和襲美徐詩

嘗聞四書曰，經史子集焉。苟非天禄中，此事無由全。自從秦火來，歷代逢迍邅。漢祖入關日，蕭何爲政年。盡力取圖籍，遂持天下權。中興熹平時，教化還相宣。立石刻五經，置於太學前。賊莽亂王室，君臣如轉圜。洛陽且煨燼，載籍宜爲烟。逮晋武革命，生民纔息肩。惠懷亟寡昧，戎羯俄腥膻。已覺天地閉，競爲东南遷。日既不暇給，墳索何由專。爾後國脆弱，人多尚虛玄。任學者得謗，清言者爲賢。直至沈范輩，沈約、范雲皆藏書數萬卷。始家藏簡編。御府有不足，仍令就之傳。梁元渚宫日，盡取如蚳蝝。兵威忽破碎，焚爇無遺篇。近者隋後主，搜羅勢騈闐。寶函映玉軸，彩翠明霞鮮。伊唐受命初，載史聲連延。砥柱不我助，驚波涌淪漣。遂令往古書，半在餘浮泉。貞觀購亡逸，蓬瀛漸周旋。炅然東壁光，與月争流天。偉矣開元中，王道真平平。八萬五千卷，一一皆塗鉛。人間盛傳寫，海内奔窮研。目云西齋書，有過東皋田。吾聞徐氏子，奕世皆才賢。因知遺孫謀，不在黄金錢。插架幾萬軸，森森若戈鋋。風吹籤牌聲，滿室鏗鏘然。佳哉鹿門子，好問如除痟。倏來參卿處，遂得參卿憐。開懷展厨簏，唯在性所便。素業已千仞，今爲峻雲巔。雄才舊百派，相近浮百川。君抱王佐圖，縱步凌陶甄。他時若報德，誰在參卿先。

古語云「借書一瓻，還書一瓻」，皆言以酒酬書也。而後乃訛「瓻」爲「痴」，則大謬矣。今請以訛易訛，改「痴」而爲「詩」，同一痴也。詩痴豈不勝於酒痴耶？吾於此詩乎有感。

皇甫松 自號樂子。

古松感興 因名爲松而遂以松感興，可想歲寒特立之概。

皇天后土力，使我向此生。貴賤不我均，若爲天地情。我家世道德，旨意匡文明。家集四百卷，獨立天地經。寄言青松姿，豈羡朱槿榮。昭昭大化光，共此遺芳馨。

此詩鍾、譚皆稱爲淳朴高厚，不似晚唐。想當不謬。

蘇拯 無考。

西施

吴王縱驕佚，天産西施出。豈徒伐一人，所貴救群物。良由上天意，惡盈戒奢侈。不獨破吴國，不獨生越水。在周名褒姒，在商名妲己。變化本多塗，生殺亦如此。君王政不修，立地生西子。

此論從來未發，聽之可爲悚然。

巫山

昔時亦雲雨，今時亦雲雨。自是荒淫多，夢得巫山女。從來聖明君，可聽妖魅語。祇今峰上雲，徒自生容與。

意亦與前首相同，但西施猶是實事，此却連夢都不許做。蘇君真可謂古板道學矣。

釋貫休

姓姜氏，字德遠。鍾陵人。

古意

乾坤有清氣，散入詩人脾。聖賢遺清風，不在惡木枝。千人萬人中，一人兩人知。憶在東溪日，花開葉落時。幾擬以黃金，鑄作鍾子期。

休每得句，云衹堪供養佛。故《贈樓》一詩云：「得句先呈佛，無人知此心。」所云「千萬人中」之一兩人，非佛而誰？安得不以黃金鑄之。

任氏 長安人。

書桐葉

拭翠斂愁蛾，爲鬱心中事。搦管下庭除，書作相思字。此字不書石，此字不書紙。書向秋葉上，願逐秋風起。天下有心人，盡解相思死。天下負心人，不識相思字。有心與負心，不知落何地。

幸而此葉落侯繼圖之手，後侯爲尚書，任亦爲尚書夫人矣。如此相思，古今安得有兩？

李冶 字季蘭，峽中人。女道士。

相思怨 天下有相思之女道士乎？

人道海水深，不抵相思半。海水尚有涯，相思渺無畔。携琴上高樓，樓虚月華滿。彈得相思曲，弦腸一時斷。

此女冠之彈相思曲，亦猶之任夫人之書相思字耳。但幸而書遇好風，則心與字俱圓；不幸而曲怨滿月，則腸與弦俱斷相思海中。苦樂固天淵耶？

唐詩快卷五終

唐詩快卷六目次　移人集三

七言古一

唐詩快卷六目次終

唐詩快卷六　移人集三

鍾山　黄周星九烟　選評
岑山　程　洪丹問　校訂

七言古

中宗皇帝（以下初唐。）

景隆四年正月五日移仗蓬萊宫御大明殿會吐蕃騎馬之戲因重爲柏梁體聯句

大名御寓臨萬方，（帝。）顧慚内政翊陶唐（皇后。）鸞鳴鳳舞向平陽，（長寧公主。）秦樓魯館沐恩光。（安樂公主。）無心爲子輒求郎，（太平公主。）雄才七步謝陳王。（温王重茂。）當熊讓輦愧前芳，（上昭容。）再司銓筦恩可忘。（吏部）

侍郎崔湜。文江學海思濟航，著作郎鄭愔。萬邦考績臣所詳。考功員外郎武平一。著作不休出中腸，著作郎閻朝隱。權豪屏迹肅嚴霜。御史大夫竇從一。鑄鼎開岳造明堂，將作大匠宗晋卿。玉醴由來獻壽觴。吐蕃舍人明悉獵。

君臣賡歌，千古盛事。自皋陶八伯而後，杳然不復睹矣。唐之中宗，本卑卑不足數，何乃有此曠舉，且上自后妃、王主，下至外蕃，并與斯會。朔越一家，從古未有，如此太平景象，豈可多得？區區柏梁亦何足道耶？聯句語語俱典古得體，内后妃公主數語，絶無脂粉之氣，尤奇。

王適

幽州人。雍州司功參軍。

古別離

昔歲驚楊柳，高樓悲獨守。今年芳樹枝，孤栖怨別離。珠簾晝不卷，羅幔曉長垂。苦調琴先覺，愁容鏡獨知。琴苦鏡愁，尋常語耳，着「先覺」「獨知」四字，便分外凄楚。頻年雁度無消息，罷却鴛文何用織。夜還羅帳空有情，春着裙腰自無力。「春著裙腰」四字相連亦妙。青軒桃李落紛紛，紫庭蘭蕙日氛氳。已能憔悴今如此，更復含情一待君。大有忍死須臾之感。

宋之問 見前。

綠竹引

青溪綠潭潭水側，修竹嬋娟同一色。徒生仙實鳳不游，老死空山人詎識。妙年秉願逃俗紛，歸卧嵩丘弄白雲。含情傲睨慰心目，何可一日無此君。成語妙合。

郭元振 見前。

古劍篇

君不見昆吾鐵冶飛炎烟，紅光紫氣俱赫然。良工鍛煉凡幾年，鑄得寶劍名龍泉。龍泉顔色如霜雪，良工咨嗟嘆奇絶。琉璃玉匣吐蓮花，錯鏤金環映明月。正逢天下無風塵，幸得周防君子身。精光黯黯青蛇色，文章片片緑龜鱗。非直結交游俠子，亦曾親近英雄人。何言中路遭弃捐，零落漂淪古獄邊。雖復塵埋無所用，猶能夜夜氣衝天。

周防君子，親近英雄，此豈特爲古劍而發哉。

張諤

登景龍進士第，與岐王範友善。

百子池

舊聞百子漢家池，漢家渌水今逶迤。宮女厭鏡笑窺池，身前影後不相見。無數容華空自知。

梁曲《捉搦歌》云：「可憐女子能照影，不見其餘見斜領。」此漢家百子池，想亦與華山百丈井同一幽冷。

常理

無考。

偷薄命

三字甚新奇，非樂府所有，但可想見其幽昵情耳。

十五玉童色，雙蛾青彎彎。鳥銜櫻桃花，此時刺綉閑。嬌小恣所愛，誤人金指環。艷花勾引落，滅燭屏風關。妾怕愁中晝，君偷薄裏還。如此點題，亦頗難解。初謂來心平若案，誰知别意險如山。乍啼羅袖嬌遮面，不忍看君莫惜顔。

王翰

字子羽，晉陽人。擢進士，駕部員外郎，道州司馬。

賦得明星玉女壇送廉察尉華陰

洪河之南曰秦鎮，起得好。發地削成五千仞。三峰離地皆倚天，唯獨中峰特修峻。上有明星玉女祠，祠壇高眇路逶迤。三十六梯入河漢，樵人往往見蛾眉。蛾眉嬋娟又宜笑，一見樵人下靈廟。此樵人好福分。不知前生如何修來。仙車欲駕五雲飛，香扇斜開九華照。含情遲佇惜韶年，願侍君邊復中旋。江妃玉佩留爲念，嬴女銀簫空自憐。仙俗途殊兩情遽，感君無盡辭君去。遥見明星是妾家，風飄雲散不知處。來固無端，去亦無迹。故人家在西長安，賣藥往來投此山。彩雲蕩漾不可見，緑蘿蒙茸鳥綿蠻。欲求玉女長生法，日夜燒香應自還。

一篇大文字，分明叙明星玉女事實耳，却賦送華陰尉，詩中何嘗有一字涉華陰尉耶？《傳》云此君豪放喜酒，足見其一班矣。

高適 見前。以下盛唐。

燕歌行 并序

開元二十六年，客有從御史大夫張公出塞而還者，作《燕歌行》以示適。感征戍之事，因而和焉。

漢家烟塵在東北，漢將辭家破殘賊。男兒本自重横行，天子非常賜顔色。摐金伐鼓下榆關，旌旆逶迤碣石間。校尉羽書飛瀚海，單于獵火照狼山。山川蕭條極邊土，胡騎憑陵雜風雨。戰士軍前半死生，美人帳下猶歌舞。苦中作樂，大難爲情。大漠窮秋塞草腓，孤城落日鬥兵稀。身當恩遇常輕敵，力盡關山未解圍。鐵衣遠戍辛勤久，玉箸應啼别離後。少婦城南欲斷腸，征人薊北空回首。不堪回首。邊庭飄颻那可度，絶域蒼茫何所有。殺氣三時作陣雲，寒聲一夜傳刁斗。相看白刃雪紛紛，死節從來豈顧勳。君不見沙場征戰苦，至今猶憶李將軍。此是歌行本色。

封丘縣

我本漁樵孟諸野，一生自是悠悠者。乍可狂歌草澤中，寧堪作吏風塵下？祇言小邑無所爲，公門百事皆有期。拜迎長官心欲碎，鞭撻黎庶令人悲。悲來向家問妻子，舉家盡笑今如此。生事應須南畝田，世情付與東流水。夢想舊山安在哉，爲銜君命且遲回。乃知梅福徒爲爾，轉憶陶潛歸去來。

縣令尚不可爲，况縣尉乎！《傳》稱有唐以來，詩人之達者，惟公而已。殆未知其封丘初仕之苦也。

崔顥 卞州人。開元中進士，司勛員外郎。

七夕

長安城中月如練，家家此夜持針綫。仙裙玉佩空自知，天上人間不相見。長信深陰夜轉幽，瑶階金閣數螢流。班姬此夕愁無限，河汉三更看斗牛。

當七夕而念班姬，猶長吉之當七夕而念蘇小也。總是詞人澹想。

岑參 見前。

感遇

五花驄馬七香車，云是平陽帝子家。鳳凰城頭日欲斜，門前高樹鳴春鴉。漢家魯元君不聞，今作城西一古墳。昔來唯有秦王女，獨自吹簫乘白雲。

詩與題似不相蒙，而所感則同。從來才子、美人、英雄、神仙此四種人，大都分拆不得。

太白胡僧歌并序

太白中峰絶頂有胡僧，不知幾百歲，眉長數寸，身不製繒帛，衣以草葉，恒持《楞伽經》。雲壁迥絶，人迹罕到。嘗東峰有鬥虎，弱者將死，僧杖而解之。視虎如狗。西湫有毒龍，久而爲患，僧器而貯之。視龍如蚓。商山趙叟前年采茯苓，深入太白，此叟亦不凡。偶值此僧。訪我而説，予恒有獨往之意，聞而悦之，乃爲歌曰：

聞有胡僧在太白，蘭若去天三百尺。一持楞伽入中峰，世人難見但聞鐘。窗邊錫杖解兩虎，床下鉢盂藏一龍。草衣不針亦不綫，兩耳垂肩眉覆面。此僧年幾那得知，手種青松今十圍。心將流水同清净，身與浮雲無是非。商山老人已曾識，願一見之何由得。山中有僧人不知，城裏看山空黛色。

有如此奇人奇事，自當千里命駕，裹糧相從，奈何徒付之黛色一看乎。

田使君美人舞如蓮花北鋋歌 此曲本出北同城。

美人舞如蓮花旋，世人有眼應未見。高堂滿地紅氍毹，試舞一曲天下無。此曲胡人傳入漢，諸客見之驚且嘆。慢臉嬌娥纖復穠，輕羅金縷花葱蘢。回裾轉袖若飛雪，左鋋右鋋生旋風。琵琶横笛和未匝，花門山頭黄雲合。忽作出塞入塞聲，白草胡沙寒颯颯。翻身入破如有神，前見後見回回新。始知諸曲不可比，采蓮落梅徒聒耳。世人學舞祇是舞，姿態豈能得如此。

未知比公孫大娘舞劍器渾脱何如，惜不令少陵見之。

玉門關蓋將軍歌

蓋將軍，真丈夫。行年三十執金吾，身長七尺頗有鬚。玉門關城迥且孤，黄沙萬里白草枯。南鄰犬戎〔一〕北接胡〔二〕，將軍到來備不虞。五千甲兵膽力粗，軍中無事但歡娱。暖屋綉簾紅地爐，織成壁衣花氍毹。燈前侍婢瀉玉壺，金鐺亂點野酡酥。紫紱金章左右趨，問著祇是蒼頭奴。此老土所謂奴僕旌旄也，豈不可嘆？美人一雙閑且都，朱唇翠眉映明矑。清歌一曲世所無，今日喜聞鳳將雛。可憐絶勝秦羅敷，使君五馬謾踟躕。野草綉窠紫羅襦，紅牙縷馬對摴蒱。玉盤纖手撒作盧，衆中誇道不曾輸。櫪上昂昂皆駿駒，桃花叱撥價最殊。騎將獵向城南隅，臘日射殺千年狐。我來塞外按邊儲，爲君取醉酒剩沽。醉争酒盞相喧呼，却憶咸陽舊酒徒。

此鼓鼙之聲也，故當令銅將軍鐵綽板唱之。

【校】

［一］犬戎：原作「□□」，據《岑嘉州詩》補。

［二］胡：原作「□」，據《岑嘉州詩》補。

李頎　見前。

送劉十

三十不官亦不娶，時人焉識道高下。房中唯有老氏經，櫪上空餘少游馬。往來嵩華與函秦，放歌一曲前山春。西林獨鶴引閑步，南澗飛泉清角巾。前年上書不得意，歸臥東窗兀然醉。諸兄相繼掌青史，第五之名齊驃騎。烹葵摘果告我行，落日夏雲縱復横。聞道謝安掩口笑，知君不免爲蒼生。

此亦奇男子也，讀此詩想見其人。

送陳章甫

四月南風大麥黄，棗花未落桐陰長。青山朝别暮還見，嘶馬出門思舊鄉。陳侯立身何坦蕩，虬鬚虎眉仍大顙。腹中貯書一萬卷，不肯低頭在草莽。非不肯低頭也，祇爲萬卷撐住，雖欲低而不能耳。東門酤酒飲我曹，心輕萬事皆鴻毛。醉臥不知白日暮，有時空望孤雲高。其不低頭可知。長河浪頭連天黑，津吏停舟渡不得。鄭國游人未及家，洛陽行子空嘆息。聞道故林相識多，罷官昨日今如何。

此又一奇男子，正可與劉十作對。

琴歌

主人有酒歡今夕，請奏鳴琴廣陵客。倒句。月照城頭烏半飛，霜凄萬樹風入衣。銅爐華燭燭增輝，初彈淥水後楚妃。一聲已動物皆静，四座無言星欲稀。妙處可以意會，不可以言傳。清淮奉使千餘里，敢告雲山從此始。句法妙。琴乃能硬遣人致仕耶。

王维　見前。

隴頭吟

長城少年游俠客，夜上戍樓看太白。隴頭明月迥臨關，隴上行人夜吹笛。關西老將不勝愁，駐馬聽之雙淚流。身經大小百餘戰，麾下偏裨萬户侯。蘇武才爲典屬國，節旄空盡海西頭。何况李將軍乎。

洛陽女兒行

洛陽女兒對門居，纔可顔容十五餘。良人玉勒乘驄馬，侍女金盤膾鯉魚。畫閣朱樓盡相望，紅桃緑柳垂檐向。羅帷送上七香車，寶扇迎歸九華帳。狂夫富貴在青春，意氣驕著劇季倫。自憐碧玉親教舞，不惜珊瑚特[一]與人。春窗曙滅九微火，九微片片飛花璅。戲罷曾無理曲時，妝成祇是薰香坐。城中相識盡繁華，日夜經過趙李家。誰憐越女顔如玉，貧賤江頭自浣紗。

通篇寫盡嬌貴之態，讀至末二句，則知意不在洛陽而在越溪，所以有西施咏也。

【校】

[一] 特：吴本及宋蜀本《王摩詰文集》、文淵閣《四庫全書》本《王右丞集箋注》作「持」。

故人張諲工詩善易卜兼能丹青草隸頃以詩見贈聊獲酬之

不逐城東游俠兒，隱囊紗帽坐彈棋。蜀中夫子時開卦，洛下諸生解咏詩。藥欄花徑衡門裏，時復據梧聊隱几。屏風誤點惑孫郎，團扇草書輕内史。故園高枕度三春，永日垂帷絶四鄰。自想蔡邕今已老，更將書籍與何人。

韻人韻事，讀之祇覺清芬襲人。

李白　見前。

烏夜啼

黄雲城邊烏欲栖，歸飛啞啞枝上啼。機中織錦秦川女，碧紗如烟隔窗語。停梭悵然憶遠人，獨宿空房淚如雨。

烏栖曲

姑蘇臺上烏栖時，吴王宫裏醉西施。吴歌楚舞歡未畢，青山欲銜半邊日。銀箭金壺漏水多，起看秋月墜江波。東方漸高奈樂何。

此二詩乃賀監嘆賞苦吟，所可謂泣鬼神者也。細觀之，亦六朝艷曲之常耳。雖然，以泣鬼則不足，以移人則有餘。安得不選？

贈裴十四

朝見裴叔則，朗如行玉山。黄河落天走東海，萬里瀉入胸懷間。身騎白黿不敢度，金高南山買君顧。徘徊六合無相知，飄若浮雲且西去。

此等詩不得不賞其豪曠，又不得但賞其豪曠，總是氣格不同。

對酒

蒲萄酒，金叵羅，吴姬十五細馬馱。馬安得細？因人而見其細耳。青黛畫眉紅錦靴，道字不正嬌唱歌。玳瑁筵中懷裏醉，芙蓉帳底奈君何。

嬌至此乎？幾於手不忍觸矣，祇合焚香供之。

廬山謡寄盧侍御虚舟

我本楚狂人，鳳歌笑孔丘。手持緑玉杖，朝别黄鶴樓。五岳尋仙不辭遠，一生好入名山游。廬山秀出南斗傍，屏風九疊雲錦張，影落明湖青黛光。金闕前開二峰長，銀河倒挂三石梁。香爐瀑布遥相望，迴崖沓嶂凌蒼蒼。翠影紅霞映朝日，鳥飛不到吴天長。登高壯觀天地間，大江茫茫去不還。黄雲萬里動風色，白波九道流雪山。好爲廬山謡，興因廬山發。閑窺石鏡清我心，謝公行處蒼苔没。早服還丹無世情，琴心三疊道初成。遥見仙人彩雲裏，手把芙蓉朝玉京。先期汗漫九垓上，願接盧敖游太清。

伯敬云：「讀太白詩，當於雄快中，察其静遠精出處。」又云：「太白有飲酒、學仙兩路語，資淺俗人口角。」言俱不謬。若如此等詩，則有雄快而無淺俗矣。他如《襄陽歌》《梁園吟》《扶風豪士》《夢游天姥》諸作，非不雄快可喜，然終不敢入選者，誠恐如伯敬所評跋耳。

杜甫 見前。

麗人行

三月三日天氣新，長安水邊多麗人。實有所指，轉若無所指，故妙。態濃意遠淑且真，肌理細膩骨肉勻。何以體認，親切至此。綉羅衣裳照暮春，蹙金孔雀銀麒麟。頭上何所有？翠爲[一]匐葉垂鬢唇。背後何所見？珠壓腰衱穩稱身。足下何所着？紅蕖羅襪穿鐙銀。[二]就中雲幕椒房親，賜名大國虢與秦。紫駝之峰出翠釜，水精之盤行素鱗。犀箸厭飫久未下，鸞刀縷切空紛綸。黄門飛鞚不動塵，御厨絡繹送八珍。簫鼓哀吟感鬼神，賓從雜遝實要津。後來鞍馬何逡巡，當軒下馬入錦茵。楊花雪落覆白蘋，青鳥飛去銜紅巾。炙手可熱勢絶倫，愼莫近前丞相嗔！

通篇俱描畫豪貴穠艷之景，而諷刺自在言外。少陵豈非詩史？

【校】

［一］爲：《杜工部集》作「微」。

［二］足下何所着？紅蕖羅襪穿鐙銀：《杜工部集》《樂府詩集》《文苑英華》等皆無此二句。《升庵詩話》云：「杜詩《麗人行》，古本『珠壓腰衱穩稱身』下有『足下何所着，紅渠羅襪穿鐙銀』二句，今本亡之。」

哀王孫

長安城頭頭白烏，夜飛延秋門上呼。又向人家啄大屋，屋底達官走避胡。金鞭斷折九馬死，骨肉不待同馳驅。腰下寶玦青珊瑚，可憐王孫泣路隅。問之不肯道姓名，但道困苦乞爲奴。已經百日竄荆棘，身上無有完肌膚。高帝子孫盡隆凖，龍種自與常人殊。豺狼在邑龍在野，王孫善保千金軀。不敢長語臨交衢，且爲王孫立斯須。昨夜春風吹血腥，東來橐駝滿舊都。朔方健兒好身手，昔何勇鋭今何愚。竊聞天子已傳位，聖德北服南單于。花門剺面請雪耻，慎勿出口他人狙。哀哉王孫慎勿疏，五陵佳氣無時無。

古致錯落，硱硱粼粼。屢唤王孫，一唤一哀，幾於泣涕如雨矣。

憶昔

憶昔開元全盛日，小邑猶藏萬家室。稻米流脂粟米白，公私倉廩俱豐實。九州道路無豺虎，遠行不勞吉日出。齊紈魯縞車班班，男耕女桑不相失。宮中聖人奏雲門，天下朋友皆膠漆。大哉言乎，如見唐虞三代矣。百餘年間未灾變，叔孫禮樂蕭何律。豈聞一絹直萬錢，有田種穀今流血。洛陽宮殿燒焚盡，宗廟新除狐兔穴。傷心不忍問耆舊，復恐初從亂離説。小臣魯鈍無所能，朝廷記識蒙禄秩。周宣中興望我皇，灑血江漢長衰疾。

通篇亦平平無奇，但以「宮中」二語，氣象鴻偉，不忍弃之。詩多有以一二句而帶挈一首者，此類是也。杜《寄裴施州》「金鐘大鏞」二語，氣象亦佳，而全首不稱，遂不能收。詩中如此者，亦復何限。

飲中八仙歌

知章騎馬似乘船，眼花落井水底眠。醉至此乎？豈不淹殺？汝陽三斗始朝天，道逢麴車口流涎，恨不移封向酒泉。左相日興費萬錢，飲如長鯨吸百川，銜杯樂聖稱避賢。宗之瀟灑美少年，舉觴白眼望青天，皎如玉樹臨風前。豐姿可想。蘇晋長齋綉佛前，醉中往往愛逃禪。李白一斗詩百篇，長安市上酒家眠。天子呼來不上船，不上船者，想來亦怕水底眠耳。自稱臣是酒中仙。口中能説此五字，猶未大醉。張旭三杯草聖傳，脱帽露頂王公前，揮毫落紙如雲烟。焦遂五斗方卓然，高談雄辯驚四筵。

八人中惟太白有謫仙之號，餘七人皆未嘗仙也。然因其自號酒中八仙，少陵遂從而仙之。至今讀其詩，不但飄飄有仙氣，亦且拂拂有酒氣。今世俗相沿，也有八仙之名，未知與此八仙，誰真誰假。

渼陂行

岑參兄弟皆好奇，携我遠來游渼陂。每於起處，見其雄健。天地黤慘忽异色，波濤萬頃堆琉璃。琉璃漫汗泛舟入，事殊興極憂思集。鼉作鯨吞不復知，惡風白浪何嗟及。主人錦帆相爲開，舟子喜甚無氛埃。鳧鷖散亂棹謳發，絲管啁啾空翠來。沈竿續蔓深莫測，菱葉荷花静如拭。宛在中流渤澥清，下歸無極終南黑。半陂已南純浸山，動影裊窕冲融間。船舷暝戞雲際寺，水面月出藍田關。俱是畫景。此是驪龍亦吐珠，馮夷擊鼓群龍趨。湘妃漢女出歌舞，金支翠旗光有無。咫尺但愁雷雨至，蒼茫不曉神靈意。少壯幾時奈老何，向來哀樂何其多。

此詩不過游渼陂耳，却説得天摇地動、雲飛水立。悄然有山林窅冥，海水汩没景象，豈不令人移情。

蘇端薛復筵簡薛華醉歌

文章有神交有道，（銜口而出，遂成名語。）端復得之名譽早。愛客滿堂盡豪杰，開筵上日思芳草。安得健步移遠梅，亂插繁花向晴昊。千里猶殘舊冰雪，百壺且試開懷抱。垂老惡聞戰鼓悲，急觴爲緩憂心擣。少年努力縱談笑，看我形容已枯槁。座中薛華善醉歌，歌辭自作風格老。近來海内爲長句，汝與山東李白好。（健甚。）何劉沈謝力未工，才兼鮑照愁絶倒。諸生頗盡新知樂，萬事終傷不自保。氣酣日落西風來，願吹野水添金杯。如澠之酒常快意，亦知窮愁安在哉。忽憶雨時秋井塌，古人白骨生青苔，如何不飲令心哀。

可謂老氣横九州。

醉時歌

自注「贈廣文館博士鄭虔」。

諸公袞袞登臺省，廣文先生官獨冷。甲第紛紛厭粱肉，廣文先生飯不足。先生有道出羲皇，先生有文過屈宋。德尊一代常轗軻，名垂萬古知何用！杜陵野客人更嗤，被褐短窄鬢如絲。日糴太倉五升米，時赴鄭老同襟期。得錢即相覓，沽酒不復疑。忘形到爾汝，痛飲真吾師。清夜沉沉動春酌，燈前細雨檐花落。但覺高歌有鬼神，焉知餓死填溝壑？相如逸才親滌器，子雲識字終投閣。先生早賦歸去來，石田茅屋荒蒼苔。儒術於我何有哉，孔丘盜跖俱塵埃。不須聞此意慘愴，生前相遇且銜杯！

此先生飯既不足，酒亦安得有餘？直是塊壘填胸，不得不借斗酒澆之耳。詩特豪横奔騰，不可一世。

短歌行贈王郎司直

王郎酒酣拔劍斫地歌莫哀！我能拔爾抑塞磊落之奇才。豫樟翻風白日動，鯨魚跋浪滄溟開。且脱佩劍休徘徊，西得諸侯棹錦水。欲向何門趿珠履，仲宣樓頭春色深。青眼高歌望吾子，眼中之人吾老矣。

起句如太華五千仞，劈地插天，安得不驚其奇崛？

寄韓諫議注

今我不樂思岳陽，身欲奮飛病在床。美人娟娟隔秋水，濯足洞庭望八荒。鴻飛冥冥日月白，青楓葉赤天雨霜。玉京群帝集北斗，或騎騏驎翳鳳皇。芙蓉旌旗烟霧樂，影動倒景摇瀟湘。星宮之君醉瓊漿，羽人稀少不在傍。似聞昨者赤松子，恐是漢代韓張良。昔隨劉氏定長安，帷幄未改神慘傷。國家成敗吾豈敢，色難腥腐餐風香。周南留滯古莫惜，南極老人應壽昌。美人胡爲隔秋水，焉得置之貢玉堂。

鄭善夫云：「全不成章。」如此不成章之詩，何可多得？顛倒錯雜，不倫不理，讀之不知所指何人、所説何事，即韓諫議當亦目瞠口呿，茫然不解，然不得言其不妙。

奉先劉少府新畫山水障歌

堂上不合生楓樹，（何其突兀。）怪底江山起烟霧。聞君掃却赤縣圖，乘興遣畫滄洲趣。畫師亦無數，好手不可遇。對此融心神，知君重毫素。豈但祁岳與鄭虔，筆迹遠過楊契丹。得非玄圃裂，無乃瀟湘翻。悄然坐我天姥下，耳邊已似聞清猿。反思前夜風雨急，乃是蒲城鬼神入。元氣淋漓障猶濕，真宰上訴天應泣。野亭春還雜花遠，漁翁暝踏孤舟立。滄浪水深青溟闊，欹崖側島秋毫末。不見湘妃鼓瑟時，至今斑竹臨江活。劉侯天機精，愛畫入骨髓。自有兩兒郎，揮灑亦莫比。大兒聰明到，能添老樹巔崖裏。小兒心孔開，貌得山僧及童子。若耶溪，雲門寺，吾獨胡爲在泥滓，青鞋布襪從此始。杳然。

戲題王宰畫山水圖歌

十日畫一水，五日畫一石。能事不受相促迫，王宰始肯留真迹。壯哉崑崙方壺圖，挂君高堂之素壁。巴陵洞庭日本東，赤岸水與銀河通，中有雲氣隨飛龍。舟人漁子入浦溆，山木盡亞洪濤風。尤工遠勢古莫比，咫尺應須論萬里。焉得并州快剪刀，剪取吴松半江水。

如此起，如此結。袁彦伯所谓「江山遼落」，居然有萬里之势。

天育驃騎歌

吾聞天子之馬走千里，今之畫圖無乃是。是何意態雄且杰，駿尾蕭梢朔風起。毛爲緑縹兩耳黄，眼有紫焰雙瞳方。矯矯龍性合變化，卓立天骨森開張。伊昔太僕張景順，考牧攻駒閲清峻。「清峻」二字，説馬亦奇。遂令大奴字天育，別養驥子憐神駿。當時四十萬匹馬，張公嘆其材盡下。好句法。故獨寫真傳世人，見之座右久更新。年多物化空形影，嗚呼健步無由騁。如今豈無騕褭與驊騮，時無王良伯樂死即休。

此言豈爲馬而發哉！足使千古英雄一齊墮淚。

觀公孫大娘弟子舞劍器行并序

大曆二年十月十九日，夔州别駕元特[一]宅，見临潁李十二娘舞劍器，壯其蔚跂，問其所師，曰：「余公孫大娘弟子也。」開元三載，余尚童稚，記於郾城觀公孫氏，舞劍器渾脱，瀏灕頓挫，獨出冠時，自高頭宜春黎園二伎坊内人，洎外供奉，曉是舞者。聖文神武皇帝初，公孫一人而已。直説得如此莊重。玉貌綉衣，况余白首，今茲弟子，亦匪盛顔。既辨其由來，知波瀾莫二，撫事慷慨，聊爲《劍器行》。昔者吴人張旭善草書書帖，數常於鄴縣見公孫大娘舞西河劍器，自是草書長進，豪蕩感激，亦是奇事。即公孫可知矣。

昔有佳人公孫氏，一舞劍器動四方。觀者如山色沮喪，天地爲之久低昂。㸌如羿射九日落，矯如群帝驂龍翔。來如雷霆收震怒，罷如江海凝清光。絳唇珠袖两寂寞，晚有弟子傳芬芳。臨潁美人在白帝，妙舞此曲神揚揚。與余問答既有以，感時撫事增惋傷。先帝侍女八千人，公孫劍器初第一。五十年間似反掌，風塵澒洞昏王室。梨園弟子散如烟，女樂餘姿映寒日。金粟堆南木已拱，瞿塘石城草蕭瑟。玳筵急管曲復終，樂极哀來月東出。樂极哀來，何以即接月東出，倒句自奇。老夫不知其所往，足繭荒山轉愁疾。

一起有排山倒海之势，後却平平。

【校】

［一］特：《杜工部集》作「持」。

張謂 字正言。河南人。天寶中進士，禮部侍郎。

贈喬琳

去年上策不見收，今年寄食仍淹留。羡君有酒能便醉，羡君無錢能不憂。如今五侯不待客，羡君不入五侯宅。如今七貴方自尊，羡君不過七貴門。丈夫會應有知己，世上悠悠安足論。此知己料想必非五侯七貴矣。

王季友 河南人，一云酆城人。

觀于舍人壁畫山水

野人宿在人家少，朝見此山謂山曉。半壁仍栖嶺上雲，開簾欲放湖中鳥。獨坐長松是阿誰，再三招手起來遲。于公大笑向予説，小弟丹青能爾爲。

如此觀畫，似太着痕迹矣，然亦何嘗不佳。

畢耀 乾元中監察御史。

古意

璇閨綉户斜光入，千金女兒倚門立。横波美目雖後來，羅帔遥遥不相及。聞道今年初避人，珊珊挂鏡長隨身。願得侍兒爲道意，後堂羅帳一相親。禁臠豈易近耶？

元結 見前。

無爲洞口作 洞名好。

無爲洞口春水滿，無爲洞傍春雲白。愛此踟躕不能去，令人悔作衣冠客。洞傍山僧皆學禪，無求無欲亦忘年。欲問其心不能問，我到山中得無悶。足矣。

李暇 無考。

擬古東飛伯勞歌

秦王龍劍燕后琴，珊瑚寶匣鏤雙心。誰家女兒抱香枕，開衾滅燭願侍寢。瓊窗半上金縷幬，輕羅掩面不遮羞。青綺帷中坐相憶，紅鸞鏡裏見愁色。檐花照月鶯對栖，空將可憐暗中啼。

古歌云：「空留可憐誰與同。」此又云：「空將可憐暗中啼。」一留一將，可憐果何物耶？

唐詩快卷六終

唐詩快卷七目次　移人集四

七言古二

長短句

唐詩快卷七目次終

唐詩快卷七　移人集四

鍾山　黄周星九烟　選評
岑山　程　洪丹問　校訂

七言古

韋應物

見前。以下中唐。

馬明生遇神女歌

學仙貴功亦貴精，神女變化感馬生。石壁千尋啓雙檢，中有玉床鋪玉簟。立之一隅不與言，玉體安穩三日眠。馬生一立心轉堅，知其丹白蒙哀憐。安期先生來起居，從何而來，有緣有緣。請示金鐺玉佩天皇書。神女呵責不合見，仙子謝過手足戰。大瓜玄棗冷如冰，海上摘來朝霞凝。賜仙復坐對食訖，頷之使去隨烟升。乃言馬生合不死，少姑教敕令付爾。安期再拜將生出，一授素書天地畢。奇人奇事，奇福奇緣。吾安得爲馬明生乎？

李端 字正己，趙州人。大曆中進士，杭州司馬。

妾薄命

憶妾初嫁君，花鬟如緑雲。回燈入綺帳，轉面脱羅裙。折步教人學，此折此教皆可。偷香與客熏。此偷却不可。容顔南國重，名字北方聞。一從失恩意，轉覺身憔悴。對鏡不梳頭，倚窗空落淚。新人莫恃新，秋至會無春。從來閉住長門者，必是宫中第一人。

固是悲憤之言，亦是平陂往復至理，大可警醒愚迷。

韓愈 見前。

贈鄭兵曹

鐏酒相逢十載前，君爲壯夫我少年。鐏酒相逢十載後，我爲壯夫君白首。我材與世不相當，戢鱗委翅無復望。當今賢俊皆周行，君何爲乎亦遑遑。杯行到君莫停手，破除萬事無過酒。豈獨破除萬事，若果材與世違，即斷送一生，亦説不得。

贈唐衢

虎有爪兮牛有角，虎可搏兮牛可觸。奈何君獨抱奇材，手把鋤犁餓空谷。把鋤而餓空谷，尚不如子美之長鑱可以托命。哀當今天子急賢良，匭函朝出開明光。胡不上書自薦達，坐令四海如虞唐。談何容易。哉。

此即哭世之唐衢也。彼所哭者，豈爲一身之材與餓哉？然贈言者固當代爲哭之。

岣嶁山

岣嶁山尖神禹碑，字青石赤形摹奇。蝌蚪拳身薤倒披，鸞飄鳳泊拿虎螭。事嚴迹秘鬼莫窺，道人獨上偶見之，我來咨嗟涕漣洏。千搜萬索何處有，森森緑樹猿猱悲。

神禹碑在長沙之嶽麓山，此山雖去岣嶁三百里，仍占七十二峰之一。余嘗讀書碑畔，何乃向岣嶁山尖搜索乎。

感春

皇天平分成四時，春氣漫誕最可悲。雜花妝林草蓋地，白日座上傾天維。蜂喧鳥咽留不得，紅蕚萬片從風吹。豈如秋霜雖慘冽，摧落老物誰惜之。爲此徑須沽酒飲，自外天地弃不疑。近憐李杜無撿束，爛漫長醉多文辭。屈原離騷二十五，不肯餔啜糟與醨。惜哉此子巧言語，不到聖處寧非痴。幸逢堯舜明四目，條理品彙皆得宜。平明出門暮歸舍，酩酊馬上知爲誰。

春氣漫誕，詩亦與之爲漫誕。

石鼓歌

張生手持石鼓文，勸我試作石鼓歌。少陵無人謫仙死，才薄將奈石鼓何。周綱陵遲四海沸，宣王憤起揮天戈。大開明堂受朝賀，諸侯劍珮鳴相磨。蒐于岐陽騁雄俊，百里禽獸皆遮羅。鐫功勒成告萬世，鑿石作鼓隳嵯峨。從臣才藝咸第一，揀選撰刻留山阿。雨淋日炙野火燎，鬼物守護煩撝呵。公從何處得紙本，毫髮盡備無差訛。辭嚴義密讀難曉，字體不類隸與蝌。年深豈免有缺畫，快劍斫斷生蛟鼉。鸞翔鳳翥衆仙下，珊瑚碧樹交枝柯。金繩鐵索鎖紐壯，古鼎躍水龍騰梭。可謂極力摹寫。陋儒編詩不收入，二雅褊迫無委蛇。孔子西行不到秦，掎摭星宿遺羲娥。嗟余好古生苦晚，對此涕淚雙滂沱。憶昔初蒙博士徵，其年始稱改元和。故人從軍左右輔，爲我量度掘臼科。濯冠沐浴告祭酒，如此至寶存豈多。氈苞席裹可立致，十鼓祇載數駱駝。薦諸太廟比郜鼎，光價豈止百倍過。聖恩若許留太學，諸生講解得切磋。觀經鴻都尚填咽，坐見舉國來奔波。剜苔剔蘚露節角，安置妥帖平不頗。大厦深檐與蓋覆，經歷久遠期無他。中朝大官老於事，詎肯感激徒媕婀。牧童敲火牛礪角，誰復着手爲摩挲。日消月鑠就埋没，六年西顧空吟哦。羲之俗書趁姿媚，數紙尚可博白鵝。繼周八代争戰罷，無人收拾理則那。方今太平日無事，柄任儒術崇丘軻。安能以此上論列，願借辯口如懸河。石鼓之歌止於此，嗚呼吾意其蹉跎。

詩之珠翠斑駁，正如石鼓。石鼓得此詩而不磨，詩亦并石鼓而不朽矣。

聽穎師彈琴

昵昵兒女語，恩怨相爾汝。劃然變軒昂，勇士赴敵場。浮雲柳絮無根蒂，天地闊遠隨飛揚。喧啾百鳥群，忽見孤鳳凰。躋攀分寸不可上，失勢一落千丈强。嗟余有兩耳，未省聽絲篁。自聞穎師彈，坐起在一旁。推手遽止之，濕衣淚滂滂。穎乎爾誠能，無以冰炭置我腸。

琴聲之妙，此詩可謂形容殆盡矣。何歐陽文忠乃以爲琵琶耶？

吕温

字和叔，又字化光，河中人。擢進士第，衡州刺史。

上官昭容書樓歌

貞元十四年，友人崔元亮於東都買得《研神記》一卷，有昭容列名書縫處，因感而作是歌。

漢家婕好唐昭容，工詩能賦千載同。自言才藝是天真，不服丈夫勝婦人。歌闌舞罷閑無事，縱恣優游弄文字。玉樓寶架中天居，緘奇秘异萬卷餘。水精編帙緑鈿軸，雲母搗紙黄金書。風飄花露清旭時，綺窗高挂紅綃帷。香囊盛烟綉結絡，翠羽拂案青琉璃。吟披嘯卷終無已，皎皎淵機破研理。詞縈彩翰紫鸞迴，思耿寥天碧雲起。碧雲起，心悠哉，境深轉苦坐自摧。金梯珠履聲一斷，瑶階日夜生青苔。青苔秘仙關，曾比群玉山。神仙杳何許，遺迹滿人間。君不見洛陽南市賣書肆，有人買得研神記。紙上香多蠹不成，昭容題處猶分明，令人惆悵難爲情。

書樓與《研神記》今已皆化爲烏有矣。當日因書樓而如見昭容，因《研神記》而如見書樓，千載之下，又因此詩而如見《研神記》，復如見昭容焉，詩之時義大矣哉。

張籍

字文昌，蘇州人。貞元中及第，國子司業。

送遠曲

戲馬臺南山簇簇，山邊飲酒歌別曲。行人醉後起登車，席上回尊勸僮僕。青天漫漫覆長路，遠游無家安得住。願君到處自題名，他日知君從此去。

送遠行者多矣，此獨勸僮僕、勸題名。雖是無聊之思，豈非深情古道？

節婦吟

君知妾有夫，贈妾雙明珠。感君纏綿意，繫在紅羅襦。妾家高樓連苑起，良人執戟明光裏。知君用心如日月，事夫誓擬同生死。還君明珠雙淚垂，何不相逢未嫁時。

雙珠繫而復還，不難於還，而難於繫。繫者知己之感，還者從一之義也。此詩爲文昌却聘之作，乃假托節婦言之。徒令千載之下，增才人無限悲感。

短歌行

青天蕩蕩高且虛，上有白日無根株。流光暫出還入地，使我少年不須臾。與君相逢勿寂寞，衰老不復如今樂。金卮盛酒置君前，再拜勸君千萬年。

伉爽磊落，如聽唱蘇學士「大江東去」。

劉禹錫

見前。

九華山

九華山在池州青陽縣之南，九峰競秀，神采奇异。昔予仰太華，以爲此外無奇；愛女几荆山，以爲此外無秀。及今登九華，始悔前言之容易也。惜其地偏且遠，不爲世所稱，故歌以大之。

奇峰一見驚魂魄，意想洪爐始開闢。疑是九龍天矯欲攀天，忽逢霹靂一聲化爲石。不然何至今悠悠億萬年，氣勢不死如騰仚。音軒，輕舉貌。雲含幽兮月添冷，日月凝暉兮江漾影。結根不得要路津，迥秀長在無人境。軒皇封禪登雲亭，大禹會計臨東溟。乘樏不來廣樂絶，獨與猿鳥愁青熒。君不見敬亭之山廣索漠，兀如斷岸無棱角。宣城謝朓一首詩，遂使聲名齊五岳。九華山，九華山，自是造化一尤物，焉能籍甚乎人間！

此山自太白改九子爲九華，更加夢得一詩，至今薄海内外，無不知有九華矣。然蚩蚩之群，豈知山之奇秀哉？此造化尤物，故當爲造化閟之耳。

王建　字仲初，潁州人。大曆中進士，陝州司馬。

當窗織

嘆息復嘆息，園中有棗行人食。貧家女爲富家織，翁母隔墻不得力。水寒手澀絲脆斷，續來續去心腸爛。草蟲促促機下啼，兩日催成一匹半。輸官上頭有零落，姑未得衣身不着。當窗却羡青樓倡，十指不動衣盈箱。

刺綉紋不如倚市門，自古言之矣。世事不平，往往如是。此歌豈獨爲貧女而嘆耶？

鏡聽詞

韋縠《才調集》云：「古之鏡聽，猶今之瓢卦也，即世俗所傳聽響卜耳。」二字特古雅可愛。

重重摩挲嫁時鏡，夫婿遠行憑鏡聽。回身不遺別人知，人意丁寧鏡神聖。懷中收拾雙錦帶，恐畏街頭見驚怪。嗟嗟際際下堂階，獨自竈前來跪拜。出門願不聞悲哀，郎在任郎回未回。月明地上人過盡，好語多同皆道來。卷帷上床喜定定，「定定」當是唐時方言，李義山亦有「定定任天涯」之句。與郎裁衣失翻正。可中三日得相見，重綉鏡囊磨鏡面。

兒女子瑣細之事，寫得如此幽婉靈活，自是化工之筆。

白居易

見前。

長恨歌

漢王重色思傾國，借「漢王」起自妙，而小儒反以「漢王」二字爲病，然則如公所言，當直云明皇重色乎？御宇多年求不得。楊家有女初長成，養在深閨人未識。天生麗質難自弃，一朝選在君王側。回頭一笑百媚生，六宫粉黛無顔色。寫出花妖月怪。春寒賜浴華清池，温泉水滑洗凝脂。侍兒扶起嬌無力，始是新承恩澤時。真妖怪。雲鬢花顔金步摇，芙蓉帳暖度春宵。春宵苦短日高起，從此君王不早朝。承歡侍宴無閑暇，春從春游夜專夜。後宫佳麗三千人，三千寵愛在一身。金屋妝成嬌侍夜，玉樓宴罷醉和春。姊妹弟兄皆列土，可憐光彩生門户。遂令天下父母心，不重生男重生女。驪宫高處入青雲，仙樂風飄處處聞。緩歌慢舞凝絲竹，盡日君王看不足。漁陽鼙鼓動地來，驚破霓裳羽衣曲。此所謂樂極生悲也，今古皆然，人自不悟耳。九重城闕烟塵生，千乘萬騎西南行。翠華摇摇行復止，西出都門百餘里。六軍不發無奈何，宛轉蛾眉馬前死。花鈿委地無人收，翠翹金雀玉搔頭。君王掩面救不得，回首血淚相和流。黄埃散漫風蕭索，雲棧縈紆登劍閣。峨嵋山下少人行，旌旗無光日色薄。蜀江水碧蜀山青，聖主朝朝暮暮情。行宫見月傷心色，夜雨聞鈴腸斷聲。天旋地轉回龍馭，到此躊躇不能去。馬嵬坡下泥土中，不見玉顏空死處。君臣相顧盡沾衣，東望都門信馬歸。歸來池苑皆依舊，太液芙蓉未央柳。芙蓉如面柳如眉，對此如何不淚垂？春風桃李花開夜，秋雨梧桐葉落時。西宮南苑多秋草，落葉滿階紅不掃。梨園子弟白髮新，椒房阿監青娥老。夕殿螢飛思悄然，孤燈挑盡未成眠。遲遲鐘鼓初長夜，耿耿星河欲曙天。鴛鴦瓦冷霜華重，翡翠衾寒誰與共。悠悠生死別經年，魂魄不曾來入夢。臨邛道士鴻都客，能以精誠致魂魄。爲感君王展轉思，遂教方士殷勤覓。（此道士亦何可少？）排空馭氣如電，升天入地求之遍。上窮碧落下黄泉，兩處茫茫皆不見。（此張承吉所謂「舍人目連變」也。然哉，然哉。）忽聞海上有仙山，山在虛無縹緲間。樓閣玲瓏五雲起，其中綽約多仙子。中有一人字太真，雪膚花貌參差是。金闕西廂叩玉扃，轉教小玉報雙成。聞道漢家天子使，九華帳裏夢魂驚。攬衣推枕起徘徊，珠箔銀屏邐迤開。雲鬢半偏新睡覺，花冠不整下堂來。風吹仙袂飄飄舉，猶似霓裳羽衣舞。玉容寂寞淚闌干，梨花一枝春帶雨。（到底妖怪。）含情凝睇謝君王，一別音容兩渺茫。昭陽殿裏恩愛絕，蓬萊宮中日月長。回頭下望人寰處，不見長安見塵霧。惟將舊物表深情，鈿合金釵寄將去。釵留一股合一扇，釵擘黄金合分鈿。但令心似金鈿堅，天上人間會相見。臨別殷勤重寄詞，詞中有誓兩心知。七月七日長生殿，夜半無人私語時。在天願作比翼鳥，在地願爲連理枝。天長地久有時盡，此恨綿綿無絶期。

童時即讀此歌及《琵琶行》，祇覺呢呢喃喃、嗚嗚咽咽。每於酒後牢騷時，輒不禁慷慨長吟，歌繼以泣。至今六十年後讀之，依然呢呢喃喃、嗚嗚咽咽。昔人所云「醉讀《離騷》」，不是過也。此等詩有不與天地相終始者乎？

琵琶行并序

元和十年，予左遷九江郡司馬。明年秋，送客湓浦口，聞舟中夜彈琵琶者，聽其音，錚錚然有京都聲。問其人，本長安倡女，惜乎不傳其名。嘗學琵琶於穆、曹二善才。年長色衰，委身爲賈人婦。遂命酒，使快彈數曲。曲罷憫然，自敘少小時歡樂事。今漂淪憔悴，轉徙於江湖間。予出官二年，恬然自安，感斯人言，是夕始覺有遷謫意。因爲長句，歌以贈之，凡六百一十六言，命曰《琵琶行》。

潯陽江頭夜送客，楓葉荻花秋瑟瑟。便有琵琶之意。主人下馬客在船，舉酒欲飲無管弦。醉不成歡慘將别，别時茫茫江浸月。忽聞水上琵琶聲，主人忘歸客不發。尋聲暗問彈者誰，琵琶聲停欲語遲。移船相近邀相見，添酒回燈重開宴。千呼萬唤始出來，猶抱琵琶半遮面。琵琶豈團扇乎？轉軸撥弦三兩聲，未成曲調先有情。弦弦掩抑聲聲思，似訴平生不得志。低眉信手續續彈，説盡心中無限事。輕攏慢撚抹復挑，初爲霓裳後六幺。大弦嘈嘈如急雨，小弦切切如私語。嘈嘈切切錯雜彈，大珠小珠落玉盤。描寫處淋漓酣暢。間關鶯語花底滑，幽咽泉流水下灘。水泉冷澀弦凝絶，凝絶不通聲暫歇。别有幽愁暗恨生，此時無聲勝有聲。銀瓶乍破水漿迸，鐵騎突出刀槍鳴。曲終收撥當心畫，四弦一聲如裂帛。東船西舫悄無言，惟見江心秋月白。想見萬籟俱寂，數峰自青。沉吟放撥插弦中，整頓衣裳起斂容。自言本是京城女，家在蝦蟆陵下住。十三學得琵琶成，名屬教坊第一部。曲罷長教善才服，妝成每被秋娘妒。五陵年少争纏頭，一曲紅綃不知數。鈿頭銀篦擊節碎，血色羅裙翻酒污。今年歡笑復明年，秋月春風等閑度。弟走從軍阿姊死，暮去朝來顔色故。門前冷落車馬稀，老大嫁作商人婦。名妓下場頭，往往如此，悔恨何極。商人重利輕别離，前月浮梁買茶去。去來江口守空船，繞船明月江水寒。夜深忽夢少年事，夢啼妝淚紅闌干。我聞琵琶已嘆息，又聞此語重唧唧。同是天涯淪落人，相逢何必曾相識。我從去年辭帝京，謫居卧病潯陽城。潯陽地僻無音樂，終歲不聞絲竹聲。住近湓江地低濕，黄蘆苦竹繞宅生。其間旦暮聞何物，杜鵑啼血猿哀鳴。春江花朝秋月夜，往往取酒還獨傾。豈無山歌與村笛，嘔啞嘲哳難爲聽。今夜聞君琵琶語，如聽仙樂耳暫明。莫辭更坐彈一曲，爲君翻作琵琶行。感我此言良久立，却坐促弦弦轉急。凄凄不似向前聲，滿座重聞皆掩泣。座中泣下誰最多，江州司馬青衫濕。九烟青衫亦濕矣。

樂天詩如《長恨歌》《琵琶行》，皆所謂老嫗解頤者也。然無一字不深入人情，不但入情而且刺心透髓，即少陵、長吉歌行，皆不能及。所以然者，少陵、長吉雖能爲情語，然猶兼才與學爲之，凡情語一夾才學，終隔一層，便不能刺透心髓。樂天之妙，妙在全不用才學，一味以本色真切出之，所以感人最深。由是觀之，則老嫗解頤談何容易？

醉後狂言酬贈蕭殷二協律

餘杭邑客多羈貧，其間甚者蕭與殷。天寒身上猶衣葛，日高甑中未拂塵。江城山寺十一月，北風吹沙雪紛紛。賓客不見綈袍惠，黎庶未沾襦袴恩。此時太守自慚愧，今日如此太守亦罕矣。重衣複衾有餘温。因命染人與針女，先製雨裘贈二君。吴綿細軟桂布密，柔如狐腋白如銀。勞將詩書投贈我，如此小惠何足諭。我有大裘君未見，寬廣和暖如陽春。此裘非繒亦非纊，裁以法度絮以仁。句法、字法俱絶妙。刀尺鈍拙製未畢，出亦不獨裹一身。若令在郡得五考，與君展覆杭州人。

此真菩薩心腸也，不必贊其詩之妙，但當與百萬窮民齊合掌念阿彌陀佛。

元稹 見前。

冬白紵

吴宮夜長宮漏款，簾幕四垂燈焰暖。西施自舞王自管，雪紵翻翻鶴翎散，促節牽繁舞腰懶。舞腰懶，王罷飲，蓋覆西施鳳花錦，身作匡床臂爲枕。此豈草草玉體橫陳者。朝佩樅樅王晏寢，寢醒閽報門無事。子胥死後言爲諱，近王之臣喻王意。共笑越王窮惴惴，夜夜抱冰寒不睡。

越王卧薪嘗膽，此更添出抱冰，非真抱冰也，直是無西施臂爲枕耳。

苦樂相倚曲

古來苦樂之相倚，近於掌上之十指。可謂能近取譬。君心半夜猜恨生，荆棘滿懷天未明。漢成眼瞥飛燕時，可憐班女恩已衰。未有因由相决絶，猶得半年佯暖熱。可憐。轉將深意諭旁人，緝綴疵瑕遣潛説。枉自勞心。一朝詔下辭金屋，班姬自痛何倉卒。呼天俯地將自明，不悟尋時已銷骨。白首宫人前再拜，分明仇人相見矣。願將日月相輝解。苦樂相尋晝夜間，燈光那有天明在。主今被奪心應苦，妾奪深恩初爲主。欲知妾意恨主時，主今爲妾思量取。可謂頂門一針。班姬收淚抱妾身，我曾排擯無限人。

豈非天道好還乎？可畏可畏。

連昌宮詞

連昌宮中滿宮竹，（一篇絶大文字，却如此起法，真奇。）歲久無人森似束。又有墻頭千葉桃，風動落花紅簌簌。宮邊老人爲予泣，（接法奇。）少年進食因曾入。上皇正在望仙樓，太真同凭欄杆立。（宛然如見。）樓上樓前盡珠翠，炫轉熒煌照天地。歸來如夢復如痴，何暇備言宮裏事。初過寒食一百六，（接法又奇。）店舍無烟宮樹緑。夜半月高弦索鳴，賀老琵琶定場屋。力士傳呼覓念奴，念奴潛伴諸郎宿。須臾覓得又連催，特敕街中許燃燭。春嬌滿眼睡紅綃，掠削雲鬟旋裝束。飛上九天歌一聲，二十五郎吹管逐。逡巡大遍凉州徹，色色龜兹轟録續。李謨擫笛傍宮墻，偷得新翻數般曲。平明大駕發行宮，萬人鼓舞途路中。百官隊仗避岐薛，楊氏諸姨車鬥風。明年十月東都破，（忽接此語，大是掃興。然有前半之燥脾，定有後半之掃興，天下豈有燥脾到底者乎？）御路猶存禄山過。驅令供頓不敢藏，萬姓無聲淚潛墮。兩京定後六七年，却尋家舍行宮前。莊園燒盡有枯井，行宮門閉樹宛然。爾後相傳六皇帝，不到離宮門久閉。往來年少説長安，玄武樓成花萼廢。去年敕使因斫竹，（此處纔一應起句。）偶值門開暫相逐。荊榛櫛比塞池塘，狐兔驕痴緣樹木。

舞榭欹傾基尚存，文窗窈窕紗猶緑。塵埋粉壁舊花鈿，烏啄風箏碎珠玉。上皇偏愛臨砌花，依然御榻臨階斜。蛇出燕巢盤鬥栱，菌生香案正當衙。寢殿相連端正樓，太真梳洗樓上頭。晨光未出簾影黑，至今反挂珊瑚鈎。指示傍人因慟哭，却出宫門淚相續。自從此後還閉門，夜夜狐狸上門屋。我聞此語心骨悲，太平誰致亂者誰。翁言野父何分别，耳聞眼見爲君説。姚崇宋璟作相公，勸諫上皇言語切。燮理陰陽禾黍豐，調和中外無兵戎。長官清平太守好，揀選皆言由相公。開元之末姚宋死，朝廷漸漸由妃子。禄山宫裏養作兒，虢國門前鬧如市。弄權宰相不記名，依稀憶得楊與李。廟謨顛倒四海摇，五十年來作瘡痏。今皇神聖丞相明，詔書纔下吴蜀平。官軍又取淮西賊，此賊亦除天下寧。年年耕種宫前道，今年不遣子孫耕。老翁此意深望幸，努力廟謨休用兵。

通篇衹起手四句，與中間「我聞」二句，結語一句，是自作，其餘皆借老人野父口中出之。而其中章法、承轉，無不妙絶。至於盛衰理亂之感，又不足言。

李賀 見前。

春坊正字劍子歌

先輩匣中三尺水，三尺水可作劍之別號。曾入吳潭斬龍子。隙月斜明刮露寒，練帶平鋪吹不起。蛟胎皮老蒺藜刺，鸊鵜淬花白鷴尾。直是荊軻一片心，莫教照見春坊字。徐文長云：「春坊惟朋字未正，意欲用劍斬朋邪？」其解甚奇，然用之於春坊正字，亦何嘗非正解。挼絲團金懸簏簌，神光欲截藍田玉。提出西方白帝驚，嗷嗷鬼母秋郊哭。

唐兒歌 杜豳公之子。

頭玉磽磽眉刷翠，杜郎生得真男子。骨重神寒天廟器，一雙瞳人剪秋水。竹馬梢梢摇綠尾，銀鸞睒光踏半臂。東家嬌娘求對值，濃笑書空作唐字。亦是咄咄怪事。眼大心雄知所以，莫忘作歌人姓李。

此唐兒不知後來究竟如何，想亦如齊宫相士所云，大王必非以下之人耶。

羅浮山人與葛篇

依依宜織江雨空，雨中六月蘭臺風。博羅老仙時出洞，千歲石床啼鬼工。蛇毒濃凝洞堂濕，江魚不食銜沙立。欲剪箱中一尺天，吴娥莫道吴刀澀。

此箱中一尺天，須得匣中三尺水剪之，恐非吴刀所宜。

致酒行

干禄不得之作。

零落栖遲一杯酒，主人奉觴客長壽。主父西游困不歸，家人折斷門前柳。吾聞馬周昔作新豐客，天荒地老無人識。空將箋上兩行書，直犯龍顔請恩澤。我有迷魂招不得，雄鷄一聲天下白。少年心事當拏雲，誰念幽寒坐嗚呃。

惟其天荒地老，所以有招不得之迷魂也，似此零落幽寒，則雄鷄可以無聲，天下可以不白。

美人梳頭歌

西施曉夢綃帳寒，香鬟墮髻半沉檀。轆轤咿啞轉鳴玉，驚起芙蓉睡新足。雙鸞開鏡秋水光，解鬟臨鏡立象床。一編香絲雲撒地，玉釵落處無聲膩。文長云：「立象床者髮長也，無聲膩者髮濃也。」髮雖立而尚撒地，故釵墜無聲也。蒼箕中人，田水月真是妙解。纖手却盤老鴉色，翠滑寶釵簪不得。春風爛熳惱嬌慵，十八鬟多無氣力。妝成鬖鬌欹不斜，雲裾數步踏雁沙。背人不語向何處，下階自折櫻桃花。

描寫美人梳頭，可謂曲盡其致，但不知白玉樓中，亦有此美人否？若無此一物，何以見天上之樂。

崑崙使者

崑崙使者無消息，茂陵烟樹生愁色。金盤玉露自淋漓，元氣茫茫收不得。麒麟背上石文裂，虬龍鱗下紅肢折。何處偏傷萬國心，中天夜久高明月。

此亦似爲劉郎秋風客而作，然金盤玉露，究何益於滯骨哉。

盧仝 見前。

有所思

當時我醉美人家，美人顏色嬌如花。今日美人弃我去，青樓珠箔天之涯。娟娟姮娥月，三五盈又缺。翠眉蟬鬢生别離，一望不見心斷絶。心斷絶，幾千里?夢中醉卧巫山雲，覺來淚滴湘江水。湘江兩岸花木深，美人不見愁人心。含愁更奏緑綺琴，調高弦絶無知音。美人兮美人，不知爲暮雨兮爲朝雲。相思一夜梅花發，忽到窗前疑是君。

玉川詩大都雄肆險譎，而此詩獨清婉秀逸，殊不類其所作，豈美人之前不敢唐突耶?

鮑溶 字德源。元和中進士。

辭輦行

漢家代久淳風詩，帝重微行極荒落。青娥三千奉一人，班女不以色事君。妙在直書。朝停玉輦召同載，三十六宮皆盼睞。不驚六馬緩[一]天儀，從容鳴環前致辭。君恩如海深難竭，妾命如絲輕易絶。願陪阿母同小星，敢使太陽齊萬物。用王茂弘語恰合。周末幽王不可宗，妾聞上聖遺休風。五更三老侍白日，八十一女居深宮。何其正大，真承平雅頌之音。願將輦内有餘席，回賜忠臣近恩澤。更好。一時節義動賢君，千年名姓香氛氳。漸臺水死何傷聞。

【校】

［一］緩：原爲墨丁，據吴本改。

姑蘇宮行

姑蘇宮，九層金臺半虚空。雕楹璇題鬥皎潔，中有妖姬似明月。似明月奇創。西見洞庭湖鏡開，水華百里盤宮來。越王采女能水戲，仙舟如龍旌曳翠。羽蓋晴翻橘柚香，玉笙夜送芙蓉醉。歸帆平静君無勞，還從下下上高高。用國語妙。

陳陶

見前。以下晚唐。

仙人詞

小隱山人十洲客，莓苔爲衣雙耳白。青編爲我忽降音，暮雨虹霓一千尺。赤城門開六丁直，曉日已燒東海色。朝天半夜聞玉鷄，星斗離離礙龍翼。

酷似温李。

温庭筠

見前。

郭處士擊甌歌

佶栗金虬石潭古，勺陂瀲灩幽修語。湘君寶馬上神雲，碎珮叢鈴滿烟雨。吾聞三十六宮花離離，軟風吹春星斗稀。玉晨冷磬破昏夢，天露未乾香着衣。蘭釵委墜垂雲髮，小響丁當逐回雪。晴碧烟滋重叠山，羅屏半掩桃花月。太平天子駐雲車，龍爐勃鬱雙蟠拏。宮中近臣抱扇立，侍女低鬟落翠花。亂珠觸續正跳蕩，傾頭不覺金烏斜。我亦爲君長嘆息，緘情遠寄愁無色。莫沾香夢緑楊絲，千里春風正無力。

結處忽推開，作深閨情語，若遠若近，不即不離，飛卿故善用此法。

曉仙謡

曉仙之號亦新雋。

玉妃喚月歸海宮，月色澹白涵春空。銀河欲轉星靨靨，碧浪叠山埋早紅。宮花有露如新淚，小苑叢叢入寒翠。綺閣空傳唱漏聲，網軒天辨凌雲字。遥遥珠帳連湘烟，鶴扇如霜金骨仙。碧簫曲盡彩霞動，下視九州皆悄然。秦王女騎紅尾鳳，半空回首晨鷄弄。

霧蓋狂塵億兆家，世人猶作牽情夢。

此即長吉之「雄鷄一聲天下白」「遥望齊州九點烟」也。情境雖同，語意自别。

舞衣曲

藕腸纖縷抽輕春，烟機漠漠嬌娥嚬。金梭淅瀝透空薄，剪落交刀吹斷雲。張家公子夜聞雨，夜向蘭堂思楚舞。蟬衫麟帶壓愁香，偷得鶯簧鏁金縷。管含蘭氣嬌語悲，胡槽雪腕鴛鴦絲。芙蓉力弱應難定，楊柳風多不自持。回顰笑語西窗客，星斗寥寥波脉脉。不逐秦王卷象床，滿樓明月梨花白。

此則純乎情語也，然麗而不妖，妖而不淫，依然得情之正。

太液池歌

腥鮮龍氣連清防，花風漾漾吹細光。疊瀾不定照天井，倒影蕩摇晴翠長。平碧淺春生緑塘，雲容雨態連青蒼。夜深銀漢通柏梁，二十八宿朝玉堂。

此等詩俱極似長吉，而終不可爲長吉者。長吉奇過於艷，飛卿艷過於奇。

吴苑行

錦雉雙飛梅結子，平春遠緑窗中起。吴江淡畫水連空，三尺屏風隔千里。淡遠可思。小苑有門紅扇開，天絲飛蝶共徘徊。綺户雕楹長若此，韶光歲歲如歸來。

湖陰詞并序

王敦舉兵至湖陰，明帝微行視其營伍，由是樂府有《湖陰曲》而亡其詞，因作而附之。

祖龍黄鬚珊瑚鞭，鐵驄金面青連錢。虎髯拔劍欲成夢，日壓賊營如血鮮。海旗風急驚眠起，甲重光摇照湖水。蒼黄追騎塵外歸，森索妖星戰前死。五陵愁碧青萋萋，灞川玉馬空中嘶。羽書如電入青璅，雪腕如槌催畫鞞。白虬天子金煌鋩，高臨帝座迴龍章。

吴波不動楚山晚，花壓欄干春晝長。
結語若與題絶不相關，正是咏史之妙境。

達摩支曲

搗麝成塵香不滅，拗蓮作寸絲難絶。紅淚文姬洛水春，白頭蘇武天山雪。君不見無愁高緯花漫漫，漳浦宴餘清露寒。一旦臣僚共囚虜，欲吹羌管先汍瀾。舊臣頭鬢霜華早，可惜雄心醉中老。萬古春歸夢不歸，鄴城風雨連天草。
讀至末二語，不知幾許銷魂。

無名氏 或云陳祐。

秦家行

彗孛飛光照天地，九天瓦裂屯冤氣。鬼哭聲聲怨趙高，宫花滴盡扶蘇淚。禍起蕭墻不知哉，羽書催築長城急。劍上忠臣血未乾，沛公已向函關入。

暴秦之惡已滿，天特假趙高以族之，鬼當拍手大笑，何爲怨哭？

李治

見前。

聽蕭叔子彈琴賦得三峽流泉歌

妾家本住巫山雲，巫山流水常自聞。玉琴彈出轉寥夐，袛是當時夢中聽。三峽迢迢幾千里，一時流入深閨裏。巨石崩崖指下生，飛波走浪弦中起。初疑憤怒含雷風，又似嗚咽流不通。迴湍曲瀨勢將盡，時復滴瀝平沙中。憶昔阮公爲此曲，能使仲容聽不足。一彈既罷還一彈，願與流泉鎮相續。

此詩似幽而實壯，頗無脂粉習氣。

長短句

李白　見前。以下盛唐。

宣州謝朓樓餞校書叔雲

弃我去者，昨日之日不可留。亂我心者，今日之日多煩憂。長風萬里送秋雁，對此可以酣高樓。蓬萊文章建安骨，蒼挺之句。中間小謝又清發。俱懷逸興壯思飛，欲上青天覽日月。抽刀斷水水更流，舉杯銷愁愁更愁。人生在世不稱意，明朝散髮弄扁舟。

太白五七古長篇頗多，大氐出口成章，不假雕琢，故收之不勝收。聊存短章數首，以志輪囷嵯蘗之概。

元結　見前。

石魚湖上醉歌有序

漫叟以公田米釀酒，因休暇，則載酒於湖上，時取一醉。歡醉中據湖岸，引臂向魚取酒，使舫載之，遍飲坐者。意疑倚巴丘酌於君山之上，諸子環洞庭而坐，酒舫泛泛然，觸波濤而往來者。三十字爲一句。乃作歌以長之。

石魚湖，似洞庭，夏水欲滿君山青。山爲樽，水爲沼，酒徒歷歷坐洲島。長風連日作大浪，不能廢人運酒舫。我持長瓢坐巴丘，酌飲四坐以散愁。

太白欲剗却君山、醉殺洞庭，誰知早已移來此處。

韓愈　見前。以下中唐。

東方半明

東方半明大星没，獨有太白配殘月。嗟爾殘月勿相疑，同光共影須臾期。殘月暉暉，太白睒睒。鷄三號，更五點。

不必問其有所指、無所指，自是奇情奇調。

醉留東野

昔年因讀李白杜甫詩，長恨二人不相從。吾與東野生并世，如何復躡二子踪。東野不得官，白首誇龍鍾。韓子稍奸黠，自慚青蒿倚長松。低頭拜東野，願得始終如駏蛩。東野不回頭，有如寸莛撞巨鐘。吾願身爲雲，東野變爲龍。四方上下逐東野，雖有離別無由逢。

其敬愛東野，可謂至矣。今安得此好賢樂善之人乎！

王建

見前。

短歌行

人初生，日初出。上山遲，下山疾。百年三萬六千朝，夜裏分將强半日。有歌有舞須早爲，昨日健於今日時。人家見生男女好，不知男女催人老。短歌行，無樂聲。

讀此使人不敢樂，又不敢不樂。顧何以爲行樂計耶？

白居易

見前。

七德舞

美撥亂，陳王業也。

武德中，天子始作《秦王破陣樂》以歌太宗之功業。貞觀初，太宗重制《破陣樂舞圖》，詔魏徵、虞世南等爲之歌詞，名《七德舞》。自龍朔以後，詔郊廟享宴，皆先奏之。

七德舞，七德歌，傳自武德至元和。元和小臣白居易，觀舞聽歌知樂意，樂終稽首陳其事。太宗十八舉義兵，白旄黄鉞定兩京。擒充戮竇四海清，二十有四功業成。二十有九即帝位，三十有五致太平。功成理定何神速，速在推心置人腹。亡卒遺骸散帛收，饑人賣子分金贖。魏徵夢見天子泣，張謹哀聞辰日哭。怨女三千放出宮，死囚四百來歸獄。可以爲難矣。剪鬚燒藥賜功臣，李勣嗚咽思殺身。含血吮瘡撫戰士，思摩奮呼乞效死。不獨善戰善乘時，以心感人人心歸。爾來一百九十載，天下至今歌舞之。歌七德，舞七德，聖人有作垂無極。豈徒耀神武，豈徒誇聖文。太宗意在陳王業，王業艱難示子孫。

三代而下，如太宗之爲君，亦可以無譏矣。安得以微疵弃之？

二王後 明祖宗之意也。

二王後，彼何人，介公酅公爲國賓，周武隋文之子孫。古人有言天下者，非是一人之天下。周亡天下傳於隋，隋人失之唐得之。唐興十葉歲二百，介公酅公世爲客。明堂太廟朝享時，引居賓位備威儀。備威儀，助郊祭，高祖太宗之遺制。不獨興滅國，不獨繼絶世。欲令嗣位守文君，亡國子孫取爲戒。

嗚呼！三代而下，又安得此盛德事乎！

海漫漫 戒求仙也。

海漫漫，直下無底傍無邊。雲濤烟浪最深處，人傳中有三神山。山上多生不死藥，服之羽化爲天仙。秦皇漢武信此語，方士年年采藥去。蓬萊今古但聞名，烟水茫茫無覓處。海漫漫，風浩浩，眼穿不見蓬萊島。不見蓬萊不敢歸，童男童女舟中老。徐福文成多誑誕，上元太一虚祈禱。君看驪山頂上茂陵頭，畢竟悲風吹蔓草。何况玄元聖祖五千言，不言藥，不言仙，不言白日上青天。

余嘗謂人皆可以求神仙，惟帝王不可求神仙。神仙不無，但决非帝王所能求耳。

太行路 借夫婦以諷君臣之不終也。

太行之路能摧車，若比君心是坦途。巫峽之水能覆舟，若比君心是安流。君心好惡苦不常，好生毛羽惡生瘡。與君結髮未五載，豈期牛女爲參商。古稱色衰相弃背，當時美人猶怨悔。何况如今鸞鏡中，妾顔未改君心改。爲君熏衣裳，君聞蘭麝不馨香。爲君盛容飾，君看珠翠無顔色。行路難，難重陳。人生莫做婦人身，百年苦樂由他人。行路難，難於山，險於水。不獨人間夫與妻，近代君臣亦如此。君不見左納言，右納史，朝承恩，暮賜死。行路難，不在水，不在山，衹在人情反覆間。

此等詩可謂极顯淺矣，然一字一句，何非名理，即不作詩觀，亦當作格言觀。

青石 激忠烈也。

青石出自藍田山，兼車運載來長安。工人琢磨欲何用，石不能言我代言。好句法。不願作人家墓前神道碣，墳土未乾名已滅。不願做官家道傍德政碑，不鎸實録鎸虚辭。願爲顔氏段氏碑，雕鏤太尉與太師。刻此兩片堅貞質，狀彼二人忠烈姿。義心若石屹不轉，死節名流確不移。如觀奮擊朱泚日，似見叱呵希烈時。各於其上題名謚，一置高山一沉水。陵谷雖遷碑獨存，骨化爲塵名不死。長使不忠不烈臣，觀碑改節慕爲人。慕爲人，勸事君。

此不足以風世乎？

唐詩快卷七終

唐詩快卷八目次　移人集五

五言律一

唐詩快卷八目次終

唐詩快卷八　移人集五

鍾山　黄周星九烟　選評
岑山　程　洪丹問　校訂

五言律

李百藥　字重規，定州人。累官宗正卿。以下初唐。

火鳳詞　火鳳，羽調曲也。貞觀中裴神符所作。

佳人靚晚妝，清唱動蘭房。影出含風扇，聲飛照日梁。嬌嚬眉際斂，逸韻口中香。自有横陳會，應憐秋夜長。

此猶是六朝遺響也，然已非六朝矣。

王勃

字子安，絳州人，沛王府修撰。

別薛華

送送多窮路，遑遑獨問津。悲凉千里道，凄斷百年身。心事同漂泊，生涯共苦辛。無論去與住，俱是夢中人。

邯鄲道、槐安國，恍忽一世，未知誰假誰真。

盧照鄰

字昇之，范陽人。鄧王府典籤。

相如琴臺

聞有雍容地，千年無四鄰。園院風烟古，池臺松檟春。雲疑作賦客，月似聽琴人。二語可作琴臺春聯。寂寂啼鶯處，空傷游子神。

駱賓王　見前。

同辛薄簡仰酬思玄上人林泉

俗遠風塵隔，春還初服遲。林疑中散地，人似上皇時。芳杜湘君曲，幽蘭楚客詞。山中有春草，長似寄相思。

异境可想。

咏美人在天津橋

美女出東鄰，容與在天津。動衣香滿路，移步襪生塵。水下看妝影，眉頭畫月新。寄言曹子建，個是洛川神。

《洛神賦》云：「凌波微步，羅襪生塵。」波中安得有塵？然則此處塵中移步，故不妨生波耳。

陳子昂 見前。

春日登金華觀

白玉仙臺古，丹丘別望遥。山川亂雲日，樓榭入烟霄。鶴舞千年樹，虹飛百尺橋。還疑赤松子，天路坐相邀。

亦幽亦壯。

杜審言 字必簡，襄陽人。咸亨中進士，修文館直學士。

送郎中北使

北狄[一]願和親，東京發使臣。馬銜邊地雪，衣染异方塵。歲月催行旅，恩榮變苦辛。歌鐘期重錫，拜手落花春。

莊莊雅雅，真皇華四牡之音。

【校】

［一］狄：原作「□」，據《文苑英華》《唐詩鏡》補。

秋夜宴臨津鄭明府宅

行止皆無地，招尋獨有君。酒中堪累月，身外即浮雲。兩句合看始妙。露白宵鐘徹，風清曉漏聞。坐攜餘興往，還似未離群。

語盡而意不盡。

賦得妾薄命

草綠長門掩，苔青永巷幽。寵移新愛奪，淚落故情留。啼鳥驚殘夢，飛花攪獨愁。自憐春色罷，團扇復迎秋。

亦自凄婉。

劉希夷

一名庭芝，汝州人。

晚春

佳人眠洞房，回首見垂楊。日已晏矣，請起罷。寒盡鴛鴦被，春生玳瑁床。庭陰幕青靄，簾影散紅芳。寄語同心伴，迎春且薄妝。春晚矣，不曰送春而曰迎春，蓋不忍見其晚也。

友夏云「下七句都從『眠洞房』生來」，「俱是床上望外境事」。確矣妙矣。但不知佳人床上之心與事，彼詩人安得知之見之，當是現佳人身而爲説法耶？

李嶠

字巨山，趙州人。擢進士，爲中書令。

奉和驪山高頂寓目應制

步輦陟山巔，山高入紫烟。忠臣還捧日，聖后欲捫天。迴識平陵樹，低看華岳蓮。其高可知。帝鄉應不遠，空見白雲懸。

雄壯之極，又不涉應制惡套，宜明皇有真才子之嘆。

沈佺期

字雲卿，相州人。上元中進士，歷官太子詹事。

送金城公主適西蕃應制

金榜扶丹掖，銀河屬紫闇。那堪將鳳女，還以嫁烏孫。鳳女烏孫亦工絶。玉就歌中怨，珠辭掌上恩。西戎非我匹，明主至公有。

悲中有壯，壯中有悲，遂不覺此舉之屈辱。

幸白鹿觀應制

紫鳳真人府，斑龍太上家。天流芝蓋下，山轉桂旗斜。聖藻垂寒露，仙杯落晚霞。惟應問王母，桃作幾時花。

語語壯麗，令人心目開張。

雜詩

鐵馬三軍去，流鶯二月還。邊愁離上國，春夢失陽關。唐人閨怨詩連床充棟，却無人道此五字。池水琉璃净，園花玳瑁斑。歲華空自擲，愁怨不勝顏。

岳館

洞壑仙人館，孤峰玉女臺。空濛朝氣合，窈窕夕陽開。流澗含輕雨，虛岩應薄雷。正逢鸞與鶴，歌舞出天來。

何幸躬逢其盛，樂不可言。

宋之問

見前。

奉和立春日侍宴内出剪彩花應制

金閣妝仙杏，瓊筵弄綺梅。人間都未識，天上忽先開。蝶繞香絲住，峰憐艷粉回。今年春色早，應爲剪刀催。

結亦妙。剪彩花，閨閣中瑣事耳，却説得如許靈動，遂頓令此物長價。

使往天平軍馬約與陳子昂新鄉爲期及還而不相遇

入衛期之子，吁嗟不少留。情人長何處，一曰「之子」，再曰「情人」，如此稱謂亦不多見。淇水日悠悠。恒碣青雲斷，衡漳白露秋。知君心許國，不是愛封侯。

詩亦情生於文。

留別之望舍弟

同氣有三人，分飛在此晨。西馳巴嶺徼，東去洛陽濱。强飲離前酒，終傷別後神。誰憐散花萼，獨赴日南春。

何其真摯。

崔湜

字澄源，定州人。舉進士，先天中拜中書令。

婕好怨

不分君恩斷，新妝視鏡中。容華尚春日，嬌愛已秋風。枕席臨窗曉，帷屏向月空。年年後庭樹，榮落在深宮。

可以怨。

鄭愔 字文靖，滄州人。擢進士，爲侍御史。

中宗降誕日長寧公主滿月侍宴應制

春殿猗蘭美，仙階柏樹榮。地逢芳節應，時睹聖人生。月滿增祥莢，天長發瑞靈。南山遥可獻，常願奉皇明。

亦不俗。

郭元振 見前。

塞上

塞外虜塵飛，頻年出武威。死生隨玉劍，辛苦向金微。久戍人將老，長征馬不肥。仍聞酒泉郡，已合數重圍。

苦哉老將。

馬懷素

字惟臣，潤州人。舉進士，進爲昭文館學士。

奉和送金城公主適西蕃應制

帝子今何去，重姻適异方。離情愴宸掖，別路繞關梁。望絶園中柳，悲纏陌上桑。空餘黃鶴願，東顧意迴翔。二語凄絶。

趙彥昭

字奐然，甘州人。舉進士，中書侍郎同平章事。

奉和七夕兩儀殿會宴應制

青女三秋節，黃姑七日期。星橋度玉珮，雲閣掩羅帷。河氣通仙掖，天文入睿詞。今宵望靈漢，應得見蛾眉。

有趣。

張説 字道濟，洛陽人。垂拱中對策第一，後爲左丞相，封燕國公。

送岳州李十從軍桂州

送客之江上，其人美且才。風波萬里闊，故舊十年來。劍拔蛟隨斷，弓張鳥自摧。楊橋書落落，驛馬定先回。

此真所謂清新俊逸也，足兼開府、參軍之長矣。

和魏僕射還鄉

富貴還鄉國，光輝滿舊林。秋風樹不静，君子嘆何深。古趣可愛。故老空懸劍，鄰交日散金。衆芳揺落盡，獨有歲寒心。

過庾信宅

蘭成追宋玉，舊宅偶詞人。筆涌江山氣，文驕雲雨神。二語非開府不能當。包胥非救楚，隨會反留秦。獨有東陽守，來嗟古樹春。

蘇頲 字廷碩，雍州人。舉進士，後爲工部侍郎，襲封許國公。

奉和聖製登驪山高頂寓目應制

仙蹕御層氛，高高積翠分。岩聲中谷應，天語半空聞。豊樹連黄葉，函關入紫雲。聖圖恢宇縣，歌賦小横汾。

氣概雖不及李巨山，然亦不弱。

袁恕己

滄州人。中書令。

咏屏風

綺閣雲霞滿，芳林草樹新。鳥驚疑欲曙，花笑不關春。二語確是屏風。山對彈琴客，溪流垂釣人。請看車馬轍，行處有風塵。

張諤

見前。

岐王席上咏美人

半額畫雙蛾，盈盈燭下歌。玉杯寒意少，金屋夜情多。香艷王分帖，裙嬌敕賜羅。平陽莫漫妒，喚出不如他。

艷而實澹。末二句亦正以澹銷其妒。

張九齡 見前。

咏燕

海燕何微眇，乘春亦暫來。豈知泥滓賤，祇見玉堂開。繡户時雙入，華軒日幾回。無心與物競，鷹隼莫相猜。

此貽李林甫作。蓋恐其中傷而示以必退也，君子之見忌如此，豈不可嘆。

初秋憶金均兩弟

江渚秋風至，他鄉離别心。孤雲愁自遠，一葉感何深。憂喜嘗同域，飛鳴忽异林。青山西北望，堪作白頭吟。

情至語正不須粉飾。

園中時蔬盡皆鋤理惟秋蘭數本委而不顧彼雖一物有足悲者遂賦

幸得不鋤去，孤苗守舊根。無心羡旨蓄，豈欲近名園。遇賞寧充佩，爲生莫礙門。幽林芳意在，非是爲人論。

說得幽蘭有品，詩品亦如幽蘭。

胡皓　無考。

同蔡孚起居咏鸚鵡

鸚鵡殊姿致，鸞凰得比肩。常循金殿裏，每話玉階前。賈誼才方達，楊雄老未遷。能言既有地，何惜爲聞天。

題是咏鸚鵡，賈誼、楊雄豈鸚鵡耶？

孫逖 博州人。開元中舉賢良方正，爲集賢修撰，遷中書舍人。

正月十五日夜應制

洛城三五夜，天子萬年春。彩仗移雙闕，瓊筵會九賓。舞成蒼頡字，燈作法王輪。不覺東方日，遥垂御藻新。

雄麗，亦無應制習氣，可與李巨山《驪山》作并傳。

春初送呂補闕往西岳勒碑得雲字

刻石記天文，朝推谷子雲。押「雲」字，甚穩而老。篋中緘聖札，岩下揖神君。語别梅初艷，爲期草欲薰。往來春不盡，離思莫氛氲。

雄偉似大手筆。

楊子江樓

楊子何年邑，雄圖作楚關。江連二妃渚，雲近八公山。驛道清楓外，人烟緑嶼間。晚來潮正滿，數處落帆還。畫意。

此等詩氣味淳朴，閱之似不甚快人意。然初唐佳咏寥寥，若并此等去之，則無詩矣，故不得不約略存之。

沈祖仙

秋閨

白馬三軍客，青娥十載思。玉庭霜落夜，羅幌月明時。爐冷蜘蛛喜，燈高熠耀期。愁多不可曙，夜則不可曙，曙則又不可夜矣，總之愁人無一而可。流涕坐空幃。

梁獻　無考。

王昭君

圖畫失天真，容華坐誤人。君恩不可再，妾命在和親。淚點關山月，衣銷邊塞塵。一聞陽鳥至，思絶漢宫春。

和親絶域，誠可悲矣，而青冢遂千秋不朽。此命乃古今第一苦命，亦古今第一奇命。

上官昭容　名婉兒，陝州人。侍郎儀之女孫，配入掖庭。中宗時拜爲昭容，後以附長寧公主被誅。

游長寧公主流杯池

暫爾游山第，淹留惜未歸。霞窗明月滿，澗户白雲飛。書引藤爲架，人將薜作衣。此真攀玩所，臨睨賞光輝。詩亦平平，特以昭容存之。以如此官姝，即不重其色，亦當憐其才，乃竟不免旗下之斬，何也？

楊容華 華陰人，楊炯侄女。

新妝詩

林鳥驚眠罷，房櫳曙色開。鳳釵金作縷，鸞鏡玉爲臺。妝似臨池出，人疑向月來。自憐方未已，欲去復徘徊。字字俱切新妝。

玄宗皇帝 以下盛唐。

經魯祭孔子而嘆之

有此一嘆，便覺此祭非具文，此詩亦非泛套。

夫子何爲者，栖栖一代中。地猶鄹氏邑，宅即魯王宫。嘆鳳嗟身否，傷麟怨道窮。今看兩楹奠，當與夢時同。

果然該嘆，嘆得不差。

送賀知章歸四明并序

天寶三年，太子賓客賀知章，鑒止足之分，抗歸老之疏。解組辭榮，志期入道。朕以其年在遲暮，用循挂冠之事，俾遂赤松之游。正月五日，將歸會稽，遂餞東路。乃命六卿庶尹大夫，供帳青門，寵行邁也。豈惟崇德尚齒，亦勵俗勸人，無令二疏獨光漢册，乃賦詩贈行。

曰送、曰贈，直是以君臣爲朋友矣。

遺榮期入道，辭老竟抽簪。豈不惜賢達，其如高尚心。寰中得秘要，方外散幽襟。獨有青門餞，群僚悵别深。

詩與序俱極得體，且有關繫，誠太平盛事也。

王灣

洛陽人。先天中進士，洛陽尉。洛陽人可即爲洛陽尉乎？足見唐時猶爲近古。

觀搊箏

虛室有秦箏，箏新月復清。弦多弄委曲，柱促語分明。曉怨凝繁手，春嬌入曼聲。四語柔細之極。近來惟此榮，傳得美人情。果否？

劉眘虛

江東人。開元中進士，夏縣令。

闕題

道由白雲盡，春與青溪長。時有落花至，遠隨流水香。閑門向山路，深柳讀書堂。幽映每白日，清輝照衣裳。

詩有禪機道氣，不獨爲讀書人增慧。

寄江滔求孟六遺文

南望襄陽路，思君情轉親。偏知漢水廣，應與孟家鄰。在日貪爲善，昨來聞更貧。相如有遺草，一爲問家人。

友夏謂此爲「死交第一事」。嗟乎，今之知此事第一事者，幾人哉！

張子容

襄陽人。先天中進士，樂城尉。

永嘉即事寄贛縣袁少府瓘

山繞樓臺出，溪通里閈斜。曾爲謝客郡，多有逐臣家。海氣朝成雨，江天晚作霞。題書報賈誼，此濕似長沙。

賈誼安在？而欲題書報之，可謂無聊之極。不曰「卑濕」而曰「此濕」，正以生嫩而妙。

貶樂城尉日作

竄謫邊窮海，川原近惡溪。有時聞虎嘯，無夜不猿啼。地暖花長發，岩高日易低。故鄉可憶處，遥指斗牛西。

虎嘯猿啼日易低，則身在萬山中，不言可知。

王維 見前。

酬張少府

晚年惟好静，萬事不關心。自顧無長策，空知返舊林。松風吹解帶，山月照彈琴。君問窮通理，漁歌入浦深。

可解不可解，正是妙處。

終南別業

中歲頗好道，晚家南山陲。興來每獨往，勝事空自知。行到水窮處，坐看雲起時。偶然值林叟，談笑滯還期。

水窮處非路窮處也，路窮則水，水窮則雲，不如此，不見入山之深。

韋給事山居

幽尋得此地，詎有一人曾。大壑隨階轉，群山入户登。庖厨出深竹，印綬隔垂藤。即事辭軒冕，誰云病未能？

不知山居若何，但覺幽碧深寒，蒼翠滿眼。

送張道士歸山

先生何處去，王屋訪茅君。別婦留丹訣，驅鷄入白雲。人間苦難住，誠然、誠然。天上復離群。

當作遼城鶴，仙歌使爾聞。

即此可當遼城仙歌矣。

送梓州李使君

萬壑樹參天，千山響杜鵑。山中一夜雨，樹杪百重泉。讀此四語，如風雨驟至耳中，但聞颯沓洶涌之聲。漢女輸橦布，巴人訟芋田。文翁翻教授，不敢倚先賢。

送楊長史赴果州

褒斜不容幰，之子去何之。鳥道一千里，猿聲十二時。官橋祭酒客，山木女郎祠。別後同明月，君應聽子規。

此亦摹擬語耳，至今遂令讀者眼中如有鳥道，耳畔如有猿聲，詩之移人如此。

送丘爲落第歸江東

憐君不得意，况復柳條春。爲客黄金盡，還家白髮新。五湖三畝宅，萬里一歸人。知爾不能薦，羞稱獻納臣。

落第之苦，今古同悲，惟摩詰能爲寫照。

春日上方即事

好讀高僧傳，時看辟穀方。鳩形將刻杖，龜殼用支床。柳色春山映，梨花夕鳥藏。北窗桃李下，閑坐但焚香。

何等快活。

游李山人所居因題屋壁

世上皆如夢，狂來或自歌。問年松樹老，有地竹林多。藥倩韓康賣，門容尚子過。翻嫌枕席上，無奈白雲何。

如此山人，豈非半仙？

被出濟州

微官易得罪，謫去濟川陰。執政方持法，明君無此心。閭閻河潤上，井邑海雲深。縱有歸來日，各愁年鬢侵。

忠厚和平至此，覺「怨誹不亂」四字，猶爲淺薄。

秋夜獨坐

獨坐悲雙鬢，空堂欲二更。雨中山果落，燈下草蟲鳴。白髮終難變，黄金不可成。欲知除老病，唯有學無生。

俯仰身世，溪風颯然。所謂未免有情，誰能遣此。

早朝

柳暗百花明，春深五鳳城。城烏睥睨曉，宮井轆轤聲。方朔金門侍，班姬玉輦迎。仍聞遺方士，東海訪蓬瀛。

脱盡應制惡套。

送孟六歸襄陽

杜門不復出，久與世情疏。以此爲長策，勸君歸舊廬。醉歌田舍酒，笑讀古人書。好是一生事，無勞獻子虚。

「醉歌」一聯，余嘗懸之齋中，每每思此樂境，真不假南面百城。然何日始有此福乎？靖節云：「正爾不能得，哀哉亦可傷。」豈勝嘆息。

儲光羲

見前。

貽主客吕郎中

即皇太子贊諭。

上士既開天，中朝爲得賢。青雲方羽翼，晝省比神仙。委珮雲霄裏，含香日月邊。君王倘借問，客有上林篇。

典雅得體。

張谷田舍

縣官清且儉，深谷有人家。一徑入寒竹，小橋穿野花。碓喧春澗滿，梯倚緑桑斜。一連五句，宛然一幅好畫。自説年來稔，前村酒可賒。

咏田舍而忽頌縣官，使縣官果賢，聞之必拱手遜謝曰，不敢不敢。

藍上芳茨期王維補闕[一]

「芳茨」二字，可作書齋扁額。

山中人不見，雲去夕陽過。幽澹。淺瀨寒魚少，藂蘭秋蝶多。老年疏世事，幽性樂天和。

酒熟思才子，溪頭望玉珂。

「酒熟思才子」，何處得此妙語？此一語可當千百言，若將此語爲詩題，亦可得千百首。

【校】

［一］藍上芳茨期王維補闕：《四部叢刊》景明活字本《錢考功集》作「藍上茆茨期王維補闕」，著爲錢起作。

孟浩然

名浩，以字行。襄陽人。

京還贈張維

拂衣何處去，高枕南山南。欲徇五斗禄，其如七不堪。早朝非晏起，束帶异抽簪。因向智者說，游魚思舊潭。

澹絶冷絶。此等語，除智者之外，恐無第二人可說矣。

廣陵别薛八

士有不得志，栖栖吴楚間。十字一句。廣陵相遇罷，彭蠡泛舟還。檣出江中樹，波連海上山。風帆明日遠，何處更追攀。

直似出口成章，四十字亦衹如一句。

夏日與崔二十一同集衛明府宅

言避一時暑，池亭五月開。喜逢金馬客，同飲玉人杯。金馬玉人不厭其工。舞鶴乘軒至，游魚擁釣來。座中殊未起，簫管莫相催。

梅道士水亭

傲吏非凡吏，名流即道流。隱居不可見，高論莫能酬。水接仙源近，山藏鬼谷幽。再來迷處所，花下問漁舟。

居然以桃源待之。

過故人莊

故人具鷄黍，邀我至田家。緑樹村邊合，青山郭外斜。開軒面場圃，把酒話桑麻。待到重陽日，還來就菊花。

此等詩平澹極矣，然人能學其平澹否？

閨情

一別隔炎凉，君衣忘短長。裁縫無處等，以意忖情量。畏瘦疑傷窄，防寒更厚裝。半啼封裹了，知欲寄誰將。

不過寄寒衣耳，説出許多心曲，便覺一針一縷，無非可憐。

王昌齡

見前。

寒食即事

晉陽寒食地，風俗舊來傳。雨滅龍蛇火，句有光怪。春生鴻雁天。泣多流水漲，歌發舞雲旋。西見之推廟，空爲人所憐。

崔顥 見前。

王家少婦

十五嫁王昌，盈盈入畫堂。自矜年最少，復倚壻爲郎。舞愛前溪緑，歌憐子夜長。閑來鬥百草，盡日不成妝。

伯敬云：「此亦艷詩之常，而李邕大罵，何也？」天下怪事多矣，閭丘曉可以殺王昌齡，則李邕何不可罵崔顥乎？

題沈隱侯八咏樓

梁日東陽守，爲樓望越中。綠窗明月在，青史古人空。感慨何限。江静聞山狖，川長數塞鴻。登臨白雲晚，流恨此遺風。

高適 見前。

別從甥萬盈

諸生曰萬盈，四十乃知名。宅相予偏重，家丘人莫輕。美才應自料，苦節豈無成。莫以山田薄，今春又不耕。

家人父子之言，情文何其藹切。

贈別褚山人

攜手贈將行，山人道姓名。光陰蓟子訓，才術褚先生。墻上梨花白，樽中桂酒清。洛陽無二價，猶是慕風聲。

瀟灑不俗。

同崔員外綦毋拾遺九日宴京兆府李士曹

今日好相見，群賢仍廢曹。此句難堪。晚晴催翰墨，催得好。秋興引風騷。引得也好。絳葉擁虚砌，黄花隨濁醪。閉門無不可，何事更登高。

岑參　見前。

長門怨

君王嫌妾妒，閉妾在長門。舞袖垂新寵，愁眉結舊恩。緑錢侵履迹，紅粉濕啼痕。羞被桃花笑，看春獨不言。

息夫人、陳皇后合爲一人矣。

七月三日在内學見有高道舉徵宿關西容舍寄東山嚴許二山人

雲送關西雨，風傳渭北秋。孤燈燃客夢，寒杵搗鄉愁。此「燃」此「搗」，詩家所謂句中眼也，眼其可少乎哉？灘上思嚴子，山中憶許由。蒼生今有望，飛詔下林丘。

送崔全被放歸都覲省

夫子不自炫，世人知者稀。必自炫而後人知，所謂「胭脂畫牡丹」，「喚人看騣褭」也，豈不可嘆。來傾阮氏酒，去着老萊衣。渭北草新出，關東花欲飛。楚王猶自惑，宋玉且將歸。

還高冠潭口留別舍弟

昨日山有信，祇今耕種時。遥傳杜陵叟，怪我還山遲。獨向潭上酌，無人林下棋。東溪憶汝處，閑卧對鸕鷀。

後五句皆岑公述杜陵叟信中之語，鍾、譚二君言之詳且確矣，然公特以此留別其弟，豈曰無意。蓋怪我者亦可怪弟，憶汝者亦可憶弟也，不然一别便了，言此何爲。

送弘文李校書往漢南拜親

未識已先聞，清辭果出群。如逢禰處士，似見鮑參軍。夢暗巴山雨，家連漢水雲。慈親思愛子，幾度泣沾裙。

取其俊爽。

送顏少府投鄭陳州

一尉便垂白，數年唯草玄。出關策匹馬，逆旅聞秋蟬。愛客多酒債，罷官無俸錢。（如此人天下有幾。）知君羈思少，所適主人賢。

喜華陰王少府使到南池宴集

有客至鈴下，自言身姓梅。仙人掌裏使，黄帝鼎邊來。（此使亦不凡人矣，使乎使乎。）竹影拂棋局，荷香隨酒杯。池前堪醉卧，待月未須回。

高冠谷口招鄭鄠

谷口來相訪，空齋不見君。澗花燃暮雨，（暮雨可燃乎？）潭樹暖春雲。門徑稀人迹，檐峰下鹿群。（峰下鹿群何奇，奇在「檐」字，如在几榻之傍。）衣裳與枕席，山靄碧氛氲。

初授官題高冠草堂

三十始一命，宦情多欲闌。自憐無舊業，不敢耻微官。澗水吞樵路，山花醉藥欄。祇緣五斗米，辜負一漁竿。

語語可傷。

題虢州西樓

錯料一生事，蹉跎今白頭。縱横皆失計，妻子也堪羞。明主雖然弃，丹心亦未休。愁來無去處，祇上郡西樓。

才士憂生，英雄失路，俱是實情實境。

江上春嘆

臘月江上暖，南橋新柳枝。春風觸處到，憶得故園時。終日不如意，出門何所之。從人覓顏色，自是弱男兒。

按：岑公舉進士，累官侍御史。本非瓠落不偶者，何其詩皆在嘆老嗟卑、窮愁拂鬱乃爾？岑公且然，又何怪乎孟郊、賈島與周朴、方干諸君乎！

河西太守杜公挽歌

鼓吹城中出，墳塋郭外新。雨隨思太守，雲從送夫人。兼說夫人可傷。蒿里埋雙劍，松門閉萬春。慘語。回瞻北堂上，金印已生塵。

此詩雖在《移人集》中，其實大可泣鬼。

夜過盤石隔河望永樂寄閨中效齊梁體

盈盈一水隔，寂寂二更初。波上思羅襪，魚邊憶素書。月如眉已畫，雲似鬢新梳。春物知人意，桃花笑索居。

香艷之極，却無脂粉俗諢。如此效齊梁體，齊梁殆不及也。

祖咏 洛陽人。開元中進士，駕部員外郎。

題韓少府水亭

梅福幽栖處，佳期不忘還。鳥啼當户竹，花繞傍池山。寫景幽妍。水氣侵階冷，松陰覆座閑。寧知武陵趣，宛在市朝間。

王諲 開元中進士，官右補闕。

閨情

日暮裁縫歇，深嫌氣力微。纔能收篋笥，懶起下簾帷。怨坐空燃燭，愁眠不解衣。昨來頻夢見，夫婿莫應知。

摹寫嬌容懶態，真所謂「困來模樣不禁憐」也，如見漢宫人柳矣。

崔曙 宋州人。開元中進士，河内尉。

緱山廟

遺廟宿陰陰，孤峰映緑林。步隨仙路遠，意入道門深。澗水流年月，山雲變古今。若作山廟一聯甚確。祇聞風竹裏，猶有鳳笙音。

崔國輔 見前。

奉和華清宫觀行香應制

天子蕊珠宫，直起妙。樓臺碧落通。豫游皆汗漫，齋處即崆峒。名語可思。雲物三光裏，君臣一氣中。大哉言乎。道言何所説，寶曆自無窮。

綦毋潛　字季通，荆南人。開元中進士，爲集賢待制，終著作郎。

送章彝下第

長安灞橋路，行客别時心。獻賦温泉畢，無媒魏闕深。黄鶯啼就馬，白日暗歸林。三十名未立，君還惜寸陰。

下第詩不作憤慰語，而作勸勉語，此亦詩中所少。

李白　見前。

宫中行樂詞

盧橘爲秦樹，蒲萄出漢宫。烟花宜落日，絲管醉春風。笛奏龍吟水，簫鳴鳳下空。君王多樂事，還與萬方同。

《宮詞八首》大概相似，此以結句稍别存之。

寄雍尊師隱居

群峭碧摩天，逍遥不記年。撥雲尋古道，倚樹聽流泉。花暖青牛卧，松高白鶴眠。語來江色暮，獨自下寒烟。

太白五律頗似王孟，未嘗不佳。

訪戴天山道士不遇

犬吠水聲中，桃花带雨濃。樹聲時見鹿，溪午不聞鐘。野竹分青靄，飛泉挂碧峰。無人知所去，愁倚兩三松。

幽翠之境，恍然在目。

贈孟浩然

吾愛孟夫子，風流天下聞。紅顏弃軒冕，白首卧松雲。醉月頻中聖，迷花不事君。高山安可仰，徒此挹清芬。

贈孟詩即似孟。

口號贈徵君鴻

自注「此公時被召」。徵君鴻乃無姓乎？如此命題，足見一字不苟。

陶令辭彭澤，梁鴻入會稽。我尋高士傳，君與古人齊。雲卧留丹壑，天書降紫泥。不知楊伯起，早晚向關西。

可想高蹈丘園之致。

唐詩快卷八終

唐詩快卷九目次　移人集六

五言律二

唐詩快卷九目次終

唐詩快卷九　移人集六

鍾山　黄周星九烟　選評
岑山　程　洪丹問　校訂

五言律

杜甫　見前。

晚出左掖

晝刻傳呼淺，春旗簇仗齊。退朝花底散，歸院柳邊迷。足見朝中之宏邃。樓雪融城濕，宫雲去殿低。避人焚諫草，騎馬欲鷄栖。

樓雪融城，宫雲去殿，與「欲鷄樓」三字，皆倒錯句法也，惟老杜長于用此。

端午日賜衣

宮衣亦有名，亦字妙。端午被恩榮。細葛含風軟，香羅疊雪輕。自天題處濕，當暑著來清。意內稱長短，終身荷聖情。

祇似信筆寫來，祇覺情文婉至。

收京二首

生意甘衰白，天涯正寂寥。忽聞哀痛詔，又下聖明朝。羽翼懷商老，文思憶帝堯。叨逢罪己日，沾灑望青霄。

無限悲喜，在「又」字與「叨逢」字。

又

汗馬收宮闕，春城鏟賊壕。賞應歌杕杜，歸及薦櫻桃。典古絶倫。雜虜橫戈數，功臣甲第高。萬方頻送喜，無乃聖躬勞。

觀安西兵過赴關中待命

奇兵不在衆，萬馬救中原。談笑無河北，心肝奉至尊。刻畫深至之語，詩中何可多得。孤雲隨殺氣，飛鳥避轅門。竟日留歡樂，城池未覺喧。

遣憂

亂離知又甚，消息苦難真。受諫無今日，臨危憶古人。直是一字一淚。紛紛乘白馬，攘攘着黃巾。隋氏留宮室，焚燒何太頻。

有感五首

將帥蒙恩澤，兵戈有歲年。至今勞聖主，何以報皇天。白骨新交戰，雲臺舊拓邊。乘槎斷消息，無處覓張騫。

《容齋續筆》云：「前輩謂少陵當流離顛沛之際，一飯不忘君，故詩有云『萬方頻送喜，無乃聖躬勞』『至今勞聖主，何以報皇天』『獨使至尊憂社稷，諸君何以答升平』『天子亦應厭奔走，諸君固合思升平』，皆是心也。」容齋此語，真可稱少陵知己。

又

幽薊餘蛇豕，乾坤尚虎狼。句法古甚。諸侯春不貢，使者日相望。慎勿吞青海，無勞問越裳。大君先息戰，歸馬華山陽。

又

洛下舟車入，天中貢賦均。日聞紅粟腐，寒待翠華春。莫取金湯固，長令宇宙新。不過行儉德，盜賊本王臣。

好話。

又

丹桂風霜急，青梧日夜凋。由來强幹地，未有不臣朝。受鉞親賢往，卑宫制詔遥。終依古封建，豈獨聽簫韶。字字經史。

又

胡滅人還亂，兵殘將自疑。登壇名絶假，報主爾何遲。領郡輒無色，之官皆有詞。願聞哀痛詔，端拱問瘡痍。好話。

五詩皆噩噩典謨之製，渢渢雅頌之音，豈可但作近體觀，後學熟讀之，大可益人智力。

宿昔

宿昔青門裏，蓬萊仗數移。花驕迎雜樹，龍喜出平池。落日留王母，微風倚少兒。宫中行樂秘，少有外人知。令人神往。

能畫

能畫毛延壽，投壺郭舍人。每蒙天一笑，復似物皆春。用玉女投壺故事，運句奇妙。政化平如水，皇恩斷若神。時時用抵戲，亦未雜風塵。

落日

落日在簾鈎，澹而實雄。溪邊春事幽。芳菲緣岸圃，樵爨倚灘舟。啅雀争枝墜，飛蟲滿院游。

濁醪誰造汝，一酌散千憂。長鑱可子，濁醪可汝，此老胸中，豈非萬物一體。

月

四更山吐月，殘夜水明樓。清境可想。塵匣元開鏡，風簾自上鈎。兔應疑鶴髮，蟾亦戀貂裘。斟酌姮娥寡，天寒奈九秋。此事頗難斟酌。

春夜喜雨

好雨知時節，當春乃發生。隨風潛入夜，潤物細無聲。須溪云：「善言詩者，以此爲相業。亦有味乎其言，其言果爾有味，可與言詩也已矣。」野徑雲俱黑，江船火獨明。友夏云：「以此句爲雨境尤妙。」曉看紅濕處，花重錦官城。

晚晴

村晚驚風度，庭幽過雨沾。夕陽熏細草，江色映疏簾。書亂誰能帙，杯乾自可添。時聞有餘論，未怪老夫潛。

恬潤之作，淡而不厭。

晴

久雨巫山暗，新晴錦綉文。碧知湖外草，紅見海東雲。詩中最忌多用顏色字面，爲嫌其近脂粉氣。若如此「碧知」「紅見」，何嘗不佳。竟日鶯相和，摩霄鶴數群。遯叟云：「真是晴景。」野花乾更落，風處急紛紛。

客夜

客睡何曾著，秋天不肯明。真景真情。入簾殘月影，高枕遠江聲。五字中有無限之詩。計拙無衣食，途窮仗友生。老妻書數紙，應悉未歸情。

春日江村

群盜哀王粲，中年召賈生。登樓初有作，前席竟爲榮。宅入先賢傳，才高處士名。异時懷二子，春日復含情。

章法奇。群盜哀王粲，句法亦奇。

空囊

翠柏苦猶食，明霞高可餐。世人共鹵莽，吾道屬艱難。有此鹵莽，所以有此艱難。不爨井晨凍，無衣床夜寒。囊空恐羞澀，留得一錢看。

江上

江上日多雨，蕭蕭荆楚秋。高風下木葉，永夜攬貂裘。勛業頻看鏡，行藏獨倚樓。時危思報主，衰謝不能休。處仲之壺口盡缺矣。

江漢

江漢思歸客，乾坤一腐儒。此語與「乾坤一草亭」俱爛熟于人口中，然愈熟愈覺其妙者，何故？片雲天共遠，永夜月同孤。落日心猶壯，壯而實悲。秋風病欲蘇。古來存老馬，語悲甚。不必取長途。

秦州雜詩

山頭南郭寺，水號北流泉。老樹空庭得，「得」字無人能用。清渠一邑傳。秋花危石底，晚景卧鐘邊。俯仰悲身世，溪風爲颯然。

暮春題瀼西新賃草屋

彩雲陰復白，錦樹曉來青。身世雙蓬鬢，乾坤一草亭。哀歌時自短，醉舞爲誰醒。細雨荷鋤立，江猿吟翠屏。

前云「乾坤一腐儒」，此云「乾坤一草亭」，無此亭即無此儒，有此儒始有此亭。

祠南夕望 湘夫人祠。

百丈牽江色，孤舟泛日斜。興來猶杖屨，目斷更雲沙。山鬼迷春竹，湘娥倚暮花。湖南清絶地，萬古一長嗟。大有蘭菊終古之感。

奉贈王中允維 維陷賊，後下遷太子中允。

中允聲名久，如今契闊深。共傳收庾信，不比得陳琳。一病緣明主，三年獨此心。窮愁應有作，試誦白頭吟。似驚似喜，其感甚深。

贈畢四曜

才大今詩伯，家貧苦宦卑。飢寒奴僕賤，顔狀老翁爲。同調嗟誰惜，論文笑自知。流傳江鮑體，相顧免無兒。

此所謂嘆老嗟卑之作也，故不可少此一首。

贈高式顔 式顔，適之族侄。

昔别是何處，相逢皆老夫。無限感慨，在十字中。故人還寂寞，削迹共艱虞。自失論文友，空知賣酒壚。平生飛動意，見爾不能無。想見掀髯岸幘時。

奉簡高三十五使君 高適時爲蜀州刺史。

當代論才子，如公復幾人。驊騮開道路，鷹隼出風塵。行色秋將晚，交情老更親。天涯喜相見，披豁對吾真。

磊落軒舉，可以破涕爲笑。

吾宗 自注「衛倉曹崇簡」。

吾宗老孫子，質朴古人風。耕鑿安時論，衣冠與世同。在家常早起，憂國願年豐。語及君臣際，經書滿腹中。

果然質樸，詩如其人。

春日懷李白

白也詩無敵，飄然思不群。清新庾開府，俊逸鮑參軍。渭北春天樹，江東日暮雲。何時一樽酒，重與細論文。

此詩日日在人眼前，日日在人口中，然反覆觀之，終不可廢。

朝雨

涼氣曉蕭蕭，江雲亂眼飄。風鴛藏近渚，雨燕集深條。黄綺終辭漢，巢由不見堯。草堂樽酒在，幸得過清朝。

天子不得臣，諸侯不得友，便是此詩注脚。

漫成

野日荒荒白，春流泯泯清。渚蒲隨地有，村徑逐門成。祇作披衣慣，常從漉酒生。眼邊無俗物，多病也身輕。

病可醫，俗不可醫，故與其俗也，寧病。

屏迹

晚起家何事，無營地轉幽。竹光團野色，舍影漾江流。失學從兒懶，長貧任婦愁。百年渾得醉，一月不梳頭。

百年渾得醉，故婦愁而公不愁；一月不梳頭，則兒懶而公更懶。其懶可及也，其不愁不可及也。

夜宴左氏莊

風林纖月落，衣露净琴張。暗水流花徑，春星帶草堂。檢書燒燭短，看劍引杯長。詩罷聞吴咏，扁舟意不忘。

自是名咏，可以千年不宿。

陪鄭廣文游何將軍山林

風磴吹陰雪，雲門吼瀑泉。酒醒思卧簟，衣冷欲裝綿。野老來看客，河魚不取錢。祇疑淳朴處，自有一山川。

惟其自有一山川，所以白日到羲皇也。淳樸之外，豈更有羲皇乎？

贈别何邕

生死論交地，何由見一人。悲君隨燕雀，薄宦走風塵。綿谷元通漢，沱江不向秦。五陵花滿眼，傳語故鄉春。

首二語悲甚，不必讀終篇而黯然可知矣。

送張二十參軍赴蜀州因呈楊五侍御

好去張公子，通家别恨添。兩行秦樹直，萬點蜀山尖。恍如身在畫圖。直樹尖山，尋常語耳，出此老口中，衹覺其妙。御史新驄馬，參軍舊紫髯。皇華吾善處，於汝定無嫌。

送竇九歸成都

文章亦不盡，竇子才縱横。非爾更苦節，何人符大名。讀書雲閣觀，問絹錦官城。我有浣花竹，題詩須一行。

一派天真，八句衹如一句。

送韋郎司直歸成都

竄身來蜀地，同病得韋郎。天下兵戈滿，江邊歲月長。別顏花欲暮，春日鬢俱蒼。爲問南溪竹，抽梢合過墻。

妙處祇是一真。

送惠子歸東溪

惠子白驢瘦，歸溪惟病身。皇天無老眼，空谷滯斯人。崖蜜松花熟，山杯竹葉春。柴門了生事，黄綺未稱臣。

惠子行徑孤挺，此詩亦復孤挺。千載之下，恍然如見其人。

衡州送李大夫七丈勉赴廣州

斧鉞下青冥，樓船過洞庭。北風隨爽氣，南斗避文星。日月籠中鳥，乾坤水上萍。王孫丈人行，垂老見飄零。祇是悲壯。

送舍弟潁赴齊州

岷嶺南蠻北，徐關東海西。此行何日到，送汝萬行啼。此二語與「感深辭舅氏，别後見何人」俱極淺極淡而極酸楚者，至情乃在字句之外。絶域惟高枕，清風獨杖藜。危時暫相見，衰白意都迷。

熟食日示宗文宗武

秦人呼寒食爲熟食節。

消渴游江漢，羈栖尚甲兵。幾年逢熟食，萬里逼清明。松柏邙山路，風花白帝城。汝曹催我老，回首淚縱横。何限傷心。

哭李尚書之芳重題

涕灑不能收，哭君餘白頭。兒童相顧盡，宇宙此生浮。能不愴然。江雨銘旌濕，湖風井逕秋。

還瞻魏太子，賓客減應劉。

雙燕

旅食驚雙燕，銜泥入此堂。應同避燥濕，且復過炎涼。養子風塵際，來時道路長。今秋天地在，吾亦離殊方。

咏物細事，落筆忽爾浩然。

蕃劍

致此自僻遠，又非珠玉裝。如何有奇怪，每夜吐光芒。虎氣必騰上，龍身寧久藏。風塵苦未息，持汝奉明王。

杜詩壯語最多，然壯中往往帶悲，此則有壯而無悲者。

觀李固請司馬弟山水圖

簡易高人意，匡床竹火爐。寒天留遠客，碧海挂新圖。雖對連山好，貪看絶島孤。群仙不愁思，冉冉下蓬壺。

境界亦自不凡。

奚賈

無考。

尋許山人亭子

桃源若遠近，漁子棹輕舟。川路行難盡，人家到漸幽。山禽拂席起，溪水入庭流。君是何年隱，如今成白頭。

非但問之，乃羨之愧之也。幾人能學此白頭乎？

顏真卿

字清臣，琅琊人。開元中進士，代宗時爲尚書右丞，封魯郡公。

登平望橋下作

登橋試長望，望極與天平。際海蒹葭色，終朝鳧雁聲。近山猶彷彿，遠水忽微明。更覽諸公作，知高題柱名。

今之平望，猶昔之平望也，絶無所謂「蒹葭色」「鳧雁聲」者。陵谷滄桑，於此可見。

芮挺章

開元中進士。

江南弄

春江可憐事，最在美人家。有可憐之人，焉得無可憐之事？其人堪想，其事難言。鸚鵡能言鳥，芙蓉巧笑花。地銜金作埒，水抱玉爲沙。薄晚青絲騎，長鞭赴狹斜。

崔亘 開元中進士。

春怨

夜盡夢初驚，紗窗早霧明。曉妝脂粉薄，春服綺羅輕。妾有今朝恨，君無舊日情。愁來理弦管，皆是斷腸聲。

怨詞以婉曲爲妙，此又妙於直叙。

梁鍠 爲執戟郎。

觀美人卧 君從何處觀？

妾家巫峽陽，羅帳寢銀床。曉日臨窗久，春風引夢長。落釵仍骨鬢，微汗欲銷黄。縱使朦朧覺，魂猶逐楚王。美人之魂，又何從知之。

李琪 無考。

楞伽山亭留題詩板

善高天外遠，方丈海中遥。自有山神護，應無劫火燒。壞文侵古壁，飛劍出寒霄。何以蒼蒼色，嚴妝十七朝。
題詩板用「嚴妝」二字，奇甚。

余延壽 見前。

人日剪彩

閨婦持刀坐，自憐裁剪新。葉催情綴色，花寄手成春。帖燕留妝户，黏鷄待餉人。擘來問夫婿，何處不如真。

可想妖冶之致。

常非月 西河尉。

咏談容娘

舉手整花鈿，翻身舞錦筵。馬圍行處匝，人壓看場圓。真好看。歌索齊聲和，情教細語傳。不知心大小，容得許多憐。

少陵云「心弱恨容愁」，此云「不知心大小，容得許多憐」，愁屬己，憐屬人，然憐處正是愁處。

郭良 金部員外。

題李將軍山亭

鳳轄將軍位，龍門司隸家。衣冠爲隱逸，山水作繁華。人皆知衣冠繁華、山水隱逸耳。此乃故故反言之。徑出重林草，池搖兩岸花。誰知貴公子，亭院有烟霞。

獨孤及

字至之，河南人。官至常州刺史。

登凌湖亭傷春懷京師故舊

昨日看摇落，驚秋方怨咨。幾經開口笑，復及看花時。説得欻忽難停。世事空名束，生涯素髮知。山山春草滿，何處不相思。

得李滁州書以玉潭莊見托因書春思以詩答

春物行將老，懷君意詎堪。朱顏因酒强，白髮對花慚。描寫老景確甚。日日思瓊樹，書書話玉潭。知同百口累，曷日辦抽簪。

九月九日李蘇州東樓宴

是菊花開日，當君乘興秋。起亦颯然。風前孟嘉帽，月下庾公樓。酒解留征客，歌能破別愁。醉歸無以贈，衹奉萬年酬。

吴筠 字真節，華陰人。爲嵩山道士。

步虛詞

紫府與玄洲，誰來物外游。無煩騎白鹿，不用駕青牛。金化顏應駐，雲飛鬢不秋。一語大似女仙。仍聞碧海上，更用玉爲樓。

劉長卿 見前。以下中唐。

碧澗別墅喜皇甫侍御相訪

荒村帶返照，落葉亂紛紛。古路無行客，寒山獨見君。野橋經雨斷，澗水向田分。不爲憐同病，何人到白雲。

筆下全用白描。

宿北山禪寺蘭若

上方鳴夕磬，林下一僧還。密行傳人少，禪心對虎閑。對虎奇矣。心對虎尤奇。心對虎而閑，又奇。如此禪機，誰人參得？青松臨古路，白日滿寒山。舊識窗前桂，經霜更待攀。

新安奉送穆諭德歸朝賦得行字

九重宣室召，萬里建溪行。事直皇天在，說得天理昭昭可鑒。歸遲白髮生。用材身復起，睹聖眼猶明。語有光芒。離別寒江上，潺湲若有情。

秋杪江亭有作

日暮更愁遠，天涯殊未還。世情何處澹，湘水向人閑。寒渚一孤雁，夕陽千萬山。扁舟將落葉，俱在洞庭間。

每讀此公詩，不獨無脂粉氣，亦幾無烟火氣。

送侯侍御赴黔中充判官

不識黔中路，今看遣使臣。猿啼萬里客，鳥似五湖人。鳥似人奇矣，更似五湖人，從何處見得？地遠官無法，山深俗豈淳。須令荒徼外，亦解懼埋輪。

移使鄂州次峴陽館懷舊居

多慚恩未報，敢問路何長。萬里通秋雁，千峰共夕陽。舊游成遠道，此去更違鄉。草露深山裏，朝朝落客裳。

俱帶禪理。

經漂母墓

昔賢懷一飯，茲事已千秋。古墓樵人識，前朝楚水流。渚蘋行客薦，山木杜鵑愁。春草茫茫緑，王孫舊此游。

此漂母一飯耳，淮陰報之以千金，而後世能詩之士復報之以千古，然則一飯之利，亦大矣哉！何漂母之後，不聞更有漂母也。

送韓司直

游吴還入越，來往任風波。復送王孫去，其如春草何。岸明殘雪在，潮滿夕陽多。季子留遺廟，停舟試一過。

口頭語，俱令人咀嚼不厭，誠所謂澹中滋味長也。

韋應物 見前。

贈琮公

山僧一相訪，吏案正盈前。若今日吏案之前，山僧何由得至？出處似殊致，喧静兩皆禪。暮春華池宴，清夜高齋眠。此道本無得，寧復有忘筌。
靜之爲禪，人皆知之矣。喧之爲禪，誰則知之？此中妙悟難言。

賦得浮雲起離色送鄭述誠

游子欲言去，浮雲那得知。澹而痴，痴而妙。偏能見行色，身是獨傷離。晚帶城遥暗，秋生峰尚奇。此語由「夏雲多奇峰」而來，然無人能道。還因朔吹斷，匹馬與相隨。

送魏廣落第歸揚州

下第常稱屈，少年心獨輕。拜親歸海畔，似舅得詩名。晚對青山别，遥尋芳草行。還期應不遠，寒露濕蕪城。
此純乎王孟矣。

淮上遇洛陽李主簿

結茅臨古渡，卧見長淮流。窗裏人將老，門前樹已秋。寒山獨過雁，暮雨遠來舟。日夕逢歸客，那能忘舊游。

黯然神往。

秦系

字公緒，會稽人。大曆間辟倉曹參軍，不就。

山中枉張宙員外書期訪衡門

常恨相知晚，朝來枉數行。卧雲孥聖代，卧雲如何孥聖代？奇哉此語。拂石候仙郎。時果連枝熟，春醪滿甕香。貧家仍有趣，山色滿湖光。

山中贈張正則評事

系時被奏衛左，以疾不就。

終年常避喧，師事五千言。流水閑過院，春風與閉門。何等自在。山容邀上客，桂實落華軒。莫强教余起，微官不足論。

題石室山王寧所居

罷官學道。

白雲知所好，柏葉幸加餐。石鏡妻將照，仙書我借看。鳥來翻藥碗，猿飲怕魚竿。借問岩前樹，何枝曾挂冠。

岩前樹豈神武門耶。

皇甫冉

字茂政，潤州人。天寶中進士，兵曹參軍，左補闕。

婕好怨

由來咏團扇，今已値秋風。事逐時皆往，恩無日再中。宮中安得魯陽戈乎？早鴻聞上苑，寒露下深宮。顔色年年謝，相如賦豈工。

皇甫曾 見前。

送陸鴻漸山人采茶回

千峰待逋客，語逸而實莊。香茗復叢生。采摘知深處，烟霞羡獨行。幽期山寺遠，野飯石泉清。寂寂燃燈夜，相思磬一聲。其終詘然，清越以長。

寄劉員外長卿

南憶新安郡，千山帶夕陽。隨州亦有「千峰共夕陽」之句，何其吻合。斷猿知夜久，秋草助江長。秋草如何助江？妙理難言。疏髮應成素，青松獨耐霜。愛才稱漢主，題柱待回鄉。

送孔徵士

谷口幽多處，君歸不可尋。家貧青史在，身老白雲深。「貧老」二字，如此分疏，覺貧老俱不凡矣。掃雪開松徑，疏泉過竹林。余生負丘壑，相送亦何心。悠然無盡。

錢起

見前。

秋夕與梁鍠文宴

客到衡門下，林香蕙草時。好風能自至，明月不須期。天然清籟，却非雕鑿可到。秋水翻荷影，晴霜脆柳絲。微官是底物，不過厭物而已。許日廢言詩。

秋園晚沐

黃卷在窮巷，妙語不經人道。歸來生道心。五株衰柳下，三徑小園深。倒薤翻成字，寒花不假林。龐眉謝群彥，獨酌且閑吟。

春夜寓直

養性慣雲卧，爲郎如鳥栖。笑殺人。不知仙閣峻，惟覺玉繩低。帳喜香烟暖，詩慚賜筆題。未央春漏促，殘夢謝晨鷄。

此謝爲感謝之謝耶，抑謝絶之謝耶？既日漏促夢殘，則有可絶而無可感矣。

送邊補闕省覲

東去有餘意，春風生賜衣。鳳凰銜詔下，才子采蘭歸。亦說得喜氣匆匆，令人動興。斗酒百花裏，情人一笑稀。别離須計日，相望在彤闈。

山齋獨坐喜玄上人夕至

舍下虎溪徑，烟霞入暝開。柴門兼竹静，「兼」字妙。山月與僧來。不曰「山僧與月來」，而曰「山月與僧來」，「與」字又妙。心瑩蓮花水，言忘緑茗杯。前峰曙更好，斜漢欲西回。

送夏侯審校書東歸

楚鄉飛鳥外，獨與碧雲還。破鏡催歸客，殘陽見舊山。詩成流水上，夢盡落花間。倘寄相思字，愁人定解顔。

仲文有句云：「才子詩成定可憐。」蓋爲贈人作也。若如此等詩，正堪自贈。

韓翃 字君平，南陽人。天寶中進士，駕部郎中，知制誥，中書舍人。

酬程延秋夜即事見贈

長簟迎風早，空城澹月華。星河秋一雁，砧杵夜千家。秋聲滿紙。節候看應晚，心期卧亦賒。向來吟秀句，不覺已鳴鴉。

華亭夜宴庾侍御宅

世故他年別，心期此夜同。千峰孤燭外，片雨一更中。句法與「亂山殘雪夜」相類，而各有其妙。酒客逢山簡，詩人得謝公。自憐驅匹馬，拂曙向關東。

題薦福寺衡岳暕師房

春城乞食還，高論此中閑。僧臘階前樹，禪心江上山。疏簾看雪卷，深户映花關。晚送門人出，鐘聲杳靄間。

無非閑澹之致，惟閑故高，惟澹故遠。

李中丞宅夜宴送丘侍御赴江東

積雪臨階夜，重裘對酒時。中丞違沈約，才子送丘遲。一路三江上，孤舟萬里期。辰州佳興在，他日寄新詩。

清興灑然。

李嘉祐

字從一，趙州人。天寶中進士，袁州刺史。中唐。

送韋邕少府歸鍾山

祁門官罷後，負笈向桃源。萬卷長開帙，千峰不閉門。緑楊垂野渡，黄鳥傍山村。念爾能高枕，丹墀會一論。

既有「萬卷」「千峰」，雖南面百城不易矣，丹墀復何足論。

至七里灘作

遷客投於越，臨江淚滿衣。獨隨流水遠，轉覺故人稀。口頭雋語，勝于嘔心枯髯而得。萬木迎秋序，千峰駐晚暉。行舟猶未已，惆悵暮潮歸。

盧綸

見前。

題李沆林園

古巷牛羊出，重門接柳陰。閑看入竹路，自有向山心。有意無意之間，其故殊不可解。種藥齊幽石，耕田到遠林。顧同詞賦客，得興謝家深。

落第歸終南別業

久爲名所誤，春盡始歸山。落羽羞言命，逢人强破顔。交疏貧病裏，身老是非間。不及東溪月，漁翁夜往還。

落第詩無有不感慨者，此獨怨而不怒，寄托悠然。

李端

見前。

茂陵村行贈何兆

春天黃鳥囀，野逕白雲閑。解帶依芳草，支頤想故山。人行九州路，樹老五陵間。誰道臨邛遠，相如自憶還。

襟期曠遠。

贈李龜年

青春事漢主，白首入秦城。遍識才人字，多知舊曲名。風流隨故事，語笑合新聲。獨有垂楊樹，偏傷日暮情。

此亦天寶老人也，應令人動中郎虎賁之感。

憶江上皎然上人

未得從師去，人間萬事勞。念之愯然。雲門不可見，山木已應高。向日開柴户，驚秋問弊袍。

何由宿峰頂，窗裏望波濤。

令人神往。

司空曙

字文明，廣平人。登進士，虞部郎中。

過寶慶寺

黄葉前朝寺，無僧寒殿開。池晴龜出曝，松暝鶴飛回。古井碑横草，陰廊畫雜苔。禪宫亦銷歇，塵世轉堪哀。

荒凉如畫。

雲陽館與韓紳宿别

故人江海别，幾度隔山川。乍見翻疑夢，相悲各問年。情景逼真，誰能寫出？孤燈寒照雨，濕竹暗浮烟。更有明朝恨，離杯惜共傳。

喜外弟盧綸見宿

靜夜四無鄰，荒居舊業貧。雨中黃葉樹，燈下白頭人。相對豈不凄然。以我獨沉久，愧君相見頻。平生自有分，況是霍家親。

耿湋

河東人。寶應中進士，左拾遺。

過三郊驛却寄楊評事時此子郭令公欲有表薦

冉冉青衫客，悠悠白髮人。亂山孤驛暮，長路百花新。終歲行他縣，全家望此身。更思君去就，早晚問平津。

李建州亦有句云：「全家待此身。」故當同一悲感。

春日即事

數畝東皋宅，青春獨屏居。家貧僮僕慢，官罷友朋疏。真情真景，今古同恨。强飲沽來酒，羞看讀了書。閑花開滿地，惆悵復何如。

邠州留别

終歲山川路，生涯總幾何。艱難爲客慣，貧賤受恩多。不曰仇多，而曰恩多，猶是貧賤之福。暮角寒山色，秋風遠水波。無人見惆悵，垂鞚入烟蘿。

登沃州山

沃州初望海，携手盡時髦。小暑開鵬翼，新蓂長鷺濤。月如芳草遠，身比夕陽高。二語奇警絶倫。羊祜傷風景，誰云异我曹。

崔峒　博陵人。舉進士，集賢學士，右補闕。

劉展下判官相招以詩答之

國有非常寵，家承异姓勛。背恩慚皎日，不義若浮雲。但使忠貞在，甘從玉石焚。竄身如有地，夢寐見明君。

如此忠貞，豈不令人悚然起敬？

登蔣山開善寺

山殿秋雲裏，香烟出翠微。客尋朝磬至，僧背夕陽歸。下界千門見，前朝萬事非。看心兼送目，葭菼暮依依。

荒寒黯澹，如在目中。

題崇福寺禪院

僧家竟何事，掃地與焚香。清磬度山翠，閑雲來竹房。身心塵外遠，歲月座中忘。向晚禪堂掩，無人空夕陽。

置之王、孟集中，誰復能辨？

嚴維

字文正，越州人。至德中進士，校書郎。

酬劉員外見寄

蘇耽佐郡時，近出白雲司。藥補清羸疾，窗吟絶妙詞。柳塘春水慢，花塢夕陽遲。欲識懷君意，明朝訪楫師。

全首秀澹可愛。

顧況

見前。

洛陽早春

何地避春愁，終年憶舊游。一家千里外，百舌五更頭。春愁難避，無過於此。客路偏逢雨，鄉山不入樓。故園桃李月，伊水向東流。

戎昱

荆南人。登進士，辰、虔二州刺史。

古意

女伴朝來説，知君欲弃捐。懶梳明鏡下，羞到畫堂前。有淚沾脂粉，無情理管弦。不知將巧笑，更遣阿誰憐。難堪。

閨情

側聽宫官説，知君寵尚存。未能開笑頰，先欲换愁魂。寶鏡窺妝影，紅衫裛淚痕。昭陽今再入，寧敢恨長門。

二詩意一反一正，正宜合看。有前首之悲，方有後首之喜，若倒置則不佳。

和蕃

漢家青史上，計拙是和親。社稷依明主，安危托婦人。豈能將玉貌，便擬静烟塵。地下千年骨，誰爲輔佐臣。

此是正論，他作皆翻案耳。

戴叔倫

字幼公，潤州人。貞元中進士，撫州刺史，容管經略。

早行寄朱放

山曉旅人去，天高秋氣悲。明河川上沒，芳草露中衰。此別又千里，少年能幾時。滄愴。心知剡溪路，聊且寄前期。

除夜宿石頭驛

旅館誰相問，寒燈獨可親。一年將盡夜，萬里未歸人。寥落悲前事，支離笑此身。愁顏與衰鬢，明日又逢春。

每至除夕時，往往聞人誦此詩，輒爲潸然，若旅中尤覺難堪。

別友人

擾擾倦行役，相逢陳蔡間。如何百年内，不見一人閑。對酒惜餘景，問程愁亂山。秋風萬里道，又出穆陵關。

蒼莽蕭瑟，令人茫然心哀。

過龍灣五王閣訪友人不遇

野橋秋水落，江閣瞑烟微。白日又欲午，高人猶未歸。高妙之句，不須雕琢。青林依石塔，虛館静柴扉。坐久思題字，翻憐柿葉稀。

權德輿

字載之，秦州人。四歲能賦詩。德宗召爲左補闕，元和中同平章事。

送張周二秀才謁宣州薛侍郎

儒衣兩少年，春棹縠溪船。湖月供詩興，烟嵐費酒錢。妙哉，此費人不能費。上帆投極浦，敧枕傲晴天。又妙哉，此傲人不能傲。不用愁羈旅，宣城太守賢。

羊士諤 泰山人。貞元初進士，監察御史，出爲資州刺史。

寒食宴城北山池即故郡守滎陽鄭綱自爲折柳亭

別館青山郭，游人折柳行。落花經上巳，細雨帶清明。秀澹無比。鶗鴂流芳暗，鴛鴦曲水平。
歸心何處醉，寶瑟有餘聲。

劉禹錫 見前。

八月十五夜觀月

天將今夜月，一遍洗寰瀛。暑退九霄净，秋澄萬景清。星辰讓光彩，風露發晶英。能變人間世，翛然是玉京。

恰是八月十五夜月，移動不得。

晝居池上亭獨吟

日午樹陰正，獨吟池上亭。靜看蜂教誨，閑想鶴儀刑。「蜂教誨」猶出《詩經》，「鶴儀刑」竟似杜撰矣，然讀去何嘗有一毫杜撰氣？法酒調神氣，清琴入性靈。浩然機已息，几杖復何銘。

同樂天和微之深春

何處深春好，春深少婦家。少婦家無時不好，何況深春。能偷新禁曲，自剪入時花。追逐同游伴，平章貴價車。從來不墮馬，故遣髻鬟斜。

歲夜咏懷

彌年不得意，新歲又如何。念昔同游者，而今有幾多。以閑爲自在，將壽補蹉跎。以閑人所能以，將壽非人所能將也，即以閑爲壽可耳。春色無新故，幽居亦見過。

所謂「惟有春風不世情」也，除却春風，恐不可有一。

柳宗元 見前。

且携謝山人至愚池

新沐换輕幘，曉池風露清。自諧塵外意，况與幽人行。霞散衆山迥，天高數雁鳴。機心付當路，聊適羲皇情。

發付機心甚妙。

楊巨源 字景山，蒲州人。貞元中進士，國子司業，河中少尹。

胡姬詞

妍艷照江頭，春風好客留。當壚知妾慣，送酒爲郎羞。香度傳蕉扇，妝成上竹樓。數錢憐皓腕，非是不能酬。如此相憐，豈復能計纏頭乎。

張籍 見前。

薊北旅思

日日望鄉國，空歌白苧詞。長因送人處，憶得別家時。實情實景，說出便無限悲涼。失意還獨語，多愁衹自知。客亭門外柳，折盡向南枝。

題李山人幽居

襄陽南郭外，茅屋一書生。無事焚香坐，有時尋竹行。自是幽人行徑。畫苔藤杖細，踏石筍鞋輕。應笑風塵客，區區逐世名。

鄭常有《寄邢逸人》一聯云：「儒衣荷葉老，野飯藥苗肥。」正可與此詩并傳。

不食仙姑山房

舉世人皇皇謀食，安得此仙姑乎？當焚香萬拜而師事之。

寂寂花枝裏，草堂惟素琴。此處花枝素琴，俱非尋常點綴。因山曾改眼，見客不言心。實無可言。月出溪路靜，鶴鳴雲樹深。丹砂如可學，便欲住幽林。

若果有此仙姑，張子房何必從赤松游耶。

白居易

見前。

自喜

身慵難勉强，性拙易遲回。布被辰時起，柴門午後開。忙驅能者去，閑逐鈍人來。即巧勞拙逸之意，而加「驅逐」二字，便覺靈奇。自喜誰能會，無才勝有才。

寄皇甫七

孟夏愛吾廬，陶潛語不虛。花樽飄落酒，風案展開書。鄰女偷新果，家僮漉小魚。不知皇甫七，喚得妙，妙在姓皇甫，若張三李四，亦何足取。池上興何如。

開成大行皇帝挽歌詞

御宇恢皇化，傳家叶至公。華彝臣妾内，堯舜弟兄中。用莊子語妙。制度移民俗，文章變國風。開成與貞觀，實録事多同。

李賀　見前。

示弟猶

別弟三年後，還家一日餘。醁醽今夕酒，緗帙去時書。病骨猶能在，人間底事無。何須問牛馬，抛擲任梟盧。

文長云：「平淡似不出長吉手，然尤是長吉佳處。」此正所謂絢爛之極，歸於平淡也。天下豈有不能平淡之雄奇哉。

七夕

別浦今朝暗，羅帷午夜愁。鵲辭穿綫月，花入曝衣樓。天上分金鏡，人間望玉鈎。錢塘蘇小小，更值一年秋。

忽說到蘇小，真是夢想不到。

答贈

本是張公子，曾名蕚緑華。公子何以名緑華，無乃將男作女。沉香熏小像，楊柳伴啼鴉。露重金泥冷，杯闌玉樹斜。琴堂沽酒客，新買後園花。

不必求其事以實之，而風流自是可想。

盧仝

見前。

自咏

物外無知己，人間一癖王。可補謚法之闕。生涯身是夢，耽樂酒爲鄉。日月黏髭鬢，此黏能不白否？雲山鎖肺腸。此鎖能不饑否？愚公祇公是，不用謾驚張。既曰癖王，又曰愚公，其尊大亦極矣。

張祜　見前。

送楊秀才游蜀

鄂渚逢游客，瞿塘上去船。峽深明月夜，江靜碧雲天。峽中風景，十字寫盡。舊俗巴渝舞，新聲蜀國弦。不堪揮別恨，一涕自潸然。

陪范宣城北樓夜宴

華軒敞碧流，官妓擁諸侯。前代皆用官妓，始足見爲官之樂。觀此詩催燭送香，勸客下籌，種種何等風趣，不然烏紗角帶，豈不俗殺。粉項高叢鬢，檀妝慢裹頭。亞身催蠟燭，斜眼送香毬。何處偏堪恨，千回下客籌。

題萬道人禪房

何處鑿禪壁，西南江上峰。殘陽過遠水，落葉滿疏鐘。何等淡逸。世事靜中去，道心塵外逢。

欲知情不動，床下虎留踪。此虎想定是吃素的。

題潤州甘露寺

千重構橫險，高步出塵埃。日月光先見，江山勢盡來。氣概語亦何可少。冷雲歸水石，清露滴樓臺。況是東溟上，平生意一開。

朱慶餘 見前。

孔尚書致仕

高人心易足，三表乞身閑。與世長疏索，惟僧得往還。直聲留闕下，生事在林間。時復逢清景，乘車看遠山。
可謂高人矣。

贈陳逸人

樂道辭榮禄，安居桂水東。得閑多事外，知足少年中。二語受用不盡。藥圃無凡草，松庭有素風。朝昏吟步處，琴酒與誰同。

湖中閑夜遣興

釣艇同琴酒，良宵背水濱。風波不起處，星月盡隨身。静言思之，是何境界。浦迴湘烟卷，林香岳氣春。誰知此中興，寧羡五湖人。

贈道者

獨住神仙境，門當瀑布開。豈非异境。地多臨水石，行不惹塵埃。風起松花散，琴鳴鶴翅回。還歸九天上，時有故人來。此故人却來得奇。

與賈島顧非熊無可上人宿萬年姚少府宅

莫厭通宵坐，貧中會聚難。堂虛雪氣入，燈在漏聲殘。役思因生病，當禪豈覺寒。「當禪」二字生創。開門各有事，非不惜餘歡。純冷澹之趣。

題青龍寺

寺好因崗勢，登臨値夕陽。青山當佛閣，紅葉滿僧廊。竹色連平地，蟲聲在上方。幽冷無人道及。最憐東面静，爲近禁城墻。

題與詩皆無秋字，却是滿紙秋氣。

賈島

字浪仙，范陽人。初爲浮屠，名無本。後舉進士，爲長江主簿。

南齋

獨自南齋卧，神閑景亦空。有山來枕上，勝於「排闥送青」多矣。無事到心中。簾卷侵林月，屏遮入座風。望春春未至，應在海門東。

送賀蘭上人

野僧來別我，略坐傍泉沙。遠道擎空鉢，深山踏落花。禪理。無師禪自解，有格句堪誇。此去非緣事，孤雲不定家。

宿山寺

衆岫聳寒色，精廬向此分。流星透疏木，走月逆行雲。絶頂人來少，高松鶴不群。一僧年八十，世事未曾聞。

如此僧幾於羲皇、懷葛矣，吾安得見之。

姚合 見前。

縣居詩三首

縣去京都遠，爲官與隱齊。馬隨山鹿放，鷄雜野禽栖。連舍惟藤架，侵階是藥畦。更師嵇叔夜，不擬作詩題。

此亦全無官氣矣。

又

一日看除目，終年損道心。除目安能損道心？不信不信。太[一]宜銜雪上，詩好帶風吟。野客嫌知印，家人笑買琴。祇都隨分過，已是錯彌深。

【校】

[一]太：《姚少監詩集》作「山」。

又

門外青山路，因循自不歸。養閑宜縣僻，説品喜官微。净愛山僧飯，閑披野客衣。惟憐幽谷鳥，不解入城飛。

此等人豈是官料，却教他爲簿尉，冤屈冤屈。

寒食書事

今朝一百五，出户雨初晴。舞愛雙飛蝶，歌聞百囀鶯。江深青草岸，花滿白雲城。爲政多孱懦，應無酷吏名。

公自言孱懦，世人當思此孱懦。

旅懷

客行無定止，終日路岐間。馬爲賒來貴，僮因借得頑。貧士古今同病，可勝浩嘆。詩書愁觸雨，店舍喜逢山。舊業嵩陽下，三年未得還。

題刑部馬員外修行里南街新居

帝里誰無宅，青山祇屬君。閑窗連竹色，幽砌上苔文。遠近高低樹，東西南北雲。朝朝常獨見，免被四鄰分。

可謂獨樂園矣。

同崔少卿九月六日飲

酒熟菊還芳，花飄盞亦香。與君先一醉，舉世待重陽。說得重陽如此關繫，真是不可虛度。風色初晴利，蟲聲向晚長。此時如不飲，心事亦應傷。

韋渠牟

京兆人。少爲道士，更爲浮屠，已而復冠。德宗時召對，拜諫議大夫。

步虛詞

上帝求仙使，真符取玉郎。三才閑布象，二景鬱生光。騎吏排龍虎，笙歌走鳳凰。走妙於飛。天高人不見，暗入白雲鄉。定不尋常。

釋皎然

姓謝，字清晝。吴興人。

奉和顔使君修韻海畢州中重宴得雙字

世學高南郡，身封盛魯邦。九流宗韻海，七字揖文江。對偶莊煉。惜賞雲歸蝶，留歡月在窗。妙语。不知名教樂，千載與誰雙？押雙字亦老。

啼猿送客

萬里巴江水，三聲月峽深。何年有此路，幾客共沾襟。君其問諸水濱。斷壁分垂影，流泉入苦吟。淒涼離別後，聞此更傷心。

秋宵書事寄吴憑處士

真性在方丈，寂寥無四鄰。德必有鄰，真性豈有鄰乎。秋天月色正，清夜道心真。萬籟無聲，一塵不到，如是如是。大夢觀前事，浮名悟此身。不知庭樹意，榮落感何人。

即感作詩之人耳。

尋陸鴻漸不遇

移家雖帶郭，野徑入桑麻。近種籬邊菊，秋來未着花。叩門無犬吠，欲去問西家。報道山中去，歸時每日斜。

祇如未曾作詩，豈非無字禪耶。

釋靈一

越州剡人。雲門寺律師。

送陳元初卜居麻源

欲向麻源隱，能尋謝客踪。空山幾千里，幽谷第三重。深遠可知。茅宇寧須葺，荷衣不待縫。因君見往事，爲我謝喬松。澹而有味。

宋若憲

貝州人。父廷芬生五女，皆善屬文，若憲其第四也。德宗召入禁中，呼爲學士。歷憲、穆、敬三朝，皆稱先生。文宗尚學，尤敬禮之。

催妝詩

雲安公主貴，出嫁五侯家。天母親調粉，日兄憐賜花。催鋪百子帳，待障七香車。借問妝成未，東方欲曉霞。莊艷。

李冶

見前。

送韓揆之江西

相看指楊柳，别恨轉依依。萬里西江水，孤舟何處歸。湓城潮不到，夏口信應稀。惟有衡陽雁，年年來去飛。亦復澹逸。

寄校書十七兄

無事烏程縣，蹉跎歲月餘。不知芸閣吏，寂寞竟何如。遠水浮仙棹，寒星伴使車。因過大雷澤，莫忘幾行書。

竟是詞壇老手。

唐詩快卷九終

唐詩快卷十目次　移人集七

五言律三

唐詩快卷十目次終

唐詩快卷十　移人集七

鍾山　黃周星九烟　選評
岑山　程　洪丹問　校訂

五言律

李商隱　見前。以下晚唐。

無題

照梁初有情，出水舊知名。裙衩芙蓉小，釵茸翡翠輕。錦長書鄭重，眉細恨分明。妖媚之極。
莫近彈棋局，中心最不平。
古時有彈棋局，故中心不平，今彈棋之局久廢矣，而不平者常在人心，何也？

李花

李徑獨來數，愁情相與懸。自明無月夜，五字足爲李花傳神。强笑欲風天。減粉與園籜，分香沾渚蓮。徐妃久已嫁，猶自玉爲鈿。

蟬

本以高難飽，說得有品有操，竟似蟲中夷齊。徒勞恨費聲。五更疏欲斷，一樹碧無情。無情所以難飽。薄宦梗猶泛，故園蕪已平。煩君最相警，我亦舉家清。亦有蟬意。

西溪

近郭西溪好，誰堪共酒壺。苦吟防柳惲，多淚怯楊朱。野鶴隨君子，寒松揖大夫。園墅中絕妙對聯。天涯常病意，岑寂勝歡娛。

越燕

上國社方見，此鄉秋不歸。爲矜皇后舞，猶着羽人衣。拂水斜紋亂，銜花片影微。盧家文杏好，試近莫愁飛。

文杏故當勝於玳瑁。

晚晴

深居俯夾城，春去夏猶清。天意憐幽草，人間重晚晴。不必然，不必不然，説來却便似確然不易，故妙。并添高閣迥，微注小窗明。越鳥巢乾後，歸來體更輕。

杜牧

字牧之，京兆人。太和中進士，侍御史，遷中書舍人。

池州春送前進士蒯希逸

芳草復芳草，斷腸還斷腸。自然堪下淚，何必更殘陽。四語竟是極妙絶句。楚岸千萬里，燕鴻三兩行。有家歸不得，况舉别君觴。

許渾

字用晦，丹陽人。太和中進士，監察御史，睦、郢二州刺史。

送韋明府

酒闌横劍歌，日暮望關河。道直去官早，家貧爲客多。二語可傳。山昏函谷雨，木落洞庭波。莫盡遠游興，故園荒薜蘿。

嚴陵釣臺貽行客

故人天下定，歸釣碧岩幽。好句。舊迹隨苔古，高名寄水流。鳥喧群木晚，蟬急衆山秋。更待新安月，憑君暫駐舟。山高水長，至今可想。

送從兄歸隱藍溪

京洛多高蓋，憐兄劇斷蓬。身隨一劍老，家入萬山空。夜憶蕭關月，行悲易水風。無人知此意，甘卧白雲中。

俠士耶？高人耶？時無英雄，安得不隱。

洛東蘭若夜歸

一衲老禪床，吾生半异鄉。管弦愁裏老，書劍夢中忙。鳥急山初暝，蟬稀樹正凉。又歸何處去，塵路月蒼蒼。

惜不逢許飛瓊耳。

劉得仁

見前。

答韋先輩春雨後見寄

風散五更雨，鳥啼三月春。軒窗透初日，硯席絶纖塵。帝里峰頭出，鄰家樹色新。憐君高且静，有句寄閑人。

先輩肯寄詩閑人，則其高且静可知，從來高者必閑，閑者必静，此三字原分拆不得。

贈江夏盧使君[一]

詩人中最屈，無與使君儔。白髮雖求退，明時合見收。登山猶自健，縱酒可多愁。好是能騎馬，相逢見鄂州。

劉君三十年困躓名場，不暇自稱屈，而乃與使君稱屈，則當時之詩人，不屈者想亦罕矣。

【校】

［一］贈江夏盧使君：《文苑英華》署作朱慶餘。

青龍寺僧院

常多簪組客，非獨看高松。此地堪終日，開門見數峰。此豈簪組客所知耶？苔新禽迹少，泉冷樹陰重。師意如山裏，空房曉暮鐘。

寄姚諫議

嗚鞭静路塵，籍籍諫垣臣。函疏封還密，爐香侍立親。篋多臨水作，窗宿卧雲人。危坐開寒紙，燈前起草頻。

說得此諫議侃侃正氣，如見臺閣風生。

聽夜泉

靜裏層層石，潺湲到鶴林。流迴出幾洞，源遠歷千岑。寒助空山月，清兼此夜心。幽人聽達曙，相和藓床吟。

顔魯公「高雲共此心」，心與雲俱高也。此處「清兼此夜心」，心與泉俱清也。雲自在天，泉自在地，幾人能共之兼之哉。

馬戴

字虞臣。會昌中博士，龍陽尉。

送客南游

擬卜何山隱，高秋指岳陽。葦乾雲夢色，橘熟洞庭香。疏雨殘虹影，回雲背鳥行。靈均如可問，一爲哭清湘。

此一哭不可少。

贈別北客

君生游俠地，感激氣何高。飲盡玉壺酒，贈留金錯刀。雁關飛霰雪，鯨海落雲濤。決去如征鳥，離心空自勞。

詩有豪氣。

趙嘏

字承祐，山陽人。會昌中進士，渭南尉。

越中寺居寄上元主人〔一〕

遲客疏林下，斜溪小艇通。野橋連寺月，高竹半樓風。水静魚吹浪，人閑鳥下空。數峰相向緑，日夕郡城東。

亦是畫景。

【校】

［一］越中寺居寄上元主人：《文苑英華》作「越中寺居」。該集另收有趙嘏詩《越中寺居寄上主人》，詩云：「野寺初容訪静來，晚晴江上見樓臺。中林有路到花盡，一日無人看竹回。自曬詩書經雨後，别留門户爲僧開。苦心若是酬恩事，不敢吟春憶酒杯。」

薛能

字大拙，汾州人。會昌中進士，徐州節度使。

升平詞

寥泬敞延英，朝班立位横。宣傳無草動，拜舞有衣聲。鴛瓦霜消濕，蟲絲日照明。辛勤自不到，遥見似前生。

分明一首早朝詩，説來却如洞天福地，非復人世景象，亦奇。

恭禧皇太后挽歌詞

配聖三朝隔，靈儀萬姓哀。多年好黄老，舊日薦賢才。如此好太后，千載後猶當歌之挽之，何況當日。道著標彤管，宫閑閉緑苔。平生六衣在，曾着祀高禖。

項斯　字子遷，江東人。會昌中進士，丹徒尉。

小古鏡

字已無人識，唯應記鑄年。見來深似水，携去重於錢。鸞翅巢空月，菱花遍小天。如此咏物，何等雋妙。宫中照黄帝，曾得化爲仙。

章孝標　字道正，錢塘人。元和中進士，秘書省正字。

贈盧山錢卿

象魏抽簪早，匡廬築室牢。宦情歸去薄，天爵隱來高。篋有新徵詔，囊餘舊缊袍。何如捨麋鹿，明主仰風騷。

語語名貴，且妙有別致。

陳陶

見前。

湓城贈別

楚岸青楓樹，長隨送遠心。九江春水闊，三峽暮雲深。雄而實澹。氣調桓伊笛，才華蔡琰琴。迢迢嫁湘漢，誰不重黃金。

既曰蔡琰琴，又曰嫁，則所贈別者，豈閨人耶？

温庭筠

見前。

春日曉行

騎馬踏烟莎，青春奈怨何。蝶翎朝粉盡，鴉背夕陽多。黯然。柳艷欺芳帶，山愁縈翠蛾。別情無處説，方寸是星河。

奇峭語，從無人道。

商山早行

晨起動征鐸，客行悲故鄉。鷄聲茅店月，人迹板橋霜。遂成千古畫稿。槲葉落山路，枳花明驛墻。因思杜陵夢，鳧雁滿迴塘。

經李處士杜城別業

憶昔幾游集，今來倍嘆傷。百花情易老，真正銷魂語，豈由思索而得。一笑事難忘。對亦妙，上句妙矣，祇得以虚淡對之。白社已蕭索，青樓空艷陽。不閑雲雨夢，猶欲過高唐。其人安在？

題僧泰恭院

微生竟勞止，晤言猶是非。出門還有淚，亦是銷魂語，從無人道。看竹暫忘機。爽氣三秋近，浮生一笑稀。故山松菊在，終欲掩荆扉。

題薛昌之所居

所得乃清曠，如此起真是清曠。寂寥常掩關。獨來春尚在，相得暮方還。口頭語説來便妙。花白風露晚，柳青街陌閑。翠微應有雪，窗外見南山。正應清曠二字。

贈楚雲上人

松根滿苔石，盡日閉禪關。有伴年年月，無家處處山。烟波五湖遠，瓶屨一身閑。岳寺蕙蘭晚，幾時幽鳥還。

寫出閑雲野鶴矣。

李頻

字德新，睦州人。大中時進士，建州刺史。

夏日題盩厔友人書齋

修竹齊高樹，書齋竹樹中。四時無夏氣，三伏有秋風。黑處巢幽鳥，陰來叫候蟲。窗西太白雪，萬仞在遥空。

好書齋。

長安書事寄所知

帝里本無名，端居有道情。睡魂春夢短，書興晚窗明。老擬歸何處，閑應過此生。江湖終一日，拜别便東行。

一辭而退，固應爾爾。

山居

欲出窮吾道，東西自未能。卷簾惟對鶴，開卷獨留僧。如此高致，豈俗人所能知。落葉和雲掃，秋山共月登。何年石上水，夜夜滴高層。

過四皓廟

東西南北人，高迹自相親。天下已歸漢，山中猶避秦。商山即是桃源。龍樓曾作客，鶴氅不爲臣。語亦俊健。獨有千年後，青青廟木春。

于武陵

或云即于鄴，杜曲人。

題華山處士所居

貴賤各擾擾，皆逢朝市間。到此馬無迹，始知君獨閑。冰破聽敷水，雪晴看華山。西風寂寥地，惟我坐忘還。

此亦煩熱中一帖清涼散也。知此者幾人哉。

過侯王故第

過此一酸辛，行人淚有痕。獨殘新碧樹，猶擁舊朱門。歌歇雲應散，檐空燕尚存。不知彈鋏客，何處感新恩。

鳴箏挾瑟諸美人，俱不知何往矣，彈鋏客又何足道？

贈王隱者山居

石室掃無塵，人寰與此分。飛來南浦樹，半是華山雲。浮世幾多事，先生應不聞。寒山滿西日，空照雁成群。可以爲隱者矣，與終南捷徑，豈不相去天淵。

春過函谷關

幾度作游客，客行長苦辛。愁看函谷路，老盡布衣人。錦衣人亦未必不老，然何足入詩哉。歲遠關猶固，時移草亦春。何當名利息，遣此絶征輪。

東門路

東門車馬路，此路有浮沉。白日若不落，紅塵應更深。尚有夜行不休者，奈何？從來名利地，皆起是非心。所以青青草，年年生漢陰。結得閑冷有趣。

長安逢隱者

希見希見。

征車千里至，碾遍六街塵。向此有營地，忽逢無事人。昔時顔未改，浮世路多新。且脱衣沽酒，終南山欲春。
此隱者，幸非策馬揚鞭，而赴不求聞達科者。不然，亦無暇飲酒看山矣。

贈賣松人

入市雖求利，憐君意獨真。劚將寒澗樹，賣與翠樓人。便見是滯貨。瘦葉幾經雪，淡花應少春。
長安重桃李，徒染六街塵。
此亦不見專爲賣松而發。

李群玉 見前。

登蒲澗寺後二岩

行盡崎嶇路，驚從汗漫游。青天豁眼快，碧海醒心秋。便欲尋河漢，因之犯斗牛。九霄身自到，何必遇浮丘。

高曠可知。

司馬札

見前。

隱者

松間開一徑，秋草自相依。終日不冠帶，空山無是非。投綸溪鳥伴，曝藥谷雲飛。時向鄰家去，狂歌夜醉歸。

如此隱者，豈不快活殺人。

杜荀鶴

見前。

春宮怨

早被嬋娟誤，欲妝臨鏡慵。承恩不在貌，教妾若爲容。風暖鳥聲碎，日高花影重。年年越溪女，相憶采芙蓉。當時諺云：「杜詩三百首，惟在一聯中。」即此「風暖」一聯也。故《唐風集》以之壓卷，想當不謬。

寄李溥

如我如君者，不妨身晚成。但從時輩笑，自得古人情。（草堂中佳聯。）共莫更初志，俱期立後名。男兒且如此，何用嘆平生。

送九華道士游茅山

忽起他山興，飄然出舊山。於身無切事，（如此人有幾。）在世有餘閑。日月浮生外，乾坤大醉間。（不曰「大夢」而曰「大醉」，醉妙於夢。）故園華表上，誰得見君還。

下第投所知

若以名場内，誰無一軸詩。縱饒生白髮，豈敢怨明時。知己雖然切，春官未必私。寧教讀書眼，不有看花期。

祇得扳罾守店。

閩中別所知

觸目生歸思，那堪路七千。臘中離此地，馬上見明年。不曰「馬上過殘年」，而曰「馬上見明年」，語意便覺迥別。郡邑溪山巧，寒暄日月偏。自疑雙鬢雪，不似到南天。

春日閑居即事

未得青雲志，春同秋日情。花開如葉落，鶯語似蟬鳴。道合和貧守，詩堪與命争。饑寒是吾事，斷定不歸耕。

彥之年至四十六，終擢上第，可謂有志者事竟成矣。

下第出關投鄭拾遺

丹霄桂有枝，未折未爲遲。况是孤寒士，兼行苦澀詩。尊作轉不苦澀，或是貴造苦澀耳。杏園人醉日，關路獨歸時。更卜深知意，將來擬薦誰。

經廢宅

人生當貴盛，修德可延之。不慮有今日，争教無破時。薜斑題字壁，花發帶巢枝。何况蒿原上，荒墳與折碑。

世間富貴得意之人，皆當洗耳而聽。

送人宰吴縣

海漲兵荒後，爲官合動情。字人無异術，至論不如清。草履隨船賣，綾梭隔岸鳴。惟持古人意，千里贈君行。

如此纔真是温厚和平，真不愧風人之遺。

儲嗣宗

光羲之曾孙。大中時進士，校書郎。

南陂遠望

閑門横古塘，紅樹已驚霜。獨立望秋草，野人耕夕陽。孤烟起蝸舍，飛鷺下漁梁。唯有田家事，依依似故鄉。

以此爲田家詩，真有乃祖之風。

送人歸故園

遠節慘言别，况予心久違。從來憶家淚，今日送君歸。野路正風雪，還鄉猶布衣。里中耕稼者，應笑讀書非。

與王、孟何异。

劉威 會昌時人。

冬夜旅懷

寒窗危竹枕，月過半床陰。嫩葉不歸夢，晴蟲成苦吟。酒無通夜力，事滿五更心。此詩人所同然，亦幽人所同然，一經拈出，便自千古不易。寂寞誰相似，殘燈與素琴。

唐求 蜀人。隱居山人。

山東蘭若遇静公夜歸

松門一徑微，苔滑往來稀。半夜聞鐘後，渾身帶雪歸。此二語能使六月生寒。問寒僧接杖，辨語犬銜衣。又是安禪去，呼童閉竹扉。

題鄭處士隱居

不信最清曠，及來愁已空。數點石泉雨，滿溪霜葉風。業在有山處，道成無事中。酌盡一樽酒，老夫顔亦紅。

通首不離「清曠」二字。

林寬

見前。

送惠補闕

詔下搜岩野，高人入竹林。長因抗疏日，便作去官心。清俸供僧盡，滄洲寄迹深。東門有歸路，徒自弃華簪。

天下乃有此補闕乎？可敬可敬。

送許棠先輩歸宣州

髮枯窮律韻，字字合塤篪。日月所到處，姓名無不知。詩人竟可以配天乎？僭妄僭妄。鶯啼謝守壘，苔老謫仙碑。詩道喪來久，東歸爲吊之。

送人宰浦城

東南猶阻寇，梨嶺更誰登。作宰應無俸，歸船必有僧。灘平眠獺石，燒斷飲猿藤。歲盡較殊最，方當見异能。

即「歸船必有僧」一語，可想其高致矣，以此較最，恐未必能署上考。

方干 字雄飛，桐廬人。處士。

鏡中別業

世人如不容，吾自縱天慵。落葉憑風掃，香粳倩水春。花期連郭霧，雪夜隔湖鐘。身外能無事，頭宜白此峰。

不過終老之意，造語特异。

貽錢塘路明府

志業不得力，到今猶苦吟。吟成五字句，用破一生心。今人動輒言吟詩，觀此二語，語可易吟耶？世路屈聲遠，寒溪怨氣深。此屈此怨，想亦玄英自道。前賢多晚達，莫怕雪霜侵。

贈雪竇僧

登寺尋盤道，人烟遠更微。石窗秋見海，此窗非人世之窗。山靄暮侵衣。衆木隨僧老，此木亦非人世之木。高泉盡日飛。誰能厭軒冕，來此便忘機。

周朴 閩人。隱士。

董嶺水

湖州安吉縣，門與白雲齊。禹力不到處，河聲流向西。劃然异境，忽若天開。去銜山色遠，近水月光低。中有高人在，紗巾曳杖藜。

司空圖 字表聖，河中人。咸通中進士，侍御史。

下方

昏旦松軒下，怡然對一瓢。雨微吟思足，花落夢無聊。五字若拈作詩題，應有無限佳句。細事當棋遣，非深於坐隱者不知。

衰容喜鏡鐃。溪僧有深趣，書至又相邀。

陸龜蒙 見前。

夏日閑居作四聲詩寄襲美 平聲。

荒池菰蒲深，閑階莓苔平。江邊松篁多，人家簾櫳清。爲書淩遺編，調弦誇新聲。求歡雖殊途，探幽聊怡情。

酬苦雨四聲重寄三首 平上聲。

層雲愁天低，久雨倚檻冷。絲禽藏荷香，錦鯉繞島影。心將時人乖，道與隱者静。桐陰無深泉，所以逞短綆。

又 平去聲。

烏蟾俱沈光，晝夜恨暗度。何當乘雲螭，面見上帝愬。臣言陰雲欺，詔用利劍付。回車誅群奸，自散萬籟怒。

此等詩皆詞人閑坐，不過借此銷磨白晝耳。然五言八句中，何可不存此一體。

皮日休 見前。

奉酬夏日四聲 平入聲。

先生何違時，一室習寂歷。松聲將飄堂，岳色欲壓席。彈琴奔玄雲，斸藥折白石。如教題君詩，若得札玉册。

亦自有趣。

早春病中書事寄魯望

眼暈見雲母，耳虛聞海濤。惜春狂似蝶，養病躁於猱。案静方書古，堂空藥氣高。可憐真宰意，偏解困吾曹。

寫病况字字逼真。

李咸用

見前。

春日

浩蕩東風裏，徘徊無所親。危城三面水，古樹一邊春。衰世難修道，花時不稱貧。滔滔天下者，何處問通津。

側身天地，真是侘傺亡憀。

覽文僧卷

雖無先聖耳，异代得聞韶。怪石難爲古，奇花不敢妖。調高非郢雪，思静礙箕瓢。未可重吟過，雲山興轉饒。

說得詩品如此高貴，惜乎不得見之。

訪友人不遇

出門無至友，動即到君家。空掩一庭竹，去看何寺花。短僮應捧杖，稚女學擎茶。吟罷留題處，苔階日影斜。

眼前景致口頭語，便是人間絶妙詩。如是如是。

李山甫　見前。

陪鄭先輩華山羅谷訪張隱者

白雲閑洞口，飛蓋入嵐光。好鳥共人語，异花迎客香。谷風聞鼓吹，苔石見文章。佳句可愛。不是陪仙侣，無因訪阮郎。

李昌符

字巖夢。咸通中進士，膳部員外郎。

送琴客

楚客抱離思，蜀琴留恨聲。坐來新月上，聽久覺秋生。夜静騷人語，祇此二語，足當幾許琴心三疊矣。天高别鶴鳴。因君興一嘆，竟夕意難平。

李洞

字才江，京兆人。諸王孫。

寄翠微無可上人

遠近衆心歸，居然占翠微。展經猿識字，聽法虎知非。虎知非奇妙，然則虎亦蘧大夫乎？泉注城池夢，句亦奇奧。霞生侍衛衣。玄機不可學，何似總無機。

李中 字有中，隴西人。新淦令。

書王秀才壁

茅舍何寥落，門庭長緑蕪。貧來賣書劍，病起憶江湖。曠然有懷，亦復真切。對枕暮山碧，伴吟涼月孤。前賢多晚達，莫嘆有霜鬚。

宿青溪米處士幽居

寄宿溪光裏，夜凉高士家。十字秖如一句，妙、妙！養風窗外竹，叫月水中蛙。静慮同搜句，清神旋煮茶。唯憂曉鷄唱，塵裏事如麻。

通首亦了不异人意，但以首二語高妙殊勝，不忍弃之。

讀蜀志

鼎分天地日，先主力元微。魚水從相得，山河遂有歸。任賢無間忌，報國盡神機。草昧争雄者，君臣似此稀。

運會關繫語，莫作寻常咏史看。

得故人消息

多難分離久，相思每淚垂。夢歸殘月曉，信到落花時。秀澹絶倫，遂成《碧雲集》中佳句。未必乖良會，何當有後期。那堪樓上望，烟水接天涯。

訪山叟留題

策杖尋幽客，相携入竹扃。野雲生晚砌，病鶴立秋庭。茶美睡心爽，琴清塵慮醒。輪蹄應少到，門巷草青青。

可想高致。

羅隱 見前。

宿彭蠡館

孤館少年旅，解鞍增別愁。遠山矜薄暮，高柳怯清秋。此「矜」此「怯」，人必以爲纖矣，然纖何嘗不妙耶？病裏見時態，醉中思舊游。所懷今已矣，何必恨東流。

崔塗 字禮山。光啓中進士。

除夜有感[一]

迢遞三巴路，羈危萬里身。亂山殘雪夜，孤燭异鄉人。漸與骨肉遠，轉於奴僕親。那堪正飄泊，明日歲華新。

「亂山」二句，正與戴幼公「一年將盡夜，萬里未歸人」語氣相類，此人此夜，其何以堪？

【校】

[一] 除夜有感：《四部叢刊》景明刊本《孟浩然集》收録該詩。

巫山廟

雙黛儼如嚬，應傷故國春。江山非舊主，雲雨是前身。夢覺傳詞客，靈猶福楚人。不知千載後，何處又爲神。

忽幻忽莊，幾於胡然而天，胡然而帝矣。

秋宿天彭僧舍

身世兩相惜，秋雲每獨興。難將塵界事，話向雪山僧。力善知誰許，歸耕又未能。此懷平不得，挑盡草堂燈。

四十字中，無一字不宜連圈，其能言人意中事也。

過昭君故宅

以色靖胡[一]塵，名還异衆嬪。免勞征戰力，無愧綺羅身。此意亦從來未發，後四句尚與人同。骨竟埋青冢，魂應怨畫人。不堪逢舊宅，寥落對江濱。

【校】

[一] 胡：原作「□」，據《唐詩鏡》《全唐詩》補。

秋夕與友人同會

章句積微功，星霜二十空。僻應如我少，吟喜得君同。月上僧歸後，詩成客夢中。如此妙句，豈可多得。更聞栖鶴警，清露滴青松。

張喬 池州人。大順中進士。

送許棠下第游蜀

天下猿多處，此五字可題一碑，樹於瞿唐峽口。西南是蜀關。馬登青壁瘦，人宿翠微閑。帶雨逢殘日，因江見斷山。行歌風月好，莫老錦城間。

寄中岳顓頊先生

先生顓頊後，得道自何人。松柏卑於壽，句法新雋。兒孫老却身。夜窗峰頂曙，寒澗洞中春。戀此逍遥境，雲間不可親。

鄭谷

字守愚，袁州人。光啓中進士，都官郎中。

别同志

所立共寒苦，凄然。平生同與游。相看臨遠水，獨自上孤舟。不言愁而愁可知。天澹滄浪晚，風悲蘭杜秋。前程吟此景，爲子上高樓。

長安夜坐懷寄湖外嵇處士

萬里念江海，浩然天地秋。風高群木落，夜久數星流。鐘絶分宫漏，螢微隔御溝。遥思洞庭上，葦露滴漁舟。

魏公子身江海而心魏闕，鄭都官乃坐長安而念江海。讀其詩，可知其人。

秘閣伴直

秘閣鎖書深，墻南列晚岑。吏人同野鹿，庭木似山林。淺井寒蕪入，迴廊叠蘚侵。閑看薛稷鶴，共起五湖心。

如此直秘閣，祇如游林園、過山寺耳。都官又有《南宫寓直》句云：「僧携新茗伴，吏掃落花迎。鎖印詩心動，垂簾睡思生。」入直竟可携僧爲伴，似此作官，豈非朝隱。

吴融 字子華，山陰人。龍紀中進士，户部侍郎。

西陵夜居

寒烟落遠汀，暝色入柴扃。漏永沉沉静，燈孤的的青。「的的」二字，直追孤燈之魂。林風移宿鳥，池雨定流螢。「定」字亦傳神。盡夕成愁絶，啼蛩莫近庭。

韩偓 見前。

馬上見 歇後語。

嬌馬錦連錢，乘騎是謫仙。和裙穿玉鐙，隔袖把金鞭。去帶懵騰醉，歸應困頓眠。自憐輸厩吏，餘暖在香韉。

餘香可羡，此「餘暖」亦安所用之，意者餘暖即餘香耶。

孟貫

字一之，建安人。人稱孟夫子。

贈栖隱洞譚先生

先生雙鬢華，深谷卧雲霞。不伐有巢樹，多移無主花。豈非仁人之言。石泉春釀酒，松火夜煎茶。因問山中事，如君有幾家。

寄李處士

僧話磻溪叟，平生重赤松。夜堂悲蟋蟀，秋水老芙蓉。幽冷。吟坐倦垂釣，閑行多倚笻。以上六句俱是僧話。聞名來已久，未得一相逢。

張蠙

字象文，清河人。乾寧中進士，蜀膳部員外郎。

宿山寺

中峰半夜起，忽覺有青冥。下界自生雨，上方猶有星。余嘗宿衡岳絶頂，實有此景，不意此詩已先得之。樓高鐘獨遠，殿古像多靈。好是潺湲水，房房伴誦經。

叢葦

叢叢寒水邊，曾折打魚船。忽與亭臺近，翻嫌島嶼偏。花明無月夜，聲急正秋天。叢葦，微物耳，何幸得此妙语，爲之寫照？遥憶巴陵渡，殘陽一望烟。

登單于臺

邊兵春盡回，獨上單于臺。白日地中出，黄河天外來。沙翻痕似浪，風急響疑雷。欲向陰關度，陰關曉不開。

此地幾人能到？讀此詩，仿佛如目睹矣。「白日」二句雄而且險。

王貞白　字有道，信州人。乾寧中進士，校書郎。

商山

商山名利路，夜亦有人行。四皓卧雲處，千秋疊蘚生。晝烟籠澗黑，殘雪隔林明。我待酬恩了，來聽水石聲。

可爲大笑絶倒。

許琳　琳一作彬，睦州人。

經李翰林廬山屏風所居

放逐非多罪，江湖不偶回。深居猶有謂，濟世豈無才。疊巘晴舒障，寒川暗動雷。

誰能續高興，醉死一千杯。一千杯安能醉死太白，若續興者則未可知。

中秋夜懷

趨馳早晚休，一歲又殘秋。若祇如今日，何難致白頭。凄然亦憮然。滄波歸處遠，旅舍向邊愁。賴見前賢說，窮通不自由。此前賢仍祇指孔孟而言，若老莊則不如此說矣。

唐尚顔 無考。

匡山居

無才加性拙，道理合藏蹤。是處非深遠，其山已萬重。句妙。經時鄰境戰，獨夜隔雲春。昨日泉中見，常魚即化龍。有此事乎？

夷陵即事

不難饒白髮，相續是灘波。避世嫌身晚，思家乞夢多。真境。暑衣經雪着，凍硯向陽呵。豈謂臨岐路，還聞聖主過。此聖主何所指乎？臣愚不敢妄對。

徐寅 閩人。

旅次寓題

胡爲名利役，來往老關河。白髮隨梳少，青山入夢多。途窮憐抱疾，世亂耻登科。本心語。却起漁舟念，春風釣緑波。

釋無可 與賈島同時人。

游山寺

千峰路盤盡，林寺昔何名。步步入山影，房房聞水聲。妙境移情。多年人迹斷，殘照石陰清。自可求居止，安閑過此生。

寄華州馬戴

三峰待秋上，鳥外挂衣巾。如有雲霞縹緲。猶見無窮景，應非暫住身。水寒仙掌路，山遠華陽人。山遠人耶？人遠山耶？澹折可思。欲問壇邊月，尋思闕復新。

秋寄從兄賈島

螟蟲喧暮色，默思坐西林。聽雨寒更徹，開門落葉深。此中有閬仙在。昔因京邑病，并起洞庭心。亦是吾兄事，遲回共至今。衹如手札語。

金州别姚合

日日西亭上，春留到夏殘。言之離別易，勉以道途難。山出一千里，溪行三百灘。松間樓裏月，秋入五陵看。

無可詩俱極平淡，然大有意味，殊耐思索，豈可與卑庸淺薄者同年而語。

釋貫休

見前。

言詩

經天緯地物，動必是仙才。幾處覓不得，有時還自來。真風含素髮，秋色入靈臺。吟向霜蟾下，終須神鬼哀。

直將詩看作天地大文，豈許世人浪吟。

釋齊己 姓胡，名得生，益陽人。

寄鏡湖方干處士

賀監舊山川，空來近百年。聞君與琴鶴，終日在漁船。祇似尺牘中語，趣甚。島露深秋石，湖澄半夜天。雲門幾回去，題遍好林泉。

秋夜聽業上人彈琴

萬物都寂寂，堪聞彈正聲。人心盡如此，天下自和平。湘水瀉秋碧，古風吹太清。往年廬岳奏，今夕更分明。

友夏云：「胸中淵淵浩浩，即用此作古詩樂府，已高一層，何况近體。」其賞此詩至矣。顧何以得此於晚季耶？

聽泉

落石幾萬仞，遠聲飄冷空。高秋初雨後，半夜亂山中。此方是真聽泉，他人止得其皮毛耳。祇有照壁月，更無吹葉風。昔曾廬岳聽，到曉與僧同。

《聽琴》則曰：「往年廬岳奏。」《聽泉》則又曰：「昔曾廬岳聽。」可見琴即是泉，泉即是琴。琴與泉即是廬岳。

劍客

拔劍繞殘樽，歌終便出門。西風滿天雪，何處報人恩。勇死尋常事，輕仇不足論。翻嫌易水上，細碎動離魂。

世外人偏作此雄壯語，豈是尋常緇衲。

登祝融峰

猿鳥共不到，我來身欲浮。四邊空碧落，絶頂正清秋。宇宙知何極，華夷見細流。壇西獨立久，白日轉神州。

余嘗登祝融峰，知己公所言不謬。衡岳有己公岩，老杜亦有《己上人茅齋》詩，或疑非此己公，然幸有此詩爲證。

釋澹交

無考。

寫真

圖形期自見，自見却傷神。已是夢中夢，更逢身外身。水花凝幻質，墨彩染空塵。堪笑余兼爾，俱爲未了人。

夢爲蝴蝶罔兩問影，妙悟皆從莊叟得來。

元淳［一］ 洛中人。女道士。

寄洛中諸妹

舊國經年別，關河萬里思。題詩憑雁翼，望月想蛾眉。白髮愁偏覺，歸心夢獨知。誰堪離亂處，掩淚向南枝。

此煉師姓名如男子，詩亦如男子。若非注明履歷，孰知其爲女冠耶。

【校】

［一］元淳：目録及吴本作「釋元淳」。

魚玄機 字幼薇。西京咸宜觀女道士。

賦得江邊柳

翠色連荒岸，烟姿入遠樓。情景俱絶。影鋪秋水面，花落釣人頭。韻甚。根老藏魚窟，枝低繫客舟。瀟瀟風雨夜，驚夢復添愁。

贈鄰女

羞日遮羅袖，愁春懶起妝。易求無價寶，難得有心郎。果是難得。枕上潛垂淚，花間暗斷腸。自能窺宋玉，何必恨王昌。

魚老師可謂教猱升木、誘人犯法矣。罪過、罪過。

酬李郢夏日釣魚回見示

住處雖同巷，經年不一過。清詞歡舊女，香桂折新柯。道性欺冰雪，禪心笑綺羅。祇恐未必。迹登霄漢上，無路接烟波。亦恐未必。

唐詩快卷十終

唐詩快卷十一目次　移人集八

七言律一

唐詩快卷十一目次終

唐詩快卷十一　移人集八

鍾山　黄周星九烟　選評
岑山　程　洪丹問　校訂

七言律

杜審言 見前。以下初唐。

春日京中有懷

今年游寓獨游秦，愁思看春不當春。上林苑裏花徒發，細柳營前葉漫新。公子南橋應盡興，將軍西第幾留賓。寄語洛陽風日道，明年春色倍還人。

每當春日懷抱不佳時，輒誦此詩不置，所謂「春非我春」也。但年復一年，究未知風日何時倍還，殊爲悵悵。

宋之問　見前。

和趙員外桂陽橋遇佳人

江雨朝飛浥細塵，陽橋花柳不勝春。金鞍白馬來從趙，玉面紅妝本姓秦。妒女猶憐鏡中髪，侍兒堪感路傍人。蕩舟爲樂非吾事，自嘆空閨夢寐頻。

此本趙員外之遇佳人也，竟爲宋員外之遇佳人矣。且安知橋上非夢中，夢中非橋上乎。

張説　見前。

三月三日詔宴定昆池宫莊賦得筵字

鳳凰樓下對天泉，鸚鵡洲中匝管弦。舊識平陽佳麗地，今逢上巳盛明年。舟將水動千尋日，幕共林横兩岸烟。不降王人觀禊飲，誰令醉舞拂賓筵。

如此富麗之作，亦自不可少。

蘇頲 見前。

春晚紫微省直寄内

直省清華接建章，向來無事日猶長。花間燕子栖鳷鵲，竹下鵷雛繞鳳凰。内史通宵承紫誥，中人落晚愛紅妝。别離不慣無窮憶，莫誤卿卿學太常。

題中「紫薇省直」四字，何其嚴重；説到「春晚寄内」，又何其風流。詩固兼二者而有之。

張諤 見前。

九日

秋天林下不知春，一種佳游事也均。絳葉從朝飛着夜，黄花開日未成旬。未成旬，切[一]九日。將曛陌樹頻驚馬，半醉歸途數問人。城遠登高并九日，茱萸凡作幾年新。

此詩鍾、譚最賞。鍾云：「字字流艷，人不以爲初唐七律。」譚云：「律詩至此聖矣，當以爲法。」蓋取其流麗而不傷真氣也，觀者當自得之。

【校】

[一] 切：原漫漶不清，據吴本定作「切」。

徐安貞 龍丘人。制科及第，中書侍郎。

聞鄰家理風筝

北斗横天夜欲闌，愁人倚月思無端。忽聞畫閣秦筝逸，知是鄰家趙女彈。曲成虛憶青蛾斂，調急遥憐玉指寒。銀鎖重關聽未闢，不如眠去夢中看。

夢中看者，看筝耶？看女耶？聞筝既可爲看筝，則夢女或可爲看女，愁人無端之思至此。

長孫皇后

春游曲

上苑繁花朝日明，蘭閨艷妾動春情。井上新桃偷面色，檐邊嫩柳學身輕。花中來去看舞蝶，樹上長短聽流鶯。林下何須遠借問，出衆風流舊有名。

初唐五律可取者少矣，而七律尤少。正如桃都之日、岷源之江，其光氣尚未壯盛耳。然品花者以蓓蕾爲盛，爛熳爲衰，此數首豈不足以當蓓蕾乎。

王維 見前。以下盛唐。

積雨輞川莊作

積雨空林烟火遲，蒸藜炊黍餉東菑。漠漠水田飛白鷺，陰陰夏木囀黄鸝。看輞川圖，不如誦此二語。山中習静觀朝槿，松下清齋折露葵。野老與人争席罷，海鷗何事更相疑。

春日與裴迪過新昌里訪吕逸人不遇

桃源四面絶風塵，柳市南頭訪隱淪。到門不敢題凡鳥，看竹何須問主人。城外青山如屋裏，東家流水入西鄰。閉户著書多歲月，種松皆作老龍鱗。

可以爲逸人矣，不枉王、裴兩公過訪。右丞有《賦别河南嚴尹》一聯云：「貧交世情外，才子古人中。」即以移贈此逸人亦可。

酌酒與裴迪

酌酒與君君自寬，人情翻覆似波瀾。白首相知猶按劍，朱門先達笑彈冠。草色全經細雨濕，花枝欲動春風寒。世事浮雲何足問，不如高卧且加餐。

律詩八句皆失粘，此拗體也。然語氣岸兀不群，亦何必以常格繩之。

李頎 見前。

寄司勛盧員外

流澌臘月下河陽，草色新年發建章。秦地立春傳太史，漢宫題柱憶仙郎。歸鴻欲度千門雪，侍女新添五夜香。早晚薦雄文似者，故人今已賦長楊。

李君古詩多豪爽，近體却如此韶倩。按：唐尚書郎入直，例供帷帳、衾枕，有女侍史二人，皆選端正妖麗，執香爐香囊護衣服，故詩中有「侍女添香」

之句，蓋道其實也。嗟乎，恩禮若此，可謂至矣，士亦何幸而生當李唐之世乎！

杜甫

見前。

紫宸殿退朝口號

此豈口號也哉？

户外昭容紫袖垂，雙瞻御座引朝儀。香飄合殿春風轉，花覆千官淑景移。晝漏稀聞高閣報，天顔有喜近臣知。宮中每出歸東省，會送夔龍集鳳池。

明良燕樂，其風貌矣。讀此詩，覺花光柳影、環佩冠裳，一時俱在目中。

聞官軍收河南河北

劍外忽傳收薊北，初聞涕淚滿衣裳。却看妻子愁何在，謾卷詩書喜欲狂。白日放歌須縱酒，青春作伴好還鄉。即從巴峽穿巫峽，便下襄陽向洛陽。

寫出意外驚喜之況，有如長江放溜、駿馬注坡，直是一往奔騰，收拾不住。

秋興

夔府孤城落日斜，每依北斗望京華。聽猿實下三聲淚，奉使虛隨八月槎。畫省香爐違伏枕，山樓粉堞隱悲笳。請看石上藤蘿月，已映洲前蘆荻花。

此即八首之一也，較有別致，故獨收之。

蜀相廟

丞相祠堂何處尋，錦官城外柏森森。映階碧草自春色，隔葉黃鸝空好音。三顧頻繁天下計，兩朝開濟老臣心。出師未捷身先死，長使英雄淚滿襟。

須溪云：「悲激感傷，又因老宗，添我憔悴。」蓋指忠簡三呼過河事也。嗚呼！詩之感人至此，益信聖人興觀群怨之言不妄。

江上值水如海勢聊短述

命題甚奇，詩又若與題不相關，尤奇。

爲人性僻耽佳句，語不驚人死不休。此語亦復驚人。老去詩篇渾謾興，春來花鳥莫深愁。新添水檻供垂釣，故着浮槎替入舟。焉得思如陶謝手，令渠述作與同游。

望岳

西岳崚嶒竦處尊，諸峰羅立似兒孫。自是奇句。安得仙人九節杖，拄到玉女洗頭盆。車箱入谷無歸路，箭栝通天有一門。稍待西風凉冷後，高尋白帝問真源。

同一《望岳》也，「齊魯青未了」何其雄渾，「諸峰立兒孫」何其奇峭。此老方寸間，故隱然有五岳。

咏懷古迹二首

群山萬壑赴荆門，生長明妃尚有村。一去紫臺連朔漠，獨留青冢向黄昏。畫圖省識春風面，環珮空歸月夜魂。千載琵琶作胡語，分明怨恨曲中論。

昔人或評「群山萬壑」句，頗似生長英雄，不似生長美人。固哉斯言，美人豈劣於英雄耶？

又

諸葛大名垂宇宙，宗臣遺像肅清高。三分割據紆籌策，萬古雲霄一羽毛。伯仲之間見伊呂，指揮若定失蕭曹。運移漢祚終難復，志決身殲軍務勞。

「羽毛」或作「羽儀」解，亦近似矣，然其中若有浮雲富貴、敝屣功名之意，故當於言外得之。

七月一日題終明府水樓二首

高棟層軒已自涼，秋風此日灑衣裳。翛然欲下陰山雪，不去非無漢署香。絕壁過雲開錦綉，疏松隔水奏笙簧。看君宜着王喬履，真賜還疑出尚方。

又

宓子彈琴邑宰日，終軍弃繻英妙時。承家節操尚不泯，爲政風流今在兹。可憐賓客盡傾蓋，何處老翁來賦詩。楚江巫峽半雲雨，清簟疏簾看弈棋。絶妙好畫，可有人畫得否？

讀此二詩，雖酷熱中，亦覺凉飔習習。避暑妙方，無過於此。

柏學士茅屋

學士乃茅屋乎？命題便妙。

碧山學士焚銀魚，起句似七古。白馬却走身岩居。古人已用三冬足，年少今開萬卷餘。晴雲滿户團傾蓋，秋水浮階溜决渠。富貴必從勤苦得，男兒須读五車書。

此學士方少年而弃宦讀書，其意豈在富貴哉？末二語想借此以勵後進耳。

賓至

幽栖地僻經過少，老病人扶再拜難。豈有文章驚海内，漫勞車馬駐江干。竟日淹留佳客坐，百年粗糲腐儒餐。不嫌野外無供給，乘興還來看藥欄。

自有朴野之趣。

贈獻納起居田舍人澄

獻納司存雨露邊，地分清切任才賢。舍人退食收封事，宮女開函近御筵。曉漏追趨青瑣闥，晴窗檢點白雲篇。楊雄更有河東賦，唯待吹噓送上天。

此詩氣象，亦與紫宸殿退朝相彷彿，其中昭容引座、宮女開函，俱躍躍令人神往。

奉送蜀州柏二别駕將中丞命赴江陵起居衛尚書太夫人因示從弟行軍司馬位

中丞問俗畫熊頻，愛弟傳書彩鷁新。遷轉五州防禦使，起居八座太夫人。何等老氣。楚宮臘送荆門水，白帝雲偷碧海春。與報惠連詩不惜，知吾斑鬢總如銀。

送李八秘書赴杜相公幕

青簾白舫益州來，巫峽秋濤天地回。石出倒聽楓葉下，艣搖背指菊花開。一聯自是畫景，却從未有能畫得者，足見此詩之奇譎。貪趨相府今晨發，恐失佳期後命催。南極一星朝北斗，五雲多處是三台。真正冠冕文章。

野人送朱櫻

西蜀櫻桃也自紅，「也自」二字內，已有後四句矣。野人相贈滿筠籠。數回細寫愁仍破，萬顆勻圓訝許同。憶昨賜沾門下省，退朝擎出大明[一]宮。金盤玉箸無消息，此日嘗新任轉蓬。

無非今昔盛衰之感，乍讀之令人不覺。

【校】

[一] 大明：原作「□□」，據《杜工部集》補。

題張氏隱居

春山無伴獨相求，伐木丁丁山更幽。澗道餘寒歷冰雪，石門斜日到林丘。不貪夜識金銀氣，遠害朝看麋鹿游。乘興杳然迷出處，對君疑是泛虛舟。

「不貪」一聯，不獨爲見理名言，足可參禪悟道。少陵又有《寄常徵君》二語云：「楚妃堂下色殊衆，海鶴階前鳴向人。」楚妃豈可堂下，而且有殊衆之色；海鶴豈宜階前，而且爲向人之鳴？傷心極矣。惜其全首不稱，不能收之。

元結

見前。

橘井

靈橘無根井有泉，世間如夢又千年。鄉園不見重歸鶴，姓字今爲第幾仙。風冷露壇人悄悄，地閑荒徑草綿綿。如何躡得蘇君迹，白日霓旌擁上天。

神仙語。

張謂 見前。

杜侍御送貢物戲贈

銅柱朱崖道路難，伏波橫海舊登壇。越人自貢珊瑚樹，漢使何勞獬豸冠。疲馬山中愁日晚，孤舟江上畏春寒。由來此貨稱難得，多恐君王不忍看。

題曰「戲贈」，句句却是莊語，祇看首尾兩難字可知。然又非惡取笑，故佳。

郭受 衡陽判官。

寄杜員外

新詩海內流傳久，舊德朝中屬望勞。郡邑地卑饒霧雨，江湖天闊足風濤。松花酒熟傍看醉，蓮葉舟輕自學操。有景。春興不知凡幾首，衡陽紙價頓能高。

陶峴 淵明之後。開元末家崑山。

西塞山下回舟作

匡廬舊業是誰主，吴越新居安此生。白髮數莖歸未得，青山一望計還成。鴉翻楓葉夕陽動，鷺立蘆花秋水明。從此捨舟何所詣，酒旗歌扇正相迎。

詩本爲哀摩訶奴而作，却一毫不露。讀「鴉翻」「鷺立」一聯，何其靈瑩照人。

劉長卿 見前。

戲題贈二小男

异鄉流落頻生子，幾許悲歡并在身。欲并老容羞白髪，每看兒戲憶青春。未知門户誰堪主，且免琴書別與人。何幸暮年方有後，舉家相對却沾巾。

尋常事、尋常語耳。元、白二公，欲求此何可得？

青溪口送人歸岳州

洞庭何處雁南飛，江菼蒼蒼客去稀。帆帶夕陽千里没，天連秋水一人歸。勝閲瀟湘八景圖。黄花裛露開沙岸，白鳥銜魚上釣磯。歧路相逢無可贈，老年空有淚沾衣。

題靈祐和尚故居

歡逝翻悲有此身，禪房寂寞見流塵。多時行徑空秋草，幾日浮生哭故人。風竹自吟遥入磬，雨花隨淚共沾巾。殘經窗下依然在，憶得山中問許詢。

語俱極悲，而不覺其悲者，以澹掩其悲也。友夏評隨州云：「艷之害詩易見，澹之害詩難知。」吾寧受澹之害耳。

酬屈突陝

落葉紛紛滿四鄰，蕭條環堵絶風塵。鄉看秋草歸無路，家對寒江病且貧。寒江自寒江，貧病自貧病，七字相連，始見其妙。藜杖懶迎征騎客，菊花能醉去官人。此五柳先生所以忙忙歸去也。憐君計畫誰知者，但見蓬蒿空没身。

别嚴士元

春風倚棹闔閭城，水國春寒陰復晴。細雨濕衣看不見，閑花落地聽無聲。日斜江上孤帆影，草緑湖南萬里情。東道若逢相識問，青袍今已誤儒生。

「細雨」「閑花」一聯，若置禪家公案中，猶是最上上乘語。

送李將軍

征西諸將莫如君，報德誰能不顧勛。身逐寒鴻來萬里，手披荒草看孤墳。擒生絶漠經胡雪，懷舊長沙哭楚雲。歸去蕭條灞陵上，幾人看葬李將軍。

詩中所言，必皆將軍實事，今亦無從一一考證，而英風義氣，千載猶可想見。

韋應物

見前。

送宮人入道

捨寵求仙畏色衰，奈何作此誅心之論。辭天素面立彤墀。金丹擬駐千年貌，寶鏡休勻八字眉。公主與收珠翠後，君王看戴角冠時。從來宮女皆相妒，説着瑶臺總淚垂。

分明是無可奈何，徒與文人增一好詩題耳。

秦系

見前。

題茅山李尊師山居

天師百歲少如童，不到山中竟不逢。洗藥每臨新瀑水，步虚時上最高峰。籬間五月留殘雪，石上千年蔭怪松。此去人寰今遠近，回看雲壑一重重。

有如此山居，安得借住千年乎。

獻薛僕射并序

系家於剡山，向盈一紀。大曆五年，人以文聞鄴守薛公。無何，奏系右衛率府倉曹參軍。意所不欲，以疾辭免。因將命者輒獻斯文。

由來那敢議輕肥，散髮行歌自采薇。逋客未能忘野興，辟書翻遣脱荷衣。家中匹婦空相笑，池上群鷗盡欲飛。更乞大賢容小隱，益看愚谷有光輝。

通首俱平平，衹「群鷗欲飛」一句，匪夷所思，令人啞然欲笑。

皇甫冉 見前。

秋日東郊作

閑看秋水心無事，坐對寒松手自栽。廬岳高僧留偈別，茅山道士寄書來。燕知社日辭巢去，菊爲重陽冒雨開。淺薄將何稱獻納，臨岐終日獨徘徊。

祇如説家常話，然家常話有其朴真，無其雋妙。

皇甫曾 見前。

秋夕寄懷契上人

已見槿花朝委露，獨悲孤鶴在人群。真僧出世心無事，静夜名香手自焚。窗臨絶澗聞流水，客至孤峰掃白雲。更想清晨誦經處，獨看松上雪紛紛。

俱非凡境。

郎士元 字君胄，中山人。天寶中進士，郢州刺史。

酬王孝友秋夜宿靈臺寺見寄

石林精舍虎溪東，夜叩禪扉謁遠公。月在上方諸品静，心持半偈萬緣空。蒼苔古道行應遍，落木寒泉聽不窮。更憶雙峰最高頂，此心期與故人同。

此詩雖爛熟於眼前，然情境故自不凡。

韓翃 見前。

送客歸江州

東歸復得采真游，江水迎君日夜流。客舍不離青雀舫，人家舊在白鷗洲。風吹山帶遥知雨，露濕荷裳已報秋。聞道泉明居址近，藍輿相訪會淹留。

全首俱極秀潤。

送鄭員外

風流不減杜陵時，五十爲郎未是遲。孺子亦知名下士，樂人争唱卷中詩。身齊吏部還多醉，心顧尚書自有期。要路眼看知己在，不應窮巷久低眉。

可知其浮沉郎署矣。詩人中豈有巧宦耶？

題仙游觀

仙臺下見五城樓，風物凄凄宿雨收。山色遥連秦樹晚，砧聲近報漢宫秋。疏松影落空潭静，細草香生小洞幽。何用别尋方外去，人間亦自有丹丘。

説來果仿佛有丹丘之意。

送劉評事赴廣州使幕

征南官屬似君稀，才子當今劉孝威。蠻府參軍趨傳舍，交州刺史拜行衣。前臨瘴海無人過，却坐衡陽少雁飛。爲報蒼梧雲影道，明年早送客帆歸。

此詩之妙，妙在句句是廣州劉評事，絶非八寸三分頭巾。

送王光輔歸青州兼寄儲侍郎

幾回奏事建章宮，聖主偏知漢將功。身着紫衣趨闕下，口銜丹詔出關東。蟬聲驛路秋山裏，草色河橋落照中。合二語讀之，不獨詩中有畫，亦且詩中有聲。遠憶故人滄海别，當年好躍五花驄。

宴楊駙馬山池

垂楊拂岸草茸茸，綉户簾前花影重。鱠下玉盤金縷細，酒開金甕緑醅濃。中朝駙馬何平叔，南國詞人陸士龍。落日泛舟同醉處，回潭百丈映千峰。

非此詩不稱此題。

包何　字幼嗣，延陵人。起居舍人。

同閻伯均宿道士觀有述

南國佳人去不回，洛陽才子更須媒。綺琴白雪無心弄，羅幌清風到曉開。冉冉修篁依户牖，迢迢列宿映樓臺。縱令奔月成仙去，且作行雲入夢來。

道士觀中所述，全與道觀無干。通首八句皆對，而讀之又不覺板重，亦是一格。

李端　見前。

贈郭駙馬

青春都尉最風流，二十功成便拜侯。金距門鷄過上苑，玉鞭騎馬出長秋。熏香荀令偏憐小，傅粉何郎不解愁。日暮吹簫楊柳陌，路人遥指鳳凰樓。

富貴風流，故自不惡，惜郭曖非其人耳。

送皎然上人歸山

適來世上豈緣名，適去人間豈爲情。古寺山中幾日到，高松月下一僧行。孤高有影。雲陰鳥道苔方合，雪映龍潭水更清。法主欲歸須有説，門人留淚厭浮生。

此詩可以送皎然矣。説到流淚厭浮生，又何其痛切感人。

司空曙

見前。

閑園即事寄暕公

欲就東林寄一身，尚憐兒女未成人。柴門客去殘陽在，藥圃蟲喧秋雨頻。近水方同梅市隱，曝衣多笑阮家貧。深山蘭若何時到，羨與閑雲作四鄰。

此亦可云在家僧矣。

崔峒

見前。

贈同官李明府

訟堂寂寂對烟霞，五柳門前聚曉鴉。流水聲中視公事，寒山影裏見人家。觀風競美新爲政，計日還知舊觸邪。可惜陶潛無限酒，不逢籬菊正開花。

如此爲官，世間安得更有俗吏。

贈元秘書

舊書稍稍出風塵，孤客逢秋感此身。秦地謬爲門下客，淮陰徒笑市中人。也聞阮籍尋常醉，見説陳平不久貧。幸有故人茅屋在，更將心事問情人。

如此人豈是凡品。

戴叔倫

見前。

宮詞

紫禁迢迢宮漏鳴，夜深無語獨含情。春風鸞鏡愁中影，明月羊車夢裏聲。塵暗玉階綦迹斷，香飄金屋篆烟清。貞心一任蛾眉妒，買賦何須問馬卿。

宮詞多變風變雅之音，此却不失其正。

于鵠 見前。

公子行

少年初拜大長秋，半醉垂鞭見列侯。馬上抱鷄三市鬥，袖中携劍五陵游。玉簫金管迎歸院，翠袖紅妝擁上樓。更向苑西新買宅，月波春水入門流。

極寫紈绔豪華之概，但未知究竟何如耳，曰且聽下回分解。

武元衡 字伯蒼，河南人。建中時進士、侍郎平章。

酬嚴司空荆南見寄

金貂再入三公府，玉帳連封萬户侯。簾卷青山巫峽曉，烟凝碧樹渚宫秋。劉琨坐嘯風生苑，謝朓裁詩月滿樓。白雪調高歌不得，美人南國翠蛾愁。

雄艷中饒有別致。

劉禹錫 見前。

同樂天送令狐相公赴東都留守

尚書劍履出明光，居守旌旗起洛陽。世上功名兼將相，人間聲價是文章。衙門曉闢分天仗，賓幕初開辟省郎。從發坡頭向東望，春風處處有甘棠。

亦復壯麗，令人刮目。

刑部白侍郎謝病長告改賓客分司以詩贈別

鼎食華軒到眼前，拂衣高坐豈徒然。九霄路上辭朝客，四皓叢中作少年。尖新語可喜。他日卧龍終得雨，今朝放鶴且冲天。洛陽舊有衡茅在，亦擬抽身伴地仙。

送曹璩歸越中舊隱

行盡瀟湘萬里餘，少逢知己憶吾盧。數間茅屋閑臨水，一盞秋燈夜讀書。如此清福，何可多得。亦地遠何當隨計吏，策成終自詣公車。剡中若問連州事，惟有千山畫不如。

懷妓

玉釵重合兩無緣，魚在深潭鶴在天。得意紫鸞休舞鏡，能言青鳥罷銜箋。金盆已覆難收水，玉枕長拋不續弦。若向蘼蕪山下過，遥將紅淚灑窮泉。

酷似義山。

柳宗元

見前。

別舍弟宗一

零落殘紅倍黯然，雙垂別淚越江邊。一身去國六千里，萬死投荒十二年。桂嶺瘴來雲似墨，洞庭春盡水如天。欲知此後相思夢，長在荆門郢樹烟。

真可爲黯然銷魂。

從崔中丞過盧少府郊居

寓居湘岸四無鄰，世網難嬰每自珍。蒔藥閑庭延國老，開樽虛室值賢人。泉回淺石依高柳，徑轉垂藤間緑筠。聞道偏爲五禽戲，出門鷗鳥更相親。

國老賢人，天然妙侶，不獨對偶之工。

同劉二十八哭吕衡州兼寄江陵李元二侍御

衡岳新摧天柱峰，士林憔悴泣相逢。祇令文字傳青簡，不使功名上景鐘。三畝宫留懸磬室，九原猶寄若堂封。遥想荆州人物論，幾回中夜惜元龍。

哀挽詩中，最爲得體。

韓愈 見前。

酒中留上襄陽李相公

濁水污泥清路塵，還曾同制掌絲綸。眼穿長訝雙魚斷，耳熱何辭數爵頻。銀燭未消窗送曙，金釵半醉座添春。知公不久歸鈞軸，應許閑官寄病身。

退之詩雖律絶近體，亦復挺倔不倫，若「雙魚數爵」「金釵半醉」，又何其工媚。

張籍 見前。

酬秘書王丞見寄

相看頭白來城闕，却憶漳溪舊往還。今體詩中偏出格，常參官裏每同班。街西借宅多臨水，馬上逢人亦說山。芸閣水曹雖最冷，與君常喜得身閑。

此亦王貞子朝隱之流也。逢人說山不奇，奇在「馬上」二字。其人豈復知有世俗寒温惡套？文昌又有句云：「詩高笑古人。」此君今體詩既出格，想即可以笑古人矣。何以知之？曰，以其「馬上說山」知之。若今世，安得有馬上說山之人耶。

白居易

見前。

放言

贈君一法决狐疑，不用鑽龜與祝蓍。試玉要燒三日滿，辨才須待七年期。周公恐懼流言曰，王莽謙恭下士時。向使當時身便死，一生真僞復誰知。

真正千古名言，佛説真經不過如是。

香爐峰下新卜山居草堂初成偶題東壁

宦途自此心長別，世事從今口不言。豈止形骸同土木，兼將壽夭任乾坤。胸中壯氣猶須遣，身外浮雲何足論。還有一條遺恨事，高家門館未酬恩。

此高家門館，必生平文章知己也。不然，事豈更有重於身世者。

酬贈李煉師見招

幾年司諫直承明，今日求真禮上清。曾犯龍鱗容不死，欲騎鶴背覓長生。兩句合看始妙，亦極精工。劉綱有婦仙同得，伯道無兒累更輕。若許移家相近住，便驅鷄犬上層城。

豈即雲中鷄犬耶。

編集拙詩成一十五卷因題卷末戲贈元九李二十

一篇《長恨》有風情，十首《秦吟》近正聲。每被老元偷格律，苦教短李伏歌行。世間富貴應無分，身後文章合有名。莫怪氣粗言語大，新排十五卷詩成。

直得賣弄。不差、不差。

聞楊十二新拜省郎遥以詩賀

文昌新入有光輝，紫界宫墻白粉闈。曉日鷄人傳漏箭，春風侍女護朝衣。雪飄歌曲高難和，鶴拂烟霄老慣飛。官職聲名俱入手，近來詩客似君稀。頃曾有贈楊詩云：「不用更教詩過好，折君官職是聲名。」今故云俱入手。

聲名既能折官職，則官職亦必能損聲名矣。若得俱入手，此福定然不小。

九年十一月二十一日感事而作 其日獨游香山寺。

禍福茫茫不可期，大都早退似先知。當君白首同歸日，是我青山獨往時。顧索素琴應不暇，憶牽黄犬定難追。麒麟作脯龍爲醢，何似泥中曳尾龜。

此即指甘露之變也。千載之下，思之猶爲髮指，何況當時。

餘杭形勝

餘杭形勝四方無，州傍青山縣枕湖。繞郭荷花三十里，拂城松樹一千株。夢兒亭古傳名謝，教妓樓新道姓蘇。州西靈隱山上有夢兒亭，即是杜明甫夢謝靈運之所，因名「客兒」也。蘇小小本是錢塘妓人也。獨有使君年太老，風光不稱白髭鬚。

足以敵微之之「四面屏障，一家樓臺」矣。文人之幸耶，抑山川之幸耶？

百日假滿少傅官停自喜言懷

長告今朝滿十旬，從兹蕭灑便終身。老嫌手重抛牙笏，病喜頭輕換角巾。疏傅不朝懸組綬，向平無累畢婚姻。人言世事何時了，我是人間事了人。

上下數千年，并不聞有人作此語。以白詩之清真婉妙如此，而李、鍾兩家皆不收，此吾所不解。元詩亦然，但元差遜於白耳。

元稹 見前。

幽栖

墅人自愛幽栖所，近對長松遠是山。盡日望雲心不繫，有時看月夜方閑。壺中天地乾坤外，夢裏身名旦暮間。遼海若思千歲鶴，且留城市會飛還。

天地、乾坤連用，或疑其復。然天地者，壺中之天地也；乾坤者，壺外之乾坤也。雖欲不連用，得乎？

鄂州寓館嚴澗宅 時澗不在。

鳳有高梧鶴有松，偶來江外寄行踪。花枝滿院空啼鳥，塵榻無人憶卧龍。心想夜閑惟足夢，眼看春盡不相逢。何時最是思君處，月入斜窗曉寺鐘。

還祇恐雙文入夢耳。

寄樂天

榮辱升沉影與身，世情誰是舊雷陳。惟應鮑叔猶憐我，自保曾參不殺人。山入白樓沙苑暮，潮生滄海野塘春。老逢佳景惟惆悵，兩地各傷何限神。

此皆傷弓後語也。故其第二首又云：「羸骨欲銷猶被刻，創痕未没又遭彈。」甚矣，才人之難爲也。

以州宅誇於樂天

州城迴繞拂雲堆，鏡水稽山滿眼來。四面常時對屏障，一家終日在樓臺。星河似向檐前落，鼓角驚從地底回。我是玉皇香案吏，謫居猶得住蓬萊。

豈非仙吏乎，抑何修而得此。

鶯鶯詩

殷紅淺碧舊衣裳，取次梳頭暗淡妝。夜合帶烟籠曉日，牡丹經雨泣殘陽。依稀似笑還非笑，仿佛聞香不是香。頻動横波嬌不語，等閑教見小兒郎。

嗟乎！此一鶯鶯也，據墓碑所載，不過禮部尚書鄭恒夫人耳。古今來如此，夫人何啻恒河沙數，無不與草木同朽者。虧煞微之《會真》一記，實甫《西厢》一劇，遂令其名與天地相終始。然則人生所最不可少者，其惟謗污之口乎？

鮑溶

見前。

巫山懷古

十二峰巒鬥翠微，石烟花霧犯容輝。青春楚女妒雲老，妒雲老，奇。白日神人入夢稀。銀箭暗凋歌夜燭，珠泉頻點舞時衣。誰傷宋玉千年後，留得青山辨是非。

此是非還須神女來夢中辨之。

朱慶餘

見前。

題王丘長史宅

更無人吏在門前，不似爲官似學仙。妙語解頤。藥氣暗侵朝服上，花陰晚到簿書邊。玉琴閑把看山坐，筒簟長鋪與客眠。時見街中騎瘦馬，低頭衹是爲詩篇。

如見其人騎馬而過吾前。

姚合

見前。

贈王尊師

先生自説瀛洲路，多在青松白石間。海岸夜中常見日，仙宫深處却無山。犬隨鶴去游諸洞，龍作人來問大還。今日偶聞塵外事，朝簪未擲復何顔。

詩人説仙境，大抵皆是説道院耳。此中二聯指點瀛洲路風景，豈是人間世所有。

寄東都分司白賓客

闕下高眠過十旬，南宫印綬乞離身。詩中得意應千首，海内嫌官祇一人。何處得此千古名言？賓客分司真是隱，山泉繞宅豈辭貧。竹齋晚起多無事，惟到龍門寺裏頻。

如此人正合與姚公爲友。白公一人，姚公二人，海内要覓第三人，恐不可得。

釋靈徹[一]

見前。

題黄公陶翰別業

聞説花源堪避秦，幽尋數月不逢人。烟霞洞裏無鷄犬，風雨林中有鬼神。黄公石上三芝秀，陶令門前五柳新。醉卧白雲閑作夢，不知何物是吾身。分明説不知吾身是何物耳，虧得押韻成此顛到妙句。

大似樂天。

【校】

［一］釋靈徹：目録及吴本作「釋靈一」，應誤。

唐詩快卷十一終

唐詩快卷十二目次　移人集九

七言律二

唐詩快卷十二目次終

唐詩快卷十二　移人集九[一]

鍾山　黄周星九烟　選評
岑山　程　洪丹問　校訂

【校】

[一] 九：原缺，據吴本補。

七言律

李商隱　見前。以下晚唐。

重過聖女祠

白石岩扉碧蘚滋，上清淪謫得歸遲。一春夢雨常飄瓦，盡日靈風不滿旗。夢雨靈風猶可解，夢雨何以常飄瓦？靈風何以不滿旗？殊覺難解也。然亦何必甚解乎！蕚緑華來無定所，杜蘭香去未移時。玉郎會此通仙籍，憶向天階問紫芝。

哭劉蕡

上帝深居閉九閽，巫咸不下問銜冤。廣陵别後春濤隔，湓浦書來秋雨翻。衹有安仁能作誄，何曾宋玉解招魂。平生風義兼師友，不敢同君哭寢門。

才人銜冤之魂多矣，巫咸可勝問，宋玉可勝招乎？

杜工部蜀中離席

人生何處不離群，世路干戈惜暫分。雪嶺未歸天外使，松州猶駐殿前軍。座中醉客延醒客，江上晴雲雜雨雲。美酒成都堪送老，當壚仍是卓文君。

原注以此爲擬杜工部體，固當不謬。

隋宮

紫泉宮殿鎖烟霞，欲取蕪城作帝家。玉璽不緣歸日角，錦帆應是到天涯。於今腐草無螢火，終古垂楊有暮鴉。地下若逢陳後主，豈宜重問後庭花。

叔寶以麗華亡，阿麽無麗華亦亡，後庭花何罪哉？

籌筆驛

魚鳥猶疑畏簡書，風雲常爲護儲胥。徒令上將揮神筆，終見降王走傳車。管樂有才終不忝，關張無命復何如。他年錦里經祠廟，梁父吟成恨有餘。

少陵之嘆武侯諸葛大名一首，正可與此詩相表裏。

無題

來是空言去絶踪，月斜樓上五更鐘。夢爲遠别啼難喚，書被催成墨未濃。蠟照半籠金翡翠，麝熏微度綉芙蓉。劉郎已恨蓬山遠，更隔蓬山一萬重[二]。

這相思須索要害。

【校】

［二］一萬重：原作「一萬里」，據吴本、《李義山詩集》改。

碧城

碧城十二曲闌干，犀辟塵埃玉辟寒。正好對「蝶銜花蕊蜂銜粉」。閬苑有書多附鶴，女床無樹不栖鸞。星沉海底當窗見，雨過河源隔座看。若是曉珠明又定，一生長對水晶盤。

非仙境安得有此。

牡丹

錦幃初卷衛夫人，綉被猶堆越鄂君。垂手亂翻雕玉佩，折腰争舞鬱金裙。石家蠟燭何曾剪，荀令香爐可待熏。我是夢中傳彩筆，欲書花葉寄朝雲。

義山之詩大約如賦水法，衹於水之前後左右寫之。如此詩本咏牡丹，何嘗有一句説牡丹，却何嘗一句非牡丹？

促漏

促漏遥鐘動静聞，報章重叠杳難分。舞鸞鏡匣收殘黛，睡鴨香爐换夕熏。歸去豈知還向月，夢來何處更爲雲。南塘漸暖蒲堪結，兩兩鴛鴦護水紋。

此詩高廷禮以爲擬深宫怨女而作，不過爲「鐘漏」「報章」二語耳。然「鐘漏」「報章」亦人間所同，女既怨矣，即以爲深宫亦可。

馬嵬

海外徒聞更九州，他生未卜此生休。斷腸語。空聞虎旅傳宵柝，無復鷄人報曉籌。此日六軍同駐馬，當時七夕笑牽牛。如何四紀爲天子，不及盧家有莫愁。

盧家莫愁却不曾興妖作怪。

聖女祠

松篁臺殿蕙香幃，龍護瑶窗鳳掩扉。好威儀。無質易迷三里霧，不寒長着五銖衣。人間定有崔羅什，天上應無劉武威。從何着想。寄問釵頭雙白燕，每朝珠館幾時歸。

如此等詩何必求解，亦何嘗不可解，然妙處正不在解。試觀世上陋惡之詩，何人不能解耶？

無題

重幃深下莫愁堂，卧後清宵細細長。神女生涯元是夢，小姑居處本無郎。上句妙於下句，妙在「生涯」二字。風波不信菱枝弱，月露誰教桂葉香。直道相思了無益，未妨惆悵是清狂。

義山最工爲情語，所謂「情之所鍾，正在我輩」，非義山其誰歸。

行至金牛驛寄興元渤海尚書

樓上春雲水底天，五雲章色破巴箋。諸生個個王恭柳，從事人人庾杲蓮。如此風流絶世，豈數張緒當年。六曲屏風江雨急，九枝燈架夜珠圓。深慚走馬金牛路，驟和陳王白玉篇。

杜牧

見前。

題宣州開元寺木閣

六朝文物草連空，天淡雲閑今古同。鳥去鳥來山色裏，人歌人哭水聲中。奇語鑱刻。深秋簾幕千家雨，落日樓臺一笛風。可想可畫。惆悵無因見范蠡，參差烟樹五湖東。

登池州九峰樓寄張祜

百感中來不自由，角聲孤起夕陽樓。碧山終日思無盡，芳草何年恨始休。天地不壞，此恨長存。睫在眼前長不見，道非身外更何求。誰人得似張公子，千首詩輕萬户侯。

許渾 字用晦，丹陽人。太和中進士，郢州刺史。

咸陽城東樓

一上高城萬里愁，蒹葭楊柳似汀州。溪雲初起日沉閣，山雨欲來風滿樓。鳥下緑蕪秦苑夕，蟬鳴黄葉漢宫秋。行人莫問當年事，故國東來渭水流。

如此憑吊，亦何可少。

送蕭處士歸緱山別業

醉斜烏帽髮如絲，曾看仙人一局棋。賓館有魚爲客久，鄉書無雁到家遲。緱山住近吹笙廟，湘水行逢鼓瑟祠。今夜月明何處宿，九疑雲盡緑參差。

用晦有《卧疾》一聯云：「病中送客難爲別，夢裏還家不當歸。」殊爲凄婉。想此詩月明九疑，情境亦復相似。

乘月棹舟送大曆寺靈聰上人不及

萬峰秋盡百泉清，冷然。舊鎖禪扉在赤城。楓浦客來烟未散，竹窗僧去月猶明。杯浮野渡魚龍遠，錫響空山虎豹驚。一字不留何足訝，白雲無路水無情。

此上人必不辭而去者，故詩中語意爾爾，然月色泉聲，儘堪怡悦，何必追及。

贈王山人

貰酒携琴訪我頻，始知城市有閑人。君臣藥在寧憂病，子母錢成豈患貧。年長每勞推甲子，夜寒初共守庚申。近來聞説燒丹處，玉洞桃花萬樹春。

「君臣藥」「子母錢」、「推甲子」「守庚申」，何其工巧乃爾，然非山人之多才多藝，亦安得有此？

飛泉觀

西岩泉落水容寬，靈物蜿蜒黑處蟠。松葉正秋琴韻響，菱花初曉鏡光寒。雲開星月浮山殿，雨過風雷繞石壇。仙客不歸龍亦去，稻畦長滿此池乾。

「松葉」一聯，本形容飛泉耳。若掩題而觀之，竟似説琴説鏡矣。説泉固妙，説琴説鏡尤妙。總之句妙，則無所不妙。

李遠

字求古，蜀人。太和中進士，御史中丞。

失鶴

秋風吹却九皋禽，一片閑雲萬里心。碧海有情應悵望，青天無路可追尋。來時白雲翎猶短，去日丹砂頂漸深。華表柱頭留語後，更無消息到如今。

司空表聖[一]有《退栖》一聯云：「得劍乍如添健僕，亡書久似憶良朋。」蓋視物如人也。此亦視胎禽如手足矣。

【校】

[一]表聖：原爲墨丁，據《四部叢刊》景《唐音統籤》本《司空表聖詩集》補。

曹唐

見前。

三年冬大禮二首

太乙天壇降大君，屬車龍鶴夜成群。春浮玉藻寒初落，露拂金莖曙欲分。三代樂回風入律，四溟歌駐水成文。千官不動旌旗下，日照南山萬樹雲。好氣象。

又

山擁飛雲海水清，天壇未夕仗先成。千官不起金縢議，萬國空瞻玉藻聲。禁火曙然香焰裊，宮衣寒拂雪花輕。側聞左右皆周呂，看取從容致太平。

二詩軩軩磕磕，矞矞皇皇，如此大手筆，恐燕許不能及也。

漢武帝思李夫人

惆悵朱顏不復歸，晚秋黃葉滿天飛。迎風細荇傳香粉，隔水殘霞見畫衣。銷魂語。白玉帳寒鴛夢絶，紫陽宮遠雁書稀。夜深池上蘭橈歇，斷續歌聲接太微。

祇「隔水殘霞」一語，勝如少君甲帳矣，他何足道。

玉女杜蘭香下嫁於張碩

天上人間兩渺茫，不知誰嫁杜蘭香。不可不細細查究。來經玉樹三山遠，去隔銀河一水長。怨入清塵愁錦瑟，酒傾玄露醉瑶觴。遺情更説何珍重，擘破雲鬟金鳳凰。

蘭香下嫁，荒渺事耳。此乃言之鑿鑿，堯賓豈嘗目擊耶？

蕭史携弄玉上升

豈是丹臺歸路遥，紫鸞烟駕不同飄。一聲洛水傳幽咽，萬片宫花共寂寥。紅粉美人愁未散，清華公子笑相邀。緱山碧樹青樓月，腸斷東風爲玉簫。真堪腸斷。

萼緑華將歸九嶷留别許真人

九點秋烟黛色空，緑華歸思頗無窮。每悲馭鶴身難住，長恨臨霞語未終。妙語，亦復銷魂。河影暗吹雲夢月，花聲閑落洞庭風。藍絲重勒金條脱，留與人間許侍中。
綠華之金條脱，猶之蘭香之金鳳皇耳。此世俗所謂留表記也，豈意仙家亦有之。

送劉尊師祗詔闕庭

仙老閑眠碧草堂，詔書徵入白雲鄉。龜臺欲署長生籍，鸞殿邀論不死方。何等莊重。紅露想傾延命酒，素烟思爇降真香。五千言外無文字，更有何詞贈武皇。
天何言哉，豈有書也。

王遠宴麻姑蔡經宅

好風吹樹杏花香，花下真人道姓王。大篆龍蛇隨筆札，小天星斗滿衣裳。閑拋南極歸期晚，笑指東溟飲興長。要喚麻姑同一醉，使人沽酒下餘杭。
餘杭恐未必有美酒。奈何？

劉晨阮肇游天台

樹入天台石路新，細雲和草動無塵。烟霞不是生前事，水木空疑夢後身。妙語不可思議。往往鷄鳴岩下月，時時犬吠洞中春。不知此地歸依處，須就桃源問主人。

仙子洞中有懷劉郎

不將清瑟理霓裳，塵夢那知鶴夢長。此豈食烟火人語。洞裏有天春寂寂，人間無路月茫茫。玉沙瑤草連溪碧，流水桃花滿澗香。曉露風燈零落盡，此生無處訪劉郎。

「洞裏」一聯，此友人所嘲爲鬼詩也。後果有江陵寺亭沼素裳二婦，徐步咏之，未十步而没。鬼詩乃真能召鬼耶？

薛逢

字陶臣，蒲州人。會昌中進士，綿州刺史。

漢武宮詞

武帝清齋夜築壇，自斟明水醮仙官。殿前玉女移香案，庭際金人捧露盤。絳節有時還入夢，碧桃何處更驂鸞。茂陵烟雨埋冠劍，石馬無聲蔓草寒。

何其酷似曹堯賓也。若置堯賓集中，雖婁曠恐亦難辨。

趙嘏

見前。

寒食遣懷

折柳城邊起暮愁，可憐春色獨懷憂。傷心正嘆人間事，回首更慚江上鷗。鵾鳩聲中寒食雨，芙蓉花外夕陽樓。憑高滿眼送清渭，去傍故山山下流。

「芙蓉」句無限悲歡。但寒食時安得有芙蓉花？豈亦如王摩詰所畫雪中芭蕉耶？

早發剡中石城寺

暫息勞生樹色間，平明機慮又相關。吟辭宿處烟霞去，心負秋來水石閑。不免作負心漢矣。竹户半開鐘未絶，松枝微露鶴初還。明朝一倍堪惆悵，回首塵中見此山。明朝回首非惆悵也，乃慚愧耳。

渭南有《東歸道中》一聯云：「星星三鏡髮，草草百年身。」此詩便是「草草」二字注脚。

薛能

見前。

春日使府寓懷

一想流年百事驚，已抛漁父載塵纓。青春背我堂堂去，白髮欺人故故生。惟其有堂堂去者，所以有故故生者。青春白髮，自是同惡相濟。道困古來應有分，詩傳身後亦何榮。誰憐合負清朝力，獨把風騷破鄭聲。真有力。

獻僕射相公

清如冰雪重如山，百辟嚴趨禮絶攀。强虜外聞應喪膽，平人長見并開顏。朝廷有道青春好，門館無私白日閑。致却垂衣更何事，幾多詩句咏關關。

如此相公真可以爲相公。讀此詩，如見三代氣象矣。僕射何人，果足以當之否？

項斯

見前。

送宫人入道

願隨仙女董雙成，王母前頭作伴行。初戴玉冠多誤拜，欲辭金殿别稱名。將敲碧落新齋磬，却進昭陽舊賜筝。旦暮焚香繞壇上，步虚猶作按歌聲。

與韋蘇州作，正堪伯仲。

温庭筠　見前。

法雲雙檜

晉朝名輩此離群，想對濃陰去住分。題處尚尋王內史，畫時應是顧將軍。長廊夜靜聲疑雨，古殿秋深影類雲。一下南臺到人世，曉泉清籟更難聞。

蒼翠蕭瑟，如在目前。

上翰林蕭舍人

人間鵷鷺杳難從，獨恨金扉直九重。萬象晚歸仁壽鏡，百花春隔景陽鐘。紫微芒動詞初出，紅燭香殘誥未封。每過朱門愛庭樹，一枝何日許相容。

文章富貴，往往相仇，此却合而爲一。

春暮宴罷寄宋壽先輩

斜掩朱門花外鐘，曉鶯時節好相逢。窗間桃蕊宿妝在，雨後牡丹春睡濃。蘇小丰姿迷下蔡，馬卿才調似臨邛。誰憐芳草生三徑，參佐橋西陸士龍。

蘇小、馬卿、陸士龍，詩中并見，三人一時聚會，真是意外奇緣。

和道溪君別業

積潤初銷碧草新，鳳陽晴日帶雕輪。風飄弱柳平橋晚，雪點寒梅小院春。屏上樓臺陳後主，鏡中金翠李夫人。花房透露紅珠落，蛺蝶雙飛護粉塵。

以李夫人配陳後主，恐茂陵秋風客酸妒。奈何？

過陳琳墓

曾於青史見遺文，今日飄零過古墳。詞客有靈應識我，霸才無主始憐君。石麟埋没藏春草，銅雀荒凉對暮雲。莫怪臨風倍惆悵，欲將書劍學從軍。

孔璋有知，定當屬和。

題韋籌博士草堂

玄晏先生已白頭，不隨鵷鷺狎群鷗。元卿謝免開三徑，平仲朝歸卧一裘。醉後獨知殷甲子，病來猶作晋春秋。滄浪未濯塵纓在，野水無情處處流。

此人可不愧博士，亦不愧草堂。

經故秘書崔監揚州舊居

昔年曾識范安成，松竹風姿鶴性情。唯向舊山留月色，偶逢秋澗似琴聲。乘舟覓吏經輿縣，爲酒求官得步兵。千頃水流通故墅，至今留得謝公名。

其人可想。

李頻

見前。

太和公主還宮

天驕發使犯邊塵，漢將推功遂奪親。離亂應無初去貌，死生難有却回身。禁花半老曾攀樹，宮女多非舊識人。重上鳳樓追故事，幾多愁思向青春。

和親可悲，還宮恐亦未足喜。詩乃少喜而多悲，雖曰移人，實可泣鬼。

章孝標

見前。

上浙東元相

婺女星邊喜氣頻，越王臺上坐詩人。有氣概。雪晴山水勾留客，風暖旌旗會計春。勾留、會計，淺語俱妙。黎庶已同猗頓富，烟花却爲相公貧。自是奇語。何言禹迹無人繼，萬頃湖田又斬新。

貽美人

諸侯帳下慣新妝，皆怯劉家薄媚娘。寳髻巧梳金翡翠，羅裙宜着綉鴛鴦。輕輕舞汗初沾袖，細細歌聲欲繞梁。何事不歸巫峽去，故來人世斷人腸。祇爲高唐無宋玉耳。

和滕邁先輩傷馬

浮雲變化失龍兒，奇語。始憶嘶風噴沫時。蹄想塵中翻碧玉，尾休烟裏掉青絲。曾同客舍吞饑渴，久共名場踏嶮巇。此語傷心。今日櫪前興一嘆，不關行李乏金羈。

曹堯賓《病馬詩》之外，乃又有此作，故不妨并轡揚鑣。

李群玉

見前。

玉真觀

高情帝女慕乘鸞，「高情」二字奇。紺髮初簪玉葉冠。秋月無雲生碧落，素蕖寒露出清瀾。層城烟霧將歸遠，浮世塵埃久住難。果然難。一自簫聲飛去後，洞宮深掩碧瑶壇。

寄張祜

越水吴山任興行，五湖雲月挂高情。不游都邑稱平子，祇向江東作步兵。昔歲芳聲到童稚，老來佳句遍公卿。如君氣力波瀾地，留取陰何沈范名。

說得如此鄭重，期許不小。

黄陵廟

小姑洲北浦雲邊，二女明妝共儼然。野廟向江春寂寂，古碑無字草芊芊。回風近墓吹芳芷，落日深山哭杜鵑。猶似含顰望巡狩，九疑如黛隔湘川。一卷小《离骚》。

李郢

字楚望，長安人。大中時進士，官御史。

上裴晋公

四朝憂國鬢如絲，龍馬精神海鶴姿。天上玉書傳詔夜，陣前金甲受降時。曾經庾亮三秋月，下盡羊曇兩路棋。惆悵舊堂扃緑野，夕陽無限鳥飛遲。

與薛許昌《獻僕射相公》詩意相同，如見冠劍大臣，偉然廷立。

奉陪裴相公重陽日游安樂池亭

絳霄輕翮翥三台，稽阮情懷管樂才。與「龍馬精神海鶴姿」正堪遥對。蓮沼昔爲王儉府，菊籬今作孟嘉杯。寧知北闕元勛在，却引東山舊客來。自笑吐茵還酩酊，日斜空從絳衣回。

杜荀鶴

見前。

題廬岳劉處士草堂

仙境閑尋采藥翁，草堂留話數宵同。若看山下雲深處，直與人間路不通。泉引藕花來洞口，月將松影過溪東。洞口藕花、溪東松影，尋常語耳。着「泉引」「月將」四字，頓覺奇幻，而「泉引」更幻於「月將」。求名心在閑難遣，明日馬蹄塵土中。

曹鄴 見前。

送進士下第歸南海

數片紅霞映夕陽，攬君衣袂更移觴。行人莫嘆碧雲晚，上國每年春草芳。雪過藍關寒氣薄，雁回湘浦怨聲長。應無惆悵滄波遠，十二玉樓非我鄉。下第苦矣，而南海則尤遠。昔人公車下第，日納贖二百金，流三千里，放歸者殆謂是歟。

碧潯宴上有懷知己

荻花蘆葉滿溪流，一簇笙歌在水樓。金管曲長人盡醉，玉簪恩重獨生愁。銷魂語。女蘿力弱難逢地，桐樹心孤易感秋。亦銷魂語。莫怪當歡却惆悵，全家欲上五湖舟。

如此懷抱，非知己亦何足與言。

劉滄

字蘊靈，魯人。大中時進士，龍門令。

經煬帝行宮

此地曾經翠輦過，浮雲流水竟如何。香銷南國美人盡，怨入東風芳草多。殘柳宮前空露葉，夕陽川上浩烟波。行人遥起廣陵思，古渡月明聞棹歌。

不知阿麽尚記得二十四橋樂事否？

題王校書山齋

猿鳥無聲晝掩扉，寒原隔水到人稀。雲晴古木月初上，雪滿空庭鶴未歸。藥圃地連山色近，樵家路入樹烟微。栖遲慣得滄浪思，雲閣還應夢釣磯。

雖曰山齋，何殊道院。

寄遠

西園楊柳暗驚秋，寶瑟朱弦結遠愁。霜落雁聲來紫塞，月明人夢在青樓。蕙心迢遞湘雲暮，蘭思縈懷楚水流。錦字織成添別恨，關河萬里思悠悠。

此君七言近體多至百首，大抵篇篇相類，姑録此以存其概。

陸龜蒙

見前。

寒夜同襲美訪北禪院寂上人

月樓風殿静沉沉，披拂霜華訪道林。鳥在寒枝栖影動，人依古堞坐禪深。明時尚阻青雲步，半夜猶追白石吟。自是海邊鷗伴侣，不勞金偈更降心。

觀此上人，頗亦不俗。

懷楊台文、楊鼎文二秀才

秋早相逢待得春，崇蘭清露小山雲。「崇蘭」「小山」，郡中二堂名。寒花獨自愁中見，曙角多同醒後聞。釣具每隨輕舸去，詩題閑上小樓分。重思醉墨縱横甚，書破羊欣白練裙。

褚家林亭

一陣西風起浪花，繞欄干下散瑶華。高窗曲檻仙侯府，卧葦荒芹白鳥家。孤島待寒凝片月，遠山終日送餘霞。若知方外還如此，不要乘秋上海槎。

以竹夾膝寄贈襲美

截得篔簹冷似龍，翠光横在暑天中。堪臨薤簟閑凴月，好向松窗卧展風。持贈敢齊青玉案，醉吟偏稱碧荷筒。添君雅具教多着，爲著西齋譜一通。

唐時多用夾膝，今久不知夾膝爲何物矣。存此一詩以供人揣摹，與彈棋同觀可也。

皮日休 見前。

夏景冲澹偶然作

一室無喧事事幽，還如貞白在高樓。天台畫得千回看，湖目蓮子也。芳來百度游。無限世機吟處息，幾多身計釣前休。他年謁帝言何事，請贈劉伶作醉侯。

寄托高遠，磊落不群。

夏景無事因懷章來二上人

佳樹盤珊枕草堂，此中隨分亦閑忙。平鋪風簟尋琴譜，靜掃烟窗著藥方。幽鳥見貧留好語，白蓮知卧送清香。從今有計消閑日，更爲支公置一床。

幽鳥好語，白蓮清香，渾閑事耳，曰「留」曰「送」，已覺靈异，乃又見「貧」而「留」、知「卧」而「送」，説得花鳥竟如韻友名姬。有如此清福，又何必更爲支公置床耶。

寄題羅浮軒轅先生所居

亂峰四百三十二，羅浮山峰數。欲問徵君何處尋。紅翠山鳥名。數聲瑶室響，山有璇房瑶室七十有二。真檀一炷石樓深。山都遺負沽來酒，樵客容看化後金。從此謁師知不遠，求官先有葛洪心。

音節鴻亮，字挾風霜。皮、陸兩公，故是晚唐作手。

病後春思

連錢錦暗麝氛氲，荆思多才咏鄂君。孔雀鈿寒窺沼見，石榴紅重墮階聞。體物深細，不減入定老僧。牢愁有度應如月，春夢無心祇似雲。口頭語耳，他人却説不出。應笑病來慚滿頤，花箋好作斷腸文。

奉和曉起迴文

孤烟曉起初原曲，碎樹微分半浪中。湖後釣筒移夜雨，竹傍眠几側晨風。圖梅帶潤輕沾墨，畫蘚經蒸半失紅。無事有杯持永日，共君唯好隱墻東。

迴文其始於此乎？存之以見一班。

張賁

字潤卿，南陽人。廣文博士。

和醉中即席次韻

桂枝新下月中仙，學海詞鋒譽藹然。文陣已推忠信甲，窮波猶認孝廉船。因「孝廉船」三字而覓「忠信甲」對之，殊覺新异。清標稱住羊車上，俗韻慚居鶴氅前。共許逢蒙快弓箭，再穿楊葉在明年。

酬襲美先輩見寄倒來韻

尋疑天意喪斯文，故選茅峰寄白雲。酒後衹留滄海客，香前惟見紫陽君。近年已絶詩書癖，今日兼將筆硯焚。爲有此身猶苦患，不知何者是玄纁。

此君詩亦勁挺，故堪爲皮、陸勍敵。

劉兼

無考。

貴游

綉衣公子宴池塘，淑景融融萬卉芳。珠翠照天春未老，管弦臨水日初長。風飄柳綫金成穗，雨洗梨花玉有香。醉後不能離綺席，擬憑青帝繫斜陽。

豪華富麗之詩，愁中亦可下酒。

劉威 見前。

游東湖黄處士園林

偶向東湖更向東，數聲鷄犬翠微中。遥知楊柳是門處，似隔芙蓉無路通。絶妙好畫，恐非俗筆所能寫。樵客出來山帶雨，漁舟過去水生風。物情多與閑相稱，所恨求安計不同。

贈道者

道帔輕裾三島雲，綠髯長占鏡中春。高風已駕祥鸞馭，浮世休驚野馬塵。過海獨辭王母面，度關誰識老聃身。儒夫也愛長生術，不見人間大笑人。

非無下士也，大抵皆蒼蠅聲耳，世外人安得見之。

送元秀才入道

不教榮樂損天機，願逐鸞凰次第飛。明月滿時開道帔，俗塵飄处脱儒衣。衹携仙籍還金洞，便與詩書隔翠微。拱手作别，請了、請了。空有緘題報親愛，一千年後始西歸。約定日期，大有痴趣。

聶夷中

字坦之，河東人。華陰尉。

送趙公子還蜀

柳花飛白綴征袍，繫筑酣歌别思豪。老氣逼人雙劍古，詩亦復老氣逼人。好風送客一帆高。五湖烟水歸程遠，三峽雲山入夢勞。别後相逢更何處，引杯燒燭論龍韜。

方干

見前。

陪王大夫泛湖

去去淩晨回見星，木蘭舟穩畫橈輕。白波潭上魚龍氣，此句妙于下句。紅樹林中鷄犬聲。密炬燒殘銀漢昃，羽觴飛急玉山傾。此時撿點諸名士，却是漁翁無姓名。

率意寫來，自然高妙。

贈李支使

樂成平地是寥天，三十人中最少年。白雪振聲來輦下，青雲開路到床前。更妙于卧床前有上天梯。奇快語能令人喜。公卿位近應翹足，荀宋才微可拍肩。一等孔門爲弟子，愚儒獨自賦歸田。歸田者，視平地寥天者，真有霄壤之隔矣。玄英終身不得一第，友人有句贈之云：「世路無如平處好，才人惟是屈聲多。」傷心哉！

李咸用

見前。

途中逢友人

大道將窮阮籍哀，此不止説窮途矣。紅塵深翳步遲回。皇天有意自寒暑，白日無情空往來。雄健。霄漢何年徵賦客，烟花隨處作愁媒。烟花亦愁，世間豈更有不愁之媒乎？相逢且快眼前事，莫厭狂歌酒百杯。

李山甫 見前。

送王郎中劉員外自鄭相公幕奉徵書歸省署

雙鳳銜書次第飛，玉皇催促列仙歸。雲開日月臨青瑣，風卷烟霞上紫微。蓮影一時空儉府，蘭香同處撲堯衣。此生長掃朱門者，每向人間夢粉闈。

語多鮮艷，正如春月楊柳、初日芙蓉。

李昌符 見前。

秋夜作

數畝池塘近杜陵，秋天寂寞夜雲凝。芙蓉葉上三更雨，蟋蟀聲中一點燈。幽寂使人神傷。迹避險巇翻失路，心歸閑澹不因僧。因僧之閑澹，人爲之；不因僧之閑澹，天爲之。既逢上國陳詩日，長守林泉亦未能。「亦」字妙，有冷趣。

李中 見前。

贈朐山孫明府

縣庭無事似山齋，滿砌青青旋長苔。閑撫素琴曹吏散，自烹新茗海僧來。買將病鶴勞心養，移得閑花用意栽。幾度話君留我醉，甕香皆值酒新開。

祇首一句説盡，後七句皆刻意寫山齋無事之況。

來鵬 豫章人。

鄂渚除夜書懷

鸚鵡洲前夜泊船，此時形影共凄然。難歸故國干戈後，欲告何人雨雪天。慘然雨泣。箸撥冷灰書悶字，枕陪寒席帶愁眠。自嗟落拓無成事，明日春風又一年。

羅隱　見前。

東歸途中作

村橋蒼黄覆釣磯，早年生計近年違。老知風月終堪恨，貧覺家山不易歸。真情苦語，非老于道途者不知。別雁客帆知岸落，遠程霜葉向人飛。買臣嚴助精靈在，應笑無成一布衣。買臣嚴助必不笑，但不可使蘇氏妻嫂見耳。

中元夜泊淮口

木葉迴飄水面平，偶停孤棹已三更。秋凉霧露侵燈下，夜静魚龍逼岸行。欹枕正牽題柱思，隔樓誰轉繞梁聲。錦帆天子狂魂魄，應過揚州看月明。此錦帆天子若來，不知還唱「我夢江都好」耶？抑「此處不留儂」耶？昭諫又有《咏月》一聯云：「隔年違别成何事，半夜相看似故人。」想此夜三更，亦即是此故人相訪。

羅鄴　餘杭人。累舉不第，光化中韋莊奏其奇才，追賜進士，贈補闕。

落第

清世誰能便陸沉，相逢休作憶山吟。若教仙桂在平地，更有何人肯苦心。去國漢妃還似玉，亡家石氏豈無金。且安懷抱莫惆悵，瑶瑟調高尊酒深。

無限骯髒。羅君想備嘗落第之苦矣。後來雖追賜名爵，所謂「孤魂及第」，亦復何益？然唐時猶有此曠恩也，至若後世才士，賫志以没者何限，欲求一孤魂及第，并不可得。哀哉、哀哉。

秦韜玉

字仲明，京兆人。中和時賜進士，工部侍郎。

貧女

蓬門未識綺羅香，擬托良媒益自傷。誰愛風流高格調，共憐時世儉梳妝。敢將十指誇纖巧，不把雙眉鬥畫長。每恨年年壓金綫，爲他人作嫁衣裳。名爲咏貧女，實即咏貧士耳。草徑無媒，賣文爲活，何以异是。

釣翁

一竿青竹老江隈，荷葉衣裳可自裁。潭定静懸絲影直，風高斜颯浪紋開。朝携輕棹穿雲去，暮背寒塘載月回。世上無窮嶮巇事，算應難入釣船來。釣船大可避世，可名之曰「安樂行窩」。

問古

古能答否？

大底榮枯各自行，兼疑陰騭也難明。無門雪向頭中出，得路雲從脚下生。深作四溟何浩渺，高爲五岳太崢嶸。都來總向人間著，直到皇天可是平。二語解得固妙，解不得愈妙。題爲問古，詩非問古，乃問天耳。今人不及古人矣，豈今天亦不及古天耶？

章碣

錢唐人。乾符中進士。

春別

擲下離觴指亂山，趨程不待鳳笙殘。花邊馬嚼金銜去，樓上人垂玉箸看。柳陌雖然風裊裊，葱河猶自雪漫漫。殷勤莫厭貂裘重，恐犯三邊五月寒。

伉爽中仍多婉摯，殊勝三疊《陽關》。

鄭谷

見前。

鷓鴣

暖戲烟蕪錦翼齊，品流應得近山鷄。雨昏青草湖邊過，花落黄陵廟裏啼。游子乍聞征袖濕，佳人纔唱翠眉低。相呼相唤湘江闊，苦竹叢深春日西。

都官偶吟此詩，遂以此得「鄭鷓鴣」之名，小鳥亦厚幸哉。後人多擬四禽言，作「行不得也哥哥」，故不如「花落黄陵」一句。

中年

漠漠春雲澹澹天，新年景象入中年。情多最恨花無語，愁破方知酒有權。不論風流道學，總是千古名言。苔色滿墻尋故第，雨聲一夜憶春田。衰遲自喜添詩學，更把前題改數聯。

曹松 見前。

南海旅次

憶歸休上越王臺，歸思臨高不易裁。爲客正當無雁處，難得如此恰好。故園誰道有書來。城頭早角吹霜盡，郭裏殘潮帶月回。心似百花開未得，句亦尖新。年年争發被春催。

吴融 見前。

秋事

江天暑氣自涼清，物候須知一雨成。松竹健來惟欠語，蕙蘭衰去始多情。人言愁，我始欲愁。他年擬獻書空在，此日知機意盡平。更欲輕橈放烟浪，蘆花深處睡秋聲。「睡秋聲」妙不可言，形容難盡。

宋玉宅

草白烟寒半野陂，臨江舊宅指遺基。已懷湘浦招魂事，更憶高唐説夢時。絶妙好詞，何等親切有味。穿徑早曾聞客住，登墻豈復見人窺。用本色語，又妙。今朝送別還經此，吟斷當年雲夢悲。

高侍御話及皮博士池中白蓮因成一章寄博士兼呈侍御

白玉花開緑錦池，風流御史報人知。看來應是雲中墮，偷去須從月下移。不過刻畫一「白」字耳，體物之細妙至此。已被亂蟬催婉娩，更禁涼雨動襹褷。習家秋色堪圖畫，祇欠山公倒接䍦。

還俗尼 本是歌妓。

柳眉梅額倩妝新，笑脱袈裟得舊身。舊身妙妙。三峽復爲行雨客，九天曾是散花人。空門付與悠悠夢，寶帳迎回暗暗春。寄語江南徐孝克，一生長短托清塵。

孝克蓋嘗與其妻同出家而後仍歸聚者，故取爲比擬，詩人之善於用事如此。

韓偓 見前。

半醉

水向東流竟不回，紅顔白髮遞相催。壯心暗逐高歌盡，往事都因半醉來。即所謂「酒無通夜力，事滿五更心」也。七字中包藏無限。雲護雁霜籠淡月，雨連鶯曉落殘梅。西樓悵望芳菲節，處處斜陽草似苔。

倚醉

倚醉無端尋舊約，却憐惆悵轉難勝。静中樓閣春深雨，遠處簾櫳夜半燈。抱柱立時風細細，繞廊行處思騰騰。分明窗下聞裁翦，敲遍闌干唤不應。

既云舊約，何故敲闌干而不應？想必怪其來遲。

偶見

千金莫惜旱蓮生，一笑從教下蔡傾。仙樹有花難問種，御香聞氣不知名。愁來自覺歌喉咽，瘦去誰憐舞掌輕。小疊紅箋書恨字，與奴方便寄卿卿。

祇一偶見耳，何以即知其疊箋寄字之衷曲乎？此中大有可疑。

韋莊

見前。

貴公子

，大道青樓御苑東，玉欄仙杏壓枝紅。金鈴犬吠梧桐月，朱鬣馬嘶楊柳風。流水帶花穿巷陌，夕陽和樹入[一]簾櫳。瑶池宴罷歸來醉，笑説君王在月宫。

「流水夕陽」一聯，乃絶妙詩料也。貴公子恐未必知。

【校】

［一］入：原爲墨丁，據《浣花集》補。

放榜日作

一聲天鼓闢金扉，三十仙才上翠微。葛水霧中龍乍變，緱山烟外鶴初飛。鄒陽暖艷催花發，太皞春光簇馬歸。回首便辭塵土世，彩雲新换六銖衣。

此樂何异登仙？觀唐人下第詩其苦如彼，放榜詩其樂如此，可見一第之難，難於登天。彼高才淪落者，安得無孤魂及第之感？

寄薛先輩

懸知回日彩衣榮，仙籍標高第一名。瑶樹帶風侵物冷，玉山和雨射人清。龍翻瀚海波濤壯，鶴出金籠燕雀驚。不説文章與門第，自然毛骨是公卿。

骨是公卿矣，毛亦公卿乎？端已想别有風鑒。

夜景

滿庭松桂雨餘天，宋玉秋聲韻蜀弦。烏兔不知多事世，星辰長似太平年。誰家一笛吹殘暑，何處雙砧搗暮烟。欲把傷心問明月，素娥無語淚涓涓。

烏兔不知世事矣，素娥何又含淚乎？

憶昔

昔年曾向五陵游，子夜歌清月滿樓。銀燭樹前長似書，露桃花下不知秋。西園公子名無忌，南國佳人號莫愁。今日亂離俱是夢，夕陽唯見水東流。凡讀此等詩，未有不眉舞色飛者。姚秘書云：「一日看除目，終年損道心。」何不曰「一日看艷曲，終年損道心」耶？

與東吳生相遇 及第後出關作。

十年身事各如萍，白首相逢淚滿纓。老去不知花有態，亂來唯覺酒多情。貧疑陋巷春偏少，貴想豪家月最明。且對一樽開口笑，未衰應見泰階平。

奉和左司郎中春物暗度感而成章

纔喜新春已暮春，夕陽吟殺倚樓人。真要吟殺，非虛語也。錦江風散霏霏雨，花市香飄漠漠塵。今日尚追巫峽夢，少年應遇洛川神。語語俱是情種。有時自患多情病，莫是生前宋玉身。

黄滔 莆田人。乾寧中進士。

放榜日

吾唐取士最堪誇，仙榜題名出曙霞。白馬嘶風三十輿，朱門秉燭一千家。郄詵聊臂升天路，宣聖飛章奏日華。其年當日奏試。歲歲人人來不得，曲江烟水杏園花。

亦大燥脾胃，足爲寒儒吐氣。

題陳山人居

猶自莓苔馬迹重，石嵌泉冷懶移峰。空垂鳳食檐前竹，漫拔龍形澗底松。隔岸青山秋見寺，半床明月夜聞鐘。誰能惆悵磻溪事，今古悠悠不再逢。

幽冷可沁神骨。

徐寅

閩人。

迴文

飛書一幅錦文迴，恨寫深情寄雁來。機上月殘香閣掩，樹梢烟淡緑窗開。霏霏雨罷歌終曲，漠漠雲深酒滿杯。歸日幾人行問卜，徽音想望倚高臺。

迴文始於皮、陸，已録襲美一首矣。此首亦復可觀，并存之。

茆亭

鴛瓦虹梁計已疏，織茅編竹稱貧居。剪平恰似山僧笠，掃净真同道者廬。秋晚卷簾看過雁，月明憑檻數跳魚。重門公子應相笑，四壁風霜老讀書。

笑得不差，不笑不足爲以茆亭。

咏錢

多蓄多藏豈足論，有誰還議濟王孫。能於禍處翻爲福，解向仇家買得恩。幾怪鄧通難免餓，須知夷甫不曾言。朝争暮競歸何處，盡入權門與幸門。

吾兄但知禍處爲福、仇家買恩耳，亦知有於福處翻爲禍、向恩家買得仇者乎？錢乎錢乎，傷心哉！此一惡物也。如此等詩，若俗儒以初盛律之，必以爲刻露而少含蓄矣。然不刻不露，復安得快？吾惟取其快而已，安用含蓄哉？因附識此，指于中晚律詩之末，將與天下萬世深情、至性、奇才之士共見之。

無名氏

長信宮

細草侵階亂碧鮮，宮門深鎖緑楊天。珠簾欲卷抬秋水，羅幌微開動冷烟。風引漏聲過枕上，月遷花影到窗前。妙于「遷」「移」。獨挑殘焰魂堪斷，却恨青蛾誤少年。

深宫幽閉之苦，幾於一一寫盡。

客有新豐館題怨别之詞因詰傳吏盡得其實偶作四韻嘲之

春風白馬紫絲韁，正值蠶眠未采桑。五夜有心隨暮雨，百年無節待秋霜。重尋綉帶朱藤合，更認羅裙碧草長。爲報西游減離恨，阮郎纔去嫁劉郎。

所云「盡得其實」者，不過「五夜有心」一語盡之，餘固可不問而知。

釋齊己

見前。

早鶯

何處經年絶好音，暖風催出囀喬林。羽毛新刷陶潛菊，喉舌初調叔夜琴。藏雨并栖紅杏密，避人雙入緑楊深。曉來枝上千般語，應共桃花説舊心。

「舊心」二字生妙，從無人用。然有吴侍郎《還俗尼》之「舊身」，自有己公桃花鶯之「舊心」。程伊川所謂「天下之理，無獨必有對」，豈不信然。

薛濤　字洪度，長安人。隨父官寓蜀。

謁巫山廟

亂猿啼處訪高唐，情境便異。路入烟霞草木香。山色未能忘宋玉，水聲猶似哭襄王。天生妙句。朝朝暮暮陽臺下，爲雨爲雲楚國亡。惆悵廟前無限柳，春來空鬥畫眉長。

此詩或又作韋莊。然語氣頗類女校書，衹得求浣花相公奉讓。

魚玄機　見前。

和新及第悼亡詩

仙籍人間不久留，片時已過十經秋。鴛鴦帳下香猶暖，鸚鵡籠中語未休。朝露綴花如臉恨，晚風欹柳似眉愁。彩雲一去無消息，潘岳多情欲白頭。

新及第而悼亡，誠所謂一喜一悲也，然喜處故不必説。

夏日山居

移得仙居此地來，花叢自遶不曾栽。庭前亞樹張衣桁，座上新泉泛酒杯。軒檻暗傳深竹徑，綺羅長擁亂書堆。閑乘畫舫吟明月，信任輕風吹却回。

有如此勝地受用，不知想作何事。

暮春即事

深巷窮門少侶儔，阮郎惟有夢中留。虧他明明説出。香飄羅綺誰家席，風送歌聲何處樓。街近鼓鼙喧曉睡，庭閑鵲語亂春愁。安能追逐人間事，萬里身同不繫舟。

意中正欲作「不繫舟」耳。泛泛水中鳧，此身真是無主。

唐詩快卷十二終

唐詩快卷十三目次　移人集十

唐詩快卷十三目次終

【校】

[一] 光威裒：原作「光成裒」，正文作「光威裒」。目録疑誤。

唐詩快卷十三　移人集十

鍾山　黄周星九烟　選評
岑山　程　洪丹問　校訂

五言排律

楊師道

字景猷，隋王孫。貞觀中拜侍中，遷中書令。以下初唐。

還山宅

暮春還舊嶺，徒倚玩年華。芳草無行徑，空山正落花。大似王、孟佳處。垂藤掃幽石，卧柳礙浮槎。
鳥散茅檐静，云披澗户斜。依然此泉路，猶是昔烟霞。

王適　見前。

蜀中言懷

獨坐年將暮，常懷志不通。有時須問影，無事則書空。弃置如天外，平生似夢中。蓬心猶是客，華髮欲成翁。迹滯魂逾窘，情乖路轉窮。别離同夜月，愁思隔秋風。老少悲顔駟，盈虛悟翟公。時來不可問，何用求童蒙。

無聊至此，不減三峽猿聲。

陳子昂　見前。

南山家園林木交映盛夏五月幽然清凉獨坐思遠率成十韻

寂寥守窮巷，幽獨卧空林。松竹生虛白，階庭横古今。古今如何横，試思之。鬱蒸炎夏晚，凉宇閟清陰。軒窗交紫靄，檐户對蒼岑。鳳蘊仙人籙，鸞歌素女琴。忘機委人代，閉牖察天心。比老子不出户知天道何如？蛺蝶憐紅藥，蜻蜓愛碧潯。坐觀萬象化，方見百年侵。擾擾將何息，青青長苦吟。青青者，非境非物，直是苦吟者胸中眼底自青青耳。此理誰人能解？願隨白雲駕，龍鶴相招尋。

張説 見前。

春晚侍宴麗正殿探得開字

聖政惟稽古，賓門引上才。坊因購書立，殿爲集賢開。髦彦星辰下，仙章日月回。字如龍負出，韻是鳳銜來。雄警之語，何可多得。庭柳餘春駐，宮櫻早夏摧。喜承芸閣宴，幸奉柏梁杯。

岳州夜坐

炎洲苦三伏，永日卧孤城。賴此閑庭夜，蕭條夜月明。獨歌還太息，幽感見餘聲。江近鶴時叫，山深猿屢鳴。息心觀有欲，弃知返無名。五十知天命，吾其達此生。
結語灑然，不知身在岳州矣。

常理 見前。

古别離

君御狐白裘，妾居緗綺幬。粟鈿金夾膝，花錯玉搔頭。離别生庭草，征衣斷戍樓。蠨蛸網清曙，菡萏落紅秋。小膽空房怯，長眉滿鏡愁。爲傳兒女意，不用遠封侯。千古閨怨，無如此四語之妙。

李頎 見前。以下盛唐。

宿香山寺石樓

夜宿翠微半，高。高樓聞暗泉。幽。漁舟帶遠火，曠。山磬發孤烟。幽。衣拂雲松外，門清河漢邊。峰巒低枕席，世界接人天。四句俱高。靄靄花出霧，輝輝星映川。東林曙鶯滿，惆悵欲言旋。

真高、真幽、真曠，總無一字近人。

送暨道士還玉清觀

仙宮有名籍，度世吴江濆。大道本無我，青春長與君。十字内包羅宙合，氣象萬千。中州俄已到，至理得而聞。明主降黄屋，自上而下。時人看白雲。自下而上。空山何窈窕，三秀日氛氲。遂此留書客〔一〕，超遥烟駕分。

此道士亦可謂非常道矣。

【校】

［一］客：原爲墨丁，據吴本補。

題少府監李丞山池

能向府亭内，置兹山與林。他人驌驦馬，而我薜蘿心。二十字如一句。雨止禁門肅，鶯啼官柳深。長廊閟軍器，積水背城陰。窗外王孫草，床頭中散琴。清風多仰慕，吾亦爾知音。

王維 見前。

過沈居士山居哭之

楊朱來此哭，桑扈返於真。獨自成千古，此語無人能道，正好對老杜「何由見一人」之句。依然舊四鄰。閑檐喧鳥雀，故榻滿埃塵。曙月孤鶯囀，空山五柳春。野花愁對客，泉水咽迎人。善卷明時隱，黔婁在日貧。逝川嗟爾命，丘井嘆吾身。前後徒言隔，相悲詎幾晨。

高適　見前。

同熊少府題盧主簿茅齋

虛院野情在，茅齋秋興存。孝廉趨下位，才子出高門。乃繼幽人靜，靜者難得矣，繼靜者又豈易言。能令學者尊。江山歸謝客，神鬼下劉根。恍惚如有神鬼。階樹時攀折，窗書任討論。自堪成獨往，何必武陵源。

寄孟五少府

秋氣落窮巷，令人陡然一驚。離憂兼暮蟬。後時已如此，高興亦徒然。知君念淹泊，憶我屢周旋。征路見來雁，歸人悲遠天。平生感千里，相望在貞堅。五字真可謂温柔敦厚。

杜甫　見前。

又示宗武

覓句先知律，攤書解滿床。試吟青玉案，莫帶紫羅囊。假日從時飲，明年共我長。應須飽經術，已似愛文章。十五男兒志，三千弟子行。曾參與游夏，達者得升堂。

家常説話，却是絶妙好辭。

贈翰林張四學士垍

翰林逼華蓋，鯨力破滄溟。天上張公子，宫中漢客星。賦詩拾翠殿，佐酒望雲亭。紫誥仍兼綰，黄麻似六經。奇語。内分金帶赤，恩與荔枝青。無復隨高鳳，空餘泣聚螢。此生任春草，垂老獨漂萍。儻憶山陽會，悲歌在一聽。

敬贈鄭諫議十韻

諫官非不達，詩義早知名。破的由來事，先鋒孰敢争。思飄雲物外，律中鬼神驚。毫髮無遺恨，波瀾獨老成。野人寧得所，天意薄浮生。多病休儒服，冥搜信客旌。築居仙縹緲，旅食歲峥嶸。使者求顏闔，諸公厭禰衡。將期一諾重，欻使寸心傾。君見途窮哭，宜憂阮步兵。

中多名語，排律如此，可稱全璧。

寄李十二白二十韻

昔年有狂客，號爾謫仙人。筆落驚風雨，詩成泣鬼神。此二語可作子美贈太白，亦可作太白贈子美，却移贈他人不得。聲名從此大，汨没一朝伸。文彩承殊渥，流傳必絶倫。龍舟移棹晚，獸錦奪袍新。白日來深殿，青雲滿後塵。乞歸優詔許，遇我宿心親。未許幽栖志，兼全寵辱身。劇談憐野逸，嗜酒見天真。醉舞梁園夜，行歌泗水春。才高心不展，道屈善無鄰。處士禰衡俊，諸生原憲貧。稻粱求未足，薏苡謗何頻。五嶺炎蒸地，三危放逐臣。幾年遭鵩鳥，獨泣向麒麟。蘇武先還漢，黄公豈事秦。楚筵辭醴日，梁獄上書辰。已用當時法，誰將此義陳。老吟秋月下，病起暮江濱。莫怪恩波隔，乘槎與問津。

此二十韻竟可作太白小傳。

舟中出江陵南浦奉寄鄭少尹審

更欲投何處，飄然去此都。形骸元土木，舟楫復江湖。社稷纏妖氣，干戈送老儒。「送」字可傷。百年同弃物，萬國盡窮途。雨洗平沙净，天銜闊岸紆。鳴螿隨泛梗，别燕赴秋菰。栖托難高卧，饑寒迫向隅。寂寥相呴沫，浩蕩報恩珠。溟漲鯨波動，衡陽雁影徂。南徵問懸榻，東逝想乘桴。濫竊商歌聽，時憂卞泣誅。經過憶鄭驛，斟酌旅情孤。

凄凄切切，如聞三峽猿聲。少陵五排最夥，每篇中必有奇妙之句，如《贈王侍御契》之「曉鶯工迸淚，秋月解傷神」「洗眼看輕薄，虚懷在屈伸」，《秦州見敕目》之「唤人看騕褭，不嫁惜娉婷」，皆令人咀味不盡者。恨全首踳駁，未能入選。

錢起 見前。以下中唐。

省試湘靈鼓瑟

善鼓雲和瑟，常聞帝子靈。馮夷空自舞，楚客不堪聽。苦調淒金石，清音入杳冥。蒼梧來怨慕，白芷動芳馨。流水傳瀟浦，悲風過洞庭。曲終人不見，江上數峰青。結二句先得之於畫溪之鬼，遂得冠軍。此鬼豈凡鬼哉。

送外甥懷素上人歸鄉侍奉

釋子吾家寶，神清慧有餘。能翻梵王字，妙盡伯英書。遠鶴無前侶，孤雲寄太虛。狂來輕世界，醉裏得真如。飛錫離鄉久，寧親喜臘初。故池殘雪滿，寒柳霽烟疏。春酒還嘗藥，晨餐不薦魚。遥知禪誦外，健筆賦閑居。

讀此詩，始知懷素爲仲文之甥。從來外甥似舅，况此詩有「健筆賦閑居」之句，何素公吟咏寥寥？豈以酒而廢詩？抑以字而掩詩耶？

題玉山村叟壁

谷口好泉石，居人能陸沉。陸沉上着「能」字，足見陸沉不易。牛羊下山小，烟火隔雲深。一徑入溪色，數家連竹陰。令人神往。藏虹辭晚雨，驚隼落殘禽。涉趣皆流目，將歸羨在林。却思黄綬事，思他做甚。辜負紫芝心。

包佶

字幼正，延陵人。天寶中進士，刑部侍郎。

嶺下卧疾寄劉長卿員外

唯有貧兼病，能令親愛疏。閲歷苦語，冷暖自知。歲時供放逐，身世付空虚。脛弱秋添絮，頭風曉廢梳。波瀾喧衆口，藜藿静吾廬。二語若相蒙，若不相蒙。静吾廬上着「藜藿」二字，俱有生硬之趣。喪馬思開卦，占鴞懶發書。十年江海隔，離恨子知予。

白居易　見前。

夜游西虎丘寺八韻

不厭西丘寺，閑來即一過。舟船轉雲島，樓閣出烟蘿。路人青松影，門臨白月波。魚跳驚秉燭，猿覷怪鳴珂。摇曳雙紅旆，娉婷十翠娥。容滿、蟬態等十妓從游也。香花助羅綺，鐘梵避笙歌。領郡時將久，游山數幾何。一年十二度，非少亦非多。

唐時居官者皆用官妓，爲進賢冠增幾許風韻，解幾許塵勞。如白公虎丘一游，相從者遂有十翠娥，真人生樂事也。而今安可得哉！

李賀　見前。

惱公

五十韻。徐文長云：「必是美人惱公者，猶亂我心曲也。」今方言可愛者，反曰可憎。

宋玉愁空斷，嬌嬈粉自紅。歌聲春草露，門掩杏花叢。注口櫻桃小，添眉桂葉濃。曉奩妝秀靨，夜帳減香筒。文長云：「薰之久，故減。」鈿鏡飛孤鵲，江圖畫水洪。陂陀梳碧鳳，騕褭帶金蟲。杜若含清露，河蒲聚紫茸。月分蛾黛破，花合靨朱融。髮重疑盤霧，腰輕乍倚風。寄書題豆蔻，隱語笑芙蓉。文長云：「芙蓉，蓮也，以蓮諱憐，故曰隱語。」知芙蓉句爲憐，故笑也。莫鎖茱萸匣，休開翡翠籠。弄珠驚漢燕，燒蜜引胡蜂。醉纈拋紅網，罝羅挂緑蒙。文長云：「二句狀屏風。」數錢教姹女，買藥問巴賨。勻臉安斜雁，移燈想夢熊。腸攢非束竹，弦急是張弓。晚樹迷新蝶，殘蜺憶斷虹。古時塡渤澥，今日鑿崆峒。綉沓褰長幔，羅裙結短封。心摇如舞鶴，骨出似飛龍。井檻淋清漆，門鋪綴白銅。偎花開兔徑，向壁印狐蹤。玳瑁釘簾薄，琉璃疊扇烘。象床緣素柏，瑶席卷香葱。細管吟朝幌，芳醪落夜楓。宜男生楚巷，梔子發金墉。龜甲開屏澀，鵝毛滲墨濃。黄庭留衛瓘，緑樹養韓馮。鴛鴦也。鷄唱星懸柳，鴉啼露滴桐。黄娥初出坐，寵妹始相從。蠟淚垂蘭燼，秋蕪掃綺櫳。吹笙翻舊引，沽酒待新豐。短佩愁塡粟，長弦怨削崧。曲池眠乳鴨，小閣睡娃僮。褥縫篸雙綫，鈎縧辮五總。蜀烟飛重錦，峽雨濺輕容。轻容，無花薄紗也。拂鏡羞温嶠，薰衣避賈充。魚生玉藕下，人在石蓮中。含水彎蛾翠，登樓潠馬鬃。使君居曲陌，園令住臨邛。桂火流蘇暖，金爐細炷通。春遲王子態，鶯囀謝娘慵。玉漏三星曙，銅街五馬逢。犀株防膽怯，銀液鎮心忪。跳脱看年命，琵琶道吉凶。王時應七夕，夫位在三宮。無力塗雲母，多方帶藥翁。符因青鳥送，囊用絳紗縫。漢苑尋官柳，河橋閡禁鐘。月明中婦覺，應笑畫堂空。

此五十韻爲美人惱公者，不待言矣，然又非空空惱公者。其人必有絶世之丰姿、絶世之才技、絶世之聰明，而又有絶世之風情、絶世之嬌怯，爲可望而不可親、可遇而不可求者。故不禁大言小言、明言隱言、正言反言爾爾。斯何人哉，安得向長吉而問之？

姚合

見前。

寄王度

憔悴王居士，顛狂不稱時。天公與貧病，時輩便輕欺。茅屋隨年賃，盤飧逐日移。棄嫌官似夢，珍重酒如師。無竹栽蘆看，思山疊石爲。静窗邀客睡，古寺覓僧棋。瘦馬寒來死，羸童餓得痴。惟應尋阮籍，心事遠相知。

寫盡貧士景况矣。

劉得仁

見前。以下晚唐。

京兆府試目極千里

獻賦多年客，低眉恨不前。二語酸心。然身在試院而自叙淹蹇如此，若在後世，鮮不訝其爲關節矣。此心常鬱矣，縱目忽超然。送驥登長路，看鴻入遠天。古墟烟冪冪，窮野草綿綿。樹與金城接，山疑桂水連。何當開霽日，無物翳平川。

温庭筠 見前。

過華清宫二十二韻[一]

憶昔開元日，承平事勝游。貴妃專寵幸，天子富春秋。月白霓裳殿，風乾羯鼓樓。鬥鷄花蔽膝，騎馬玉搔頭。綉轂千門妓，金鞍萬户侯。薄雲攲雀扇，輕雪犯貂裘。過客聞韶濩，居人識冕旒。可想盛世氣象。氣和春不覺，烟暖霽難收。細浪涵瑶甃，晴陽上彩斿。卷衣輕鬐懶，窺鏡澹蛾羞。屏掩芙蓉帳，簾褰玳瑁鈎。重瞳分渭曲，纖手指神州。摹寫精妙。御案迷萱草，天袍妒石榴。深岩藏浴鳳，鮮隰媚潛虬。不料邯鄲虱，俄成即墨牛。劍鋒揮太皞，旗焰拂蚩尤。内嬖陪行在，孤臣預坐籌。瑶簪遺翡翠，霜仗駐驊騮。艷笑雙飛斷，香魂一哭休。泣鬼語。早梅悲蜀道，高樹隔昭丘。朱閣重霄近，蒼崖萬古愁。至今湯殿水，嗚咽縣前流。

此即詩史也。盛衰理亂之感，無一不備其中，令觀者慨當以慷。

【校】

〔一〕過華清宫二十二韻：原作「過華清宫二十韻」，疑誤，據正文改。

吴融 見前。

倒次元韻和韓致堯侍郎無題

南陌來尋伴，東城去卜鄰。生憎無賴客，死憶有情人。似束腰支細，如描髮彩勻。黄鸝裁帽貴，紫燕刻釵珍。身近從淄右，家無接覲津。雨臺誰屬楚，花洞不知秦。淚滴空床冷，妝濃滿鏡春。枕凉欹琥珀，簟潔展麒麟。茂苑廊千步，昭陽扇九輪。陽城迷處笑，京兆畫時嚬。魚子封箋短，蠅頭學字真。易判期已遠，難諱事還新。艇子愁衝夜，驪駒怕拂晨。如何斷岐路，免得見行塵。

凡詩中以無題稱者，大抵皆情語耳。然則何不直以命題？曰：「大哉情也，蕩蕩乎無能名焉。」

七言排律

白居易　見前。

胡杲吉皎鄭據劉真盧貞張渾等六賢皆多年壽予亦次焉偶於弊居合成尚齒之會七老相顧既醉甚歡靜而思之此會稀有因成七言六韻以紀之傳好事者

七人五百七十歲，拖紫紆朱垂白鬚。手裏無金莫嗟嘆，樽中有酒且歡娛。詩吟兩句神猶王，酒飲三杯氣尚粗。嵬峨狂歌教婢拍，婆娑醉舞遣孫扶。天年高過二疏傅，人數多於四皓圖。除却三山五天竺，人間此會更應無。

此可謂太平人瑞矣。時七老皆有詩，然可傳者獨一白公耳。非白公之詩，則六賢安從傳？彼附青雲之士者，何如附文章之士乎。

魚玄機

見前。

光威裒姊妹三人少孤而始妍（始妍者，始妍也。）今乃有是作精粹難儔雖謝家聯雪何以加之有客自京師來者示余因次其韻

昔聞南國容華少，今見東鄰姊妹三。（三字押得天然。）妝閣却看鸚鵡賦，碧窗應繡鳳凰衫。紅芳滿院參差折，緑醑盈杯次第銜。恐向瑶池曾作女，謫來塵世未爲男。文姬有貌終堪比，西子無言我更慚。一曲艷歌琴杳杳，四弦輕撥語喃喃。當臺競鬥青絲髮，對月争誇白玉簪。小有洞中松露滴，大羅天上柳烟含。（忽插入此二語，驟驟乎露出本相。）但能爲雨心長在，不怕吹簫事未諧。阿母幾嗔花下語，潘郎曾向夢中參。（參此＝恁麼。）暫持清句魂猶斷，若睹紅顔死亦甘。（同調相憐至此，男子不如也。）悵望佳人何處在，行雲歸北又歸南。

以光、威、裒三美之才，不得幼微表章，誰知之者？然僅能傳其一首耳。因思古今才媛，埋没深閨者何限，安得向掌書仙姬而問之？

光威裒原詩

朱樓影直日當午，玉樹陰低月已三。光。膩粉暗銷銀鏤合，錯刀閑剪泥金衫。威。繡床怕引烏龍吠，錦字愁教青鳥銜。裒。百味煉來憐益母，千花開處鬥宜男。光。鴛鴦有伴誰能羨，鸚鵡無言我自慚。威。浪喜游蜂飛撲撲，佯驚孤鵲語喃喃。裒。偏憐愛數螆蛦掌，（「螆蛦」當作「蟕蠵」，大龜也。其甲即玳瑁之類。）每憶先抽玳瑁簪。光。烟洞幾年悲尚在，星橋一夕帳空含。威。窗前時節羞虛擲，世上風流笑苦諳。裒。獨結香綃偷餉送，暗垂檀袖學通參。光。須知化石心難定，却是爲雲分易甘。威。看見風光零落盡，弦聲猶逐望江南。裒。

三美詩妍麗如此，惜乎不得多見，并其姓亦不傳。詩人中有無名氏，詩媛中乃更有無氏氏耶？

唐詩快卷十三終

唐詩快卷十四目次　移人集十一

四言六言附

唐詩快卷十四目次終

【校】

[一] 正文中實僅收岑參詩一首。

唐詩快卷十四　移人集十一

鍾山　黄周星九烟　選評
岑山　程　洪丹問　校訂

五言絶句

張文恭

貞觀詩人。以下初唐。

佳人照鏡

倦采蘼蕪葉，貪憐照膽明。兩邊俱拭淚，一處有啼聲。

照鏡而必言其淚與啼，豈佳人盡有愁而無歡耶？曰愁不可無詩，歡則可以無詩矣。

王績　見前。

過酒家二首

此日長昏飲，非關養性靈。眼看人盡醉，何忍獨爲醒。

着「何忍」二字，較之三閭獨醒，則一爲怒目金剛，一爲低眉菩薩矣。

又

有客須教飲，無錢可別沽。來時長道貰，慚愧酒家胡。

所以不可無焦革也。

李義府　瀛洲人。中書侍郎。

堂堂詞

堂堂，角調曲也，本陳後主所作。

懶整鴛鴦被，羞褰玳瑁床。春風别有意，密處也尋香。

題曰「堂堂」，詩却曰「密處尋香」，因春風之别意而不堂堂矣。

王勃

見前。

别人

久客逢餘閏，他鄉别故人。自然堪下淚，誰忍望征塵。

黯然銷魂。如是、如是。

贈李十四

亂竹開三徑，飛花滿四鄰。從來楊子宅，别有草玄人。

未知此草玄人，即可當千載下之子雲否？

韋承慶

字延休。鄭州人，舉進士，黄門侍郎。

南行别弟

澹澹長江水，悠悠遠客情。落花相與恨，不知是何等相與。到地一無聲。

東方虬

武后時人，官左史。

昭君怨

胡地無花草，春來不似春。自然衣帶緩，非是爲腰身。

語淺而怨實深。

春雪

春雪滿空來，觸處似花開。不知園裏樹，若個是真梅。

亦衹似口頭語耳，然拈來自妙。

宋之問 見前。

渡漢江

嶺外音書斷，經冬復歷春。近鄉情更怯，不敢問來人。

真切之極。人人有此情，不能爲此語。

河陽

昔日河陽縣，氛氳香氣多。曹娘嬌態盡，春樹不堪過。

此縣遂如西州路矣。

郭元振

見前。

春江曲

江水春沉沉，上有雙竹林。竹葉壞水色，郎亦壞人心。

此反言也。正喜郎之愜人心耳，不然，水色映竹，豈不更佳？竹葉何嘗壞水色乎？「壞」字當作「亂」字解，亦猶方言可愛之爲可憎也。

楊重玄

開元初進士。

正朝上左相張燕公

歲去愁終在，春還命不來。長吁問丞相，東閤幾時開。

《傳》稱張爲左相，貨賄山積，而楊君乃以命問之。豈欲向丞相索命耶？抑欲望丞相救命耶？恐皆不穩也，衹合將錢與丞相買命。

孫逖

見前。

同洛陽李少府觀永樂公主入蕃

邊地鶯花少，年來未覺新。美人天上落，龍塞始應春。

龍塞春則春矣，毋乃難爲美人乎？

上官昭容

見前。

游長寧公主流杯池

橫鋪豹皮褥，側戴鹿胎巾。借問何爲者，山中有逸人。

一副山人行樂圖。

七歲女子 如意中，南海有七歲女子能詩，天后令賦别兄詩，應聲而成。

送兄

别路雲初起，離亭葉正飛。所嗟人异雁，不作一行歸。

七歲女子之詩如此，若比七十五歲之薛校書，恐亦不相上下。

孟浩然 見前。以下盛唐。

醉後贈馬山

四海重然諾，吾嘗聞白眉。秦城游俠窟，相得半酣時。

如此方是豪爽。

送友人之京

君登青雲去，予望青山歸。雲山從此別，淚濕薜蘿衣。

「雲山」二字合用妙，此雲豈山中之雲哉。

王維 見前。

鳥鳴澗

人閑桂花落，夜静春山空。月出驚山鳥，時鳴春澗中。

此何境界也，對此有不令人生道心者乎？

送别

山中相送罷，日暮掩柴扉。春草年年緑，王孫歸不歸。

此詩兒童皆能誦之，然何嘗不妙？妙矣，安得不選。

雜詩

君自故鄉來，應知故鄉事。來日綺窗前，寒梅着花未。

作詩祇如説話，與太白「今日竹林宴」正同。

儲光羲

見前。

江南曲

日暮長江裏，相邀歸渡頭。落花如有意，來去逐船流。

未知流水亦有情否？

王昌齡 見前。

答武陵田太守

仗劍行千里，微軀敢一言。曾爲大梁客，不負信陵恩。

此豈假肝膽語。

題灞池二首

腰鐮欲何之，東園刈秋韭。世事不復論，悲歌和樵叟。

世事可知矣。

又

開門望長川，薄暮見漁者。借問白頭翁，垂綸幾年也。

如此押「者也」字，方近自然。

高適

見前。

閑居

柳色驚心事，春風厭索居。方知一杯酒，猶勝百家書。

下酒物亦何可少。

田家春望

出門何所見，春色滿平蕪。可嘆無知己，高陽一酒徒。

未知刻印銷印之沛公，亦可爲知己否？

咏史

尚有綈袍贈，應憐范叔寒。不知天下士，猶作布衣看。

猶幸而有此布衣一看，若折脅摺齒之時，求爲布衣，亦何可得。

岑參

見前。

日没賀延磧作

沙上見日出，沙上見日没。悔向萬里來，功名是何物。

真没來由。

萬楚 開元中進士。

題情人藥欄

斂眉語芳草，何許太無情。正見離人别，春心相向生。

題云「情人藥欄」，詩中却一字不及，祇將芳草埋怨一場，豈即以芳草當情人耶？

崔國輔

見前。

怨詞

妾有羅衣裳，秦王在時作。爲舞春風多，秋來不堪着。

不言怨而怨已深。

魏宫詞

朝日照紅妝，擬上銅雀臺。畫眉猶未了，魏帝使人催。

真個忙殺人也麽哥。

王孫游

自與王孫别，頻看黄鳥飛。應由春草誤，着處不成歸。

前萬君既埋怨芳草無情，此又埋怨春草誤人。使春草能言，必當辨明寃枉。

秦女卷衣

雖入秦帝宮，不上秦帝床。夜夜玉窗裏，與他卷衣裳。

此秦帝必無目者。

丁仙芝

潤州人。開元中進士，餘杭尉。

江南曲

長干斜路北，近浦是兒家。有意來相訪，明朝出浣紗。

不知誰爲范大夫耳。

薛維翰 開元中進士。

春夜裁縫

珠箔因風起，飛蛾入最能。不教人夜作，方便殺明燈。

夫婿在則宜就枕，夫婿出則必寄衣。此殺燈之蛾，亦知趣，亦不知趣。

李白 見前。

秋浦歌二首

白髮三千丈，緣愁似個長。不知明鏡裏，何處得秋霜。

白髮三千丈，或以「金釵十二行」對之。有金釵，復安得有白髮哉？

又

桃波一步地，了了語聲聞。暗與山僧別，低頭禮白雲。

不知所指何事，但覺其妙。

王昭君

昭君拂玉鞍，上馬啼紅頰。今日漢宫人，明朝胡地妾。

古今吊明妃者多矣，此十字可當千百言。

怨情

美人卷珠簾，深坐顰蛾眉。但見淚痕濕，不知心恨誰。

此恨我能知之，不過恨碧翁耳。除却此翁，亦何足恨。

寄上吴王

坐嘯廬江静，閑聞進玉觴。去時無一物，東壁挂胡床。

非高士誰能爲此語乎！

獨坐敬亭山

衆鳥高飛盡，孤雲獨去閑。相看兩不厭，衹有敬亭山。

有此一詩，敬亭遂千古矣。文章之有權如此。

魯中都東樓醉起作

昨日東城飲，還應倒接䍦。阿誰扶上馬，不省下樓時。

衹似説話。

陪侍郎叔游洞庭醉後二首

今日竹林宴，我家賢侍郎。三杯容小阮，醉後發清狂。

四句祇如一句。

又

剗却君山好，平鋪湘水流。巴陵無限酒，醉殺洞庭秋。

此處值得醉殺。

勞勞亭

天下傷心處，勞勞送客亭。春風知別苦，不遣柳條青。

春風柳條，想亦同一傷心。

贈内

三百六十日，日日醉如泥。雖爲李白婦，何异太常妻。

此解學士所云「分明是説話，又道我吟詩也」。一團天趣，誰人能及。

杜甫 見前。

答鄭十七郎一絶

雨後過畦潤，花殘步屐遲。把文驚小陸，好客見當時。

恬雅。

八陣圖

功蓋三分國，名成八陣圖。江流石不轉，遺恨失吞吴。

吞吴自是失着，少陵特見夢于東坡，以辨世人之誤解，蓋欲爲後世殷鑒耳，其意豈在一詩哉。

沈千運 吴興人。

古歌

北邙不種田，但種松與柏。松柏未生處，留待市朝客。市朝客必曰，不怕不怕，死不到我。

鄭虔 滎陽人。廣文博士，貶台州司户。

閨情

銀鑰開香閣，金臺點夜燈。長征君自慣，獨卧妾何曾。

莫非破題兒第一夜乎？

顔真卿　見前。

五言夜集聯句

寒花護月色，不言月護花而言花護月，亦妙。墜葉占風音。釋清晝。兹夕無塵慮，高雲共片心。真卿此五字非食烟火人所能道。

劉長卿　見前。以下中唐。

逢雪宿芙蓉山主人

日暮蒼山遠，天寒白屋貧。柴門聞犬吠，風雪夜歸人。

盛暑中讀此詩，覺颯颯有寒氣。

送方外上人

孤雲將野鶴，豈向人間住。莫買沃州山，時人已知處。

未聞巢父買山而隱，况爲時人所知耶。

平蕃曲

絶漠大軍還，平沙獨戍閑。空留一片石，萬古在燕山。

不异嗣宗廣武之嘆。

韋應物

見前。

酬令狐司録善福精舍見贈

野寺望山雪，空齋對竹林。我以養愚地，生君道者心。

愚故近道，養乃能生。

錢起

見前。

逢俠者

燕趙悲歌士，相逢劇孟家。寸心言不盡，前路日將斜。

鬚眉如見，肝膽亦如見。

江行無題

烟渚復烟渚，畫屏休畫屏。引愁天末去，數點暮山青。

仲文江行詩，多至百首，此獨以變調取之。

包何

見前。

同諸公尋李方直不遇

聞説到揚州，吹簫憶舊游。人來多不見，莫是上迷樓。

亦是嘲謔之意。

盧綸

見前。

天長久詞

辭輦復當熊，傾心奉六宫。君王看若貌，甘在衆妃中。

此意亦從無人表出。

李端　見前。

聽箏

鳴箏金粟柱，素手玉房前。欲得周郎顧，時時誤拂弦。

用事輕妙不覺。

司空曙　見前。

留盧秦卿

知有前期在，難分此夜中。無將故人酒，不及石尤風。

說得有理，不容不留。

玩花與衛象同醉

衰鬢千莖雪，他鄉一樹花。今朝與君醉，忘却在長沙。

樂天云：「暫時不似在忠州。」與此意正同。

金陵懷古

輦路江楓暗，宮廷野草春。傷心庾開府，老作北朝臣。

開府有《哀江南》，此乃復哀《哀江南》者乎。

耿湋

見前。

秋日

返照入閭巷，憂來誰共語。古道少人行，秋風動禾黍。

情景逼真。

李益

字君虞，隴西人。大曆中進士，禮部尚書。

感懷

調與時人背，心將静者論。終年帝城裏，不識五侯門。

非不識也，視其門如蓬蒿耳。

戴叔倫

見前。

遣興

明月臨滄海，閑雲戀故山。詩名滿天下，終日掩柴關。

幼公又有《題麗句亭》云：「閉户不暫出，詩名滿世間。」語意與此相同，故獨取此。

權德輿

見前。

玉臺體

昨夜裙帶解，金朝蟢子飛。鉛華不可弃，莫是藁砧歸。

如聽小窗喁喁。

敷水驛

空見水名敷，秦樓昔事無。臨風駐征驛，聊復捋髭鬚。

用樂府本色語，甚趣。

劉禹錫 見前。

題壽安甘棠館

門前洛陽道，門裏桃源路。塵土與烟霞，其間十餘步。

想仙凡之隔，亦不過如此。

柳宗元 見前。

入黄溪聞猿

溪路千里曲，哀猿何處鳴。孤臣淚已盡，虛作斷腸聲。

總是一悲。

江雪

千山鳥飛絶，萬徑人踪滅。孤舟簑笠翁，獨釣寒江雪。

祇爲此二十字，至今遂圖繪不休，將來竟與天地相終始矣。詩可不作哉！

孟郊

見前。

古怨

試妾與君淚，兩處滴池水。看取芙蓉花，今年爲誰死。

何處得此异想，真是匪夷所思。

白居易

見前。

招東鄰

小榼二升酒，新簟六尺床。能來夜話否，池畔欲秋凉。

有趣。

元稹

見前。

行宫

寥落古行宫，宫花寂寞红。白头宫女在，闲坐説玄宗。

此宫女得與外人閑説舊事，勝於上陽白髮人多矣。

李賀

見前。

昌谷讀書示巴童

蟲響燈光薄，宵寒藥氣濃。君憐垂翅客，辛苦尚相從。

巴童可以稱君乎？使此童曾讀《論語》，則必如夫人自稱曰小童矣。

盧仝

見前。

村醉

昨夜村飲歸，健倒三四五。摩挲青莓苔，莫嗔驚着汝。

好醉話。

竹答石

竹弟謝石兄，清風非所任。隨分有蕭瑟，實無堅重心。

子猷之此君、元章之石丈，何如此之竹弟石兄耶？

客答石

遍索天地間，彼此最痴癖。主人幸未來，與君爲莫逆。

此真可謂石交矣。

馬蘭請客

竹石能請客，奇矣。馬蘭亦能請客？昔日草木皆兵，今乃草木皆賓耶？

蘭蘭是小草，不怕郎君罵。願得隨君行，暫到嵩山下。

竟似《子夜》《讀曲歌》。玉川子爲《客謝井》曰：「我縱有神力，争敢將公歸。揚州惡百姓，疑我卷地皮。」可謂善於辭井矣。若馬蘭願隨到嵩山，豈非真卷地皮乎。

張祜

見前。

宫詞

故國三千里，深宫二十年。一聲何滿子，雙淚落君前。

我亦欲哭。

書憤

三十未封侯，顛狂遍九州。平生鏌鋣劍，不報小人仇。

然則公所欲報之仇可知矣。

朱慶餘　見前。

送蕭校書

馬識青山路，人隨白浪船。別君猶有淚，學道漫經年。

正所謂未免有情，亦復誰能遣此。

送陳標

滿酌勸僮僕，好隨郎馬蹄。春風慎行李，莫上白銅鞮。

張文昌亦有「席上回樽勸僮僕」之句，然一勸便了。此却加後三語叮嚀，更覺藹摯感人。

施肩吾

字希聖，睦州人。元和中進士，後仙去。

古相思

十訪九不見，甚於菖蒲花。可憐雲中月，今夜墮誰家。

此真古相思也，若置之漢魏集中，不復知爲唐詩矣。

賈島

見前。

尋隱者不遇

松下問童子，言師采藥去。祇在此山中，雲深不知處。

此韓康、向平之流，不當以劉、阮目之。

李商隱

見前。

妓席

樂府聞桃葉，人前道得無。勸君書小字，慎莫喚官奴。

官奴乃王子敬小字，故右軍有《官奴帖》。此於妓席用之，得無疑爲歌妓名耶？

杜牧

見前。

有寄

雲闊烟深樹，江澄水浴秋。美人何處在，明月萬山頭。

美人耶？神仙耶？不知是一是二。

趙嘏

見前。

到家

童稚苦相問，歸來何太遲。共誰争歲月，赢得鬢邊絲。

問得無言可答，衹好啞然一笑。

温庭筠

見前。

地脉山春日

苒苒花明岸，涓涓水繞山。幾時抛俗事，來共白云閑。

可嘆可笑。

李頻 見前。

長安感懷

一第知何日，全家待此身。傷心苦語。空將灞陵酒，酌送向來人。

于武陵 見前。

高樓

遠天明月出，照此誰家樓。上有羅衣色，凉風吹不秋。

此原本如此。不知何人改「色」爲「裳」，改「秋」爲「休」，自難免伯敬之批駁。

李群玉　見前。

嘲賣藥翁

劚盡春山土，辛勤賣藥翁。莫抛破笠子，留作敗天公。

《本草》中載有破笠子可入藥，一名「敗天公」，故詩意假此嘲之。後人妄改「敗」字爲「販」，豈非不讀書之過乎？

儲嗣宗　見前。

垓城

百戰未言非，孤軍驚夜圍。山河意氣盡，淚濕美人衣。

豈止泣數行下。

陸龜蒙

見前。

對酒

後代稱歡伯，前賢號聖人。且須謀日富，不要道家貧。

「日富」「家貧」，天然妙對，較「歡伯」「聖人」更工。

疊韻吴宫詞

紅櫳通東風，翠珥醉易墜。平明兵盈城，弃置遂至地。

此體創自皮、陸兩君，雖類雕蟲小技，然非文人巧思，亦安能得？

裴夷直 武宗時杭州刺史。

前山

祇爲一蒼翠，不知猶數重。晚來雲映處，更見兩三峰。

詩中有畫。讀此詩者，眼中亦復有畫。

聶夷中 見前。

明妃曲二首

塞雪凋宫鬢，胡霜裂漢裙。畫工雖可恨，不似奉春君。

追究禍本，此論亦從來未發。

又

嬌態能傾國，蛾眉解殺人。妾身亦何幸，爲國靖邊塵。

亦是深一層意。

朱光弼

無考。

宮詞

夢裏君王近，宮中河漢高。秋風能再熱，團扇不辭勞。

凄婉極矣。

郭修真

無考。

仙詩

華岳無三尺，東瀛僅一杯。入雲騎彩鳳，歌舞上蓬萊。

天下大樂事，更有過於此者乎？秦皇漢武，真菌蟪矣。

靈澈[一]

姓湯氏，字澄源，會稽人。

華頂

天台衆峰外，華頂當其空。有時半不見，崔嵬在雲中。

恍如身在華頂矣。

【校】

[一] 靈澈：目録及吴本作「釋靈澈」。

密陀僧

密陀僧，非人非鬼，果何物耶？

贈沈恭禮

黄帝上天時，鼎湖元在兹。七十二玉女，化作黄金芝。

化得奇。

太上隱者

答人

偶來松樹下，高枕石頭眠。山中無曆日，寒盡不知年。

山魈亦能爲此詩，人可以不如山魈乎？

王韞秀 元載妻。

同夫游秦

路掃饑寒迹，天哀志氣人。休零離別淚，携手入西秦。

按：韞秀爲王忠嗣女。忠嗣鎮北京，以秀歸元載。歲久，以貧見輕。秀勸元游學，元乃以詩別秀。將游秦，秀請偕行，賦詩云云。後元至京被寵遇，爲肅、代兩朝宰相，貴盛無比。秀復爲詩諫之云：「楚竹燕歌動畫梁，更闌重换舞衣裳。公孫開館招佳客，知道浮雲不久長。」元卒以貪吝被誅。上令秀入宫，秀嘆曰：「二十年太原節度女，十六年宰相妻，誰能復爲長信、昭陽之事乎？死亦幸矣。」乃爲京兆笞斃。由是觀之，秀亦女中俊杰也哉，惜所匹非其人也。至今讀其詩，猶足動人悽惋。

薛濤 見前。

春望詞

花開不同賞，花落不同悲。欲問相思處，花開花落時。

又

風花日將老，佳期猶渺渺。不結同心人，空結同心草。

二詩皆以淺近而入情，故妙。

劉采春 越州妓。

囉嗊曲三首 即望夫歌。

不喜秦淮水，生憎江上船。載兒夫壻去，經月又經年。

不怨夫婿而怨水與船，此《子夜》《讀曲》諸歌所未有。

又

莫作商人婦，金釵當卜錢。朝朝江口望，錯認幾人船。

有如此才貌，乃作商人婦乎？可惜鏡湖春色，何不早歸元尚書。

又

昨日勝今日，今年老去年。黄河清有日，白髮黑無緣。

千古不刊之論，不意出自婦人口中。

四言六言 附

上官昭容 見前。

游長寧公主流杯池

仰循茅宇，俯眄喬枝。烟霞問訊，風月相知。

妙語。似高士幽人山居聯句。

王維 見前。

田園樂三首

采菱渡頭風急，策杖林西日斜。杏樹壇邊漁父，桃花源裏人家。

又

萋萋春草秋綠，落落長松夏寒。牛羊自歸村巷，童稚不識衣冠。

如此田園之樂，乃爲真樂。顧世間安得此桃花源乎？

又

桃紅復含宿雨，柳緑更帶朝烟。花落家僮未掃，鳥啼山客猶眠。

此亦兒童皆能誦者，然安得弃而不取。

劉長卿 見前。

送陸澧還吴中

瓜步寒潮送客，楊州暮雨沾衣。故山南望何處，秋草連天獨歸。

「天連秋水一人歸」與此相類，而一水一草，遂覺有烟波千里之别。

劉禹錫 見前。

答樂天

一政政官軋軋，一年年老鬖鬖。句法奇。身外名何足算，到來詩且同吟。

李治

見前。

八至

至近至遠東西，至深至淺清溪。至高至明日月，至親至疏夫妻。

六字出自男子之口，則爲薄幸無情；出自婦人之口，則爲防微慮患。大氏從老成歷煉中來，可爲惕然戒懼。

唐詩快卷十四終

唐詩快卷十五目次　移人集十二

唐詩快卷十五目次終

唐詩快卷十五　移人集十二

鍾山　黄周星九烟　選評
岑山　程　洪丹問　校訂

七言絶句

沈佺期

見前。以下初唐。

夜宴安樂公主宅

濯龍門外主家親，鳴鳳樓中天上人。自有金杯迎甲夜，還將綺席代陽春。

詩之富貴者多俗。若如此不俗，亦何嫌於富貴。

李乂 字尚真，趙州人。舉進士，官至刑部尚書。

餞唐永昌

田郎才貌出咸京，潘子文華向洛城。願以深心留善政，當令强項謝高名。爽朗。

賀知章 字季真，四明人。嗣聖初擢進士，開元初禮部侍郎。

回鄉偶書

少小離家老大回，鄉音無改鬢毛衰。兒童相見不相識，笑問客從何處來。

實情實景，往往有之。

咏柳

碧玉妝成一樹高，萬條垂下緑絲縧。不知細葉誰裁出，二月春風似剪刀。尖巧語，却非由雕琢而得。

王翰 見前。

春日思歸

楊柳青青杏發花，年光誤客轉思家。不知湖上菱歌女，幾個春舟在若耶？亦自可思。

玄宗皇帝 以下盛唐。

題梅妃畫真

憶昔嬌妃在紫宸，鉛華不御得天真。霜綃雖似當時態，争奈橫波不顧人。

若使太真見之，定有餘妒。

李頎 見前。

寄韓鵬

爲政心閑物自閑，朝看飛鳥暮飛還。寄書河上神明宰，羨爾城頭姑射山。

姑射山人能吸風飲露，此河上宰恐閑不過。

王維 見前。

與盧員外象過崔處士興宗林亭

綠樹重陰蓋四鄰，青苔日厚自無塵。科頭箕踞長松下，白眼看他世上人。

今之世上人，又豈值得白眼一看。

劇嘲史寰

清風細雨濕梅花，驟馬先過碧玉家。正值楚王宮裏至，門前初下七香車。

題曰「劇嘲」，詩中殊無嘲意。然自是過訪美人之作，嘲亦妙，不嘲亦妙。

王昌齡

見前。

采蓮曲

荷葉羅裙一色裁，芙蓉向臉兩邊開。亂入池中看不見，聞歌始覺有人來。

采蓮之女，浸假欲化而爲花葉矣。

浣紗女

錢塘江畔是誰家，江上女兒全勝花。吴王在時不得出，今日公然來浣紗。

昔之浣紗者，在未入吴之前；今之浣紗者，在既亡吴之後。一耶、二耶，請問之范少伯。

河上歌

河上老人坐古槎，合丹祇用青蓮花。至今八十如四十，口道滄溟是我家。

伯敬云：「律詩帶古，七言絶帶歌行，非盛唐高手不能。」龍標諸絶，仍是作古風手段。友夏云：「此詩是他人七言古末四句。」誠然、誠然。然亦作者筆力所到，自然如此耳，若後人有意学步，便相去萬里。

高適 見前。

別董大

千里黃雲白日曛，北風吹雁雪紛紛。莫愁前路無知己，天下誰人不識君？荒涼中頓有氣色矣。

岑參 見前。

送李明府赴睦州便拜覲太夫人

手把銅章望海雲，有「望海雲」三字，便不覺銅章之俗。夫人江上泣羅裙。嚴灘一點舟中月，萬里烟波也夢君。

張旭　吴人。常熟尉。

山行留客

山光物態弄春輝，莫爲輕陰便擬歸。縱使晴明無雨色，入雲深處亦沾衣。

如此留客，大有别致。

柳

濯濯烟條拂地垂，城邊樓畔結春思。請君細看風流意，未減靈和殿裏時。

此公醉書草聖，世呼張顛。二詩却毫無顛氣，不但無顛氣，亦并無醉氣、草氣。顛者顧不可測耶。

賈至　字幼鄰，洛陽人。擢明經[一]，官至右散騎常侍。

【校】

［一］經：原爲墨丁，據《新唐書·賈至傳》補。《傳》曰：「擢明經第，解褐單父尉。」

勤政樓觀樂

銀河帝女下三清，紫禁笙歌出九城。爲報延州來聽樂，須知天下欲升平。有氣概。

贈陝掾梁宏

梁子工文四十年，詩顛名過草書顛。白頭仍作功曹掾，禄薄難供沽酒錢。

不勝遲暮之感。張顛之外，乃又有梁顛乎？失敬、失敬。

綦毋潛

見前。

過融上人蘭若

山頭禪室挂僧衣，窗外無人水鳥飛。黄昏半在下山路，却聽鐘聲連翠微。

寫出幽窅之致。

薛維翰

見前。

春女怨

白玉堂前一樹梅，今朝忽見數花開。兒家門户重重閉，春色因何入得來。

閉門而春色入[一]來，有何怨？怨乃怨夫不入來者耳，雖重門洞開何用？其意固在言外。

【校】

［一］入：原作「人」，據吴本改。

李白 見前。

山中與幽人對酌

兩人對酌山花開，一杯一杯復一杯。我醉欲眠卿且去，明朝有意抱琴來。用淵明語，即似與淵明對酌矣。

山中問答

問余何事栖碧山，笑而不答心自閑。桃花流水窅然去，别有天地非人間。試思此是何境。

早發白帝城

朝辭白帝彩雲間，千里江陵一日還。兩岸猿聲啼不住，輕舟已過萬重山。

此天下第一燥脾事也。讀此詩遠勝「狀元歸去馬如飛」矣。

答湖州迦葉司馬問白是何人

豈欲拿妖怪耶？

青蓮居士謫仙人，酒肆藏名三十春。湖州司馬何須問，金粟如來是後身。

此大醉中隨口所答也。仙乎仙乎，不知彼迦葉者，亦縮頸吐舌否？

贈汪倫

李白乘舟將欲行，忽聞岸上踏歌聲。桃花潭水深千尺，不及汪倫送我情。

楊齊賢曰：白游涇縣桃花潭，村人汪倫常醖美酒以待白。倫之裔孫至今寶其詩。嗟乎！此一汪倫也，因太白一詩，其名遂千古不朽矣。可以人而不如汪倫乎？

杜甫

見前。

承聞河北諸道節度入朝歡喜口號絶句三首

嗚玉鏘金盡正臣，修文偃武不無人。興王會净妖氛氣，聖壽宜過一萬春。

又

英雄見事若通神，聖哲爲心小一身。好句法。燕趙休矜出佳麗，宫闈不擬選才人。

又

東逾遼水北滹沱，星象風雲喜色和。紫氣關臨天地闊，黄金臺貯俊賢多。

數詩可與五律中《有感》五首相表裏。每正襟莊誦，但覺忠愛之悃，溢於毫楮。

喜聞盜賊蕃寇總退口號

今春喜氣滿乾坤，南北東西拱至尊。大曆三年調玉燭，玄元皇帝聖雲孫。

真是黄鐘大吕之音。

解悶

李陵蘇武是吾師，孟子論文更不疑。自注「校書郎孟雲卿」。一飯未曾留俗客，數篇今見古人詩。

名言不磨。

江畔獨步尋花絶句

江上被花惱不徹，無處告訴衹顛狂。走覓南鄰愛酒伴，自注「斛斯融吾酒徒」。經旬出飲獨空床。

花顛、酒顛合而爲一，總成其爲詩顛。

戲爲六絶三首

庾信文章老更成，「老成」二字中着一「更」字，迥不猶人。凌雲健筆意縱横。今人嗤點流傳賦，不覺前賢畏後生。

又

楊王盧駱當時體，輕薄爲文哂未休。爾曹身與名俱滅，不廢江河萬古流。爾曹可憐。

又

才力應難跨數公，凡今誰是出群雄。或看翡翠蘭苕上，未掣鯨魚碧海中。

王介甫以爲詩人各道其所得，掣鯨碧海，乃甫所自道。然哉然哉。今之所谓才力者，縱嘐嘐自雄，不過皆翡翠蘭苕耳，惡睹所謂鯨鱼碧海者哉！紛紛輕薄，真堪齒冷。

江南逢李龜年

岐王宅裏尋常見，崔九堂前幾度聞。正是江南好風景，落花時節又逢君。「一曲伊州淚萬行」，是此情景。

贈李白

秋來相顧尚飄蓬，未就丹砂愧葛洪。痛飲狂歌空度日，飛揚跋扈爲誰雄。
譽耶？諷耶？此意故應太白知之。

存殁口號二首

席謙不見近彈棋，畢曜仍傳舊小詩。自注「道士席謙，吴人，善彈棋。畢曜，善爲小詩。」玉局他年無限笑，白楊今日幾人悲。

又

鄭公粉繪隨長夜，曹霸丹青已白頭。自注：「高士滎陽鄭虔善畫山水，曹霸善畫馬。」天下何曾有山水，人間不解重驊騮。

誦此二語，過於痛哭。

劉方平 河南人。

春怨

紗窗日落漸黃昏，金屋無人見淚痕。寂寞空庭春欲晚，梨花滿地不開門。

伯敬云：「此七字，讀者稍不檢，失足詩餘不難。」誠然矣。然詩餘亦未足是坑塹，何必惴惴耶。

獨孤及

見前。

垂花塢醉後戲題并序

莊周臺南十許步，有丘一成。上有樛藤垂花，而蔓草荒之，且隔大溝，路不可陟。道士張太和伐薪爲堰，封土以壅澮。余亦命薙氏治蕪穢而剗宿莽，遂闢爲登賦之位，位廣二席，席間足以函尊酒二簋。三月戊子，及群英由堰而升焉。諸花倒垂，下拂杯案，紫葩縭縰，如釵如旒。衆君子瞻弄之不足，故秉燭進酒以繼落日，欲稱醉而不能也。因命其地曰垂花塢，堰曰緣花堰，亦飾之以詩云。

紫蔓青條拂酒壺，落花時與竹風俱。歸時自負花前醉，笑向鰷魚問樂無。

大是韻事，亦可爲莊子生色。

劉長卿

見前。以下中唐。

贈秦系

向風長嘯戴紗巾，野鶴由來不可親。明日東歸變名姓，五湖烟水覓何人。

足爲詩人大長聲價。

過鄭山人所居

寂寂孤鶯啼杏園，寥寥一犬吠桃源。落花芳草無尋處，萬壑千峰獨閉門。

此豈人間境界哉。

韋應物

見前。

休暇日訪王侍御不遇

九日驅馳一日閑，尋君不遇又空還。怪來詩思清人骨，門對寒流雪滿山。此詩大可辟暑。

登寶意寺上方舊游

翠嶺香臺出半天，萬家烟樹滿晴川。諸僧近住不相識，坐聽微鐘記往年。杳如隔世。

秦系 見前。

山中贈拾遺耿湋

數片荷衣不蔽身，青山百鳥豈知貧。如今不是秦時世，更隱桃花亦笑人。

青山一項，百鳥一項，豈知貧又一項，忽然聯成一串，真是没頭没腦，妙處不可思議。

錢起　見前。

暮春歸故山草堂

谷口春殘黄鳥飛，辛夷花盡杏花稀。始憐幽竹山窗下，不改清陰待我歸。

此即趙承祜之「惟有南山似故人」也。有故山不可無幽竹。

郎士元　見前。

聽鄰家吹笙

鳳吹聲如隔彩霞，不知墻外是誰家。重門深鎖無尋處，疑有碧桃千樹花。

可望不可親，若遇徐君安貞，又欲眠去夢中看矣。

送爇司直

曙雪蒼蒼兼曙雲，朔風烟雁不堪聞。貧交此別無他贈，唯有青山遠送君。天大人事。

韓翃

見前。

寒食

春城無處不飛花，寒食東風御柳斜。日暮漢宮傳蠟燭，青烟散入五侯家。

虧得有詩爲證，不然幾乎把制誥侍郎美官錯與別人。

贈張千牛

蓬萊闕下是天家，上路新回白鼻騧。急管晝催平樂酒，春衣夜宿杜陵花。

豈非富貴風流，然又喜其不俗。

贈李翼

王孫別舍擁朱輪，不羨空名樂此身。門外碧潭春洗馬，樓前紅燭夜迎人。

又豈非富貴風流？然王孫之樂，當更勝於千牛。二詩何不合而爲一。

送齊山人歸長白山

舊事山人白兔公，掉頭歸去又乘風。柴門流水依然在，一路寒山萬木中。

此詩高寒之氣逼人，置之前二詩之後，正如觀劉褒之《雲漢圖》而覺熱，《北風圖》而覺凉矣。

包佶

見前。

再過金陵

玉樹歌終王氣收，雁行高送石城秋。江山不管興亡事，一任斜陽伴客愁。

人言愁，我始欲愁，當是此情此景。

盧綸

見前。

赴虢州留别故人

世故相逢各未閑，百年多在别離間。昨夜秋風今夜雨，不知何處入空山。

百年風雨百年忙，今古皆然，可勝浩嘆。

偶逢姚校書憑附書達河南郄推官因以戲贈

寄書常切到常遲，今日憑君寄莫辭。若問玉人殊易識，蓮花府裏最清羸。其人不凡。

顧況

見前。

題葉道士山房

水邊楊柳赤欄橋，洞裏神仙碧玉簫。近得麻姑書信否，潯陽江上不通潮。

此山房必在匡廬、彭蠡之間。不然，何以向潯陽而問麻姑書信？

戎昱

見前。

移家別湖上亭

好是春風湖上亭，柳條藤蔓繫離情。黄鸝久住渾相識，欲别頻啼四五聲。鳥猶如此，人何以堪。

征人歸鄉

三月江城柳絮飛，五年游客送人歸。故將別淚和鄉淚，今日闌干濕汝衣。兩淚合而爲一，则闌干乃真闌干矣。

寄許煉師

掃石焚香禮碧空，露華偏濕蕊珠宫。如何説得天壇上，萬里無雲正月中。

唐時煉師爲男女道士通稱，此煉師必女冠也。何以知之？以其語近諧謔知之。

李益

字君虞，隴西人。大曆中進士，官至禮部尚書。

上汝州郡樓

黄昏鼓角似邊州，三十年前上此樓。今日山川對垂淚，傷心不獨爲悲秋。

登臨中往往有此，可勝感慨。

牡丹

紫蕊叢開未到家，却教游客賞繁華。始知年少求名處，滿眼空中别有花。

此豈禪家所云狂花耶？

于鵠

見前。

題美人

秦女窺人不解羞，攀花趁蝶出墻頭。胸前空帶宜男草，嫁得蕭郎爱遠游。

封侯尚不願覓，况浪游乎？宜男草那得如

連理枝。

戴叔倫　見前。

湘南即事

盧橘花開楓葉衰，出門何處望京師。沅湘日夜東流去，不爲愁人住少時。余嘗久客湘南，亦與幼公同此愁況。

織女詞

鳳梭停織鵲無音，夢憶仙郎夜夜心。難得相逢容易別，七字無限傷，心不獨牛女。銀河争似妾愁深。

李播　無考。

見志

去歲買琴不與價，今年沽酒未還錢。門前債主雁行立，屋裏醉人魚貫眠。

如此方是豪放不羈，我恨不見其人。曾於友人印藪中見有一印，鑴此後二句，甚愛之。初不意其爲唐人詩也，忽於《類苑》中得此，大喜過望，此乃選詩中第一快事也，亟識之。

繁知一 蜀人。

題巫山神女祠

白居易除蘇州刺史，自峽沿流赴郡。時秭歸縣繁知一，聞居易將過巫山，先於神女祠粉壁大書此詩。居易睹處暢然，邀知一至，曰：「歷陽劉郎中禹錫，三年理白帝，欲作一詩而不能。罷郡經過，悉去千餘詩，但留沈佺期、王無競、皇甫冉、李端四章而已。」居易與繁生同濟，卒不賦詩。亦妙，不賦乃勝于賦。

忠州刺史今才子，行到巫山必有詩。爲報高唐神女道，速排雲雨候清詞。

大是趣事。衹此四句，知一遂至今傳矣。世間庸俗之調，雖多何爲？

羊士諤 見前。

和李都官郎中經宫人斜

翡翠無窮掩夜泉，猶疑一半作神仙。秋來還照長門月，珠露寒花是野田。

此神仙亦殊不願作。

竇群 字丹列，扶風人。官至容管經略使。

初入諫司喜家室至

一旦悲歡見孟光，十年辛苦伴滄浪。不知筆硯緣封事，猶問傭書日幾行。

全是筆趣。

竇鞏

見前。

襄陽寒食寄宇文籍

烟水初銷見萬家，東風吹柳萬條斜。大堤欲上誰相伴，馬踏春泥半是花。一幅寒食圖。

寄南游弟兄

書來未報幾時還，知在三湘五嶺間。獨立衡門秋水闊，寒鴉飛盡日銜山。好畫。

劉禹錫

見前。

楊枝詞

清江一曲柳千條，二十年前舊板橋。自與情人橋上別，更無消息到今朝。

未免有情。誰能遣此八字，便是此詩定評。

和令狐相公別牡丹

平章宅裏一闌花，臨到開時不在家。莫道兩京非遠別，春明門外即天涯。何況真天涯乎。

酬令狐見寄

群玉山頭住四年，每聞笙鶴看諸仙。何時得把浮丘袖，白日將升第九天。便第八、第七天何妨。未必有此福緣，姑妄言之，聊且快意。

和裴晋公凉風亭睡覺

驪龍睡後珠元在，仙鶴行時步又輕。方寸瑩然無一事，水聲來似玉琴聲。神骨俱清矣。

和裴相公傍水閑行

爲愛逍遥第一篇，時時閑步賞風烟。看花臨水心無事，功業成來二十年。足矣。

和嚴給事聞唐昌觀玉蕊花下有仙游

玉女來看玉蕊花，异香先引七香車。攀枝弄雪時回顧，驚怪人間日易斜。

本嘆塵世短促，却似從玉女意中寫出。妙、妙。

再游玄都觀

百畝庭中半是苔，桃花净盡菜花開。種桃道士歸何處，前度劉郎今又來。再來不值半文錢，此處却全不同。

聽舊宮中樂人穆氏唱歌

一作張籍。

曾隨織女渡天河，記得雲間第一歌。休唱貞元供奉曲，當時朝士已無多。

此即《與歌者何戡》意也。題曰「舊宫樂人」，倍增感愴。

與歌童田順郎

天下能歌御史娘，歌童好徽號。花前月底奉君王。九重深處無人見，分付新聲與順郎。

至今知有順郎者，此二十八字之力也。

曹剛

大弦嘈囋小弦清，噴雪含風意思生。一聽曹剛彈薄媚，人生不合出京城。

與戀腐鼠而願老死長安者，何啻霄壤之別。

傷循州渾尚書

貴人淪落路人哀，碧海連天丹旐回。遥想長安此時節，朱門深巷百花開。

哀傷詩，忽着此富麗語，哀乃更甚。

楊枝詞

城外春風吹酒旗，行人揮袂日西時。長安陌上無窮樹，惟有垂楊管別離。

想垂楊亦不勝攀折，正久苦無替代耳。

洛中送韓七中丞之吳興口號

昔年意氣結群英，幾度朝回一字行。海北江南零落盡，兩人相見洛陽城。不問而知其凄苦矣。

熊孺登 貞元時人。

八月十五日夜卧疾

一年祇有今宵月，盡上江樓獨病眠。寂寞竹窗閑不閉，夜深斜影到床前。此時此夜，何以爲情？

祗役遇風謝湘中春色

水生風熟布帆新，惟見公程不見春。應被百花撩亂笑，比來天地一閑人。

既云「祗役」「公程」，則非閑人可知。且百花應笑忙，不應笑閑，然則

「一」字當是「少」字之訛。

野別留少微上人

若爲相見還分散，翻覺浮雲亦不閑。何處留師暫且住，家貧惟有坐中山。山可啖乎。

韓愈

見前。

芍藥

浩態狂香昔未逢正好對老杜之「明眸皓齒今何在」。「浩態狂香」四字，驟閱令人一驚。紅燈爍爍緑盤龍。覺來獨對情驚恐，身在仙宫第幾重。天下有對花而驚恐者乎？正力寫其「浩態狂香」耳。

贈張十八助教

喜君眸子重清朗，携手城南歷舊游。忽見孟生題竹處，相看淚落不能收。昔人交情如此。

游太平公主山莊

公主當年欲占春，故將臺榭壓城闉。欲知前面花多少，直到南山不屬人。何不并南山占之？

和李司勛過連昌宮

夾道疏槐出老根，高甍巨桷壓山原。宮前遺老來相問，今是開元幾葉孫。問得妙！殊勝「白頭宮女」「閑説玄宗」矣。

贈賈島

孟郊死葬北邙山，從此風雲得暫閑。世上不教才子絶，更生賈島在人間。

從來有如此贈人者乎？固知非昌黎不能贈，非閬仙不能受。

張又新

廣陵從事，後官郎中。

贈廣陵妓

雲雨分飛二十年，當時求夢不曾眠。「求夢」二字妙，從無人道。今來頭白重相見，還上襄王玳瑁筵。

當時不眠，今來自可重補，即頭白何妨。

楊巨源

見前。

和練秀才楊柳

水邊楊柳緑烟絲，立馬煩君折一枝。惟有春風最相惜，殷勤更向手中吹。惜柳何如惜手。

楊公曾爲司成，頗負時名，而吟咏寥寥。有《題賈巡官林亭》一聯云：「明月出雲秋館思，遠泉經雨夜窗知。」真佳句也。惜全首平平，未能收之。

李涉 字清溪，洛陽人。太學博士。

謝王連州送海陽圖

謝家爲郡實風流，畫得青山寄楚囚。驚起草堂寒氣晚，海陽潮水到床頭。無乃汹汹欲崩屋乎。

遇湖州妓宋態宜

曾識雲仙至小時，芙蓉頭上綰青絲。當時驚覺高唐夢，惟有如今宋玉知。當時既曾驚高唐之夢，足勝於求夢不曾眠者矣。

題五松驛

雲木蒼蒼數萬株，此中言命的應無。稚語自妙。人生不得如松樹，却遇秦封作大夫。

松遇秦封，人皆惜松之辱，而此獨羨松之榮，總是詞人感憤寄托之作。羨封而已，豈羨秦哉。

呂温

見前。

題陽人城

忠驅義感即風雷，誰道南方乏武才。天下起兵誅董卓，長沙子弟最先來。

長沙子弟之先來，蓋以孫文臺統之耳。結句正應起句。

友人三邀抛歌有感

文章抛盡愛功名，三十無成白髮生。辜負壯心羞欲死，勞君貴買斷腸聲。

今日之斷腸聲，雖賤買之人亦無矣，其傷心更當何如？

貞元十四年旱甚早權門移芍藥

緑原青壟漸成塵，汲井開園日日新。四月帶花移芍藥，不知憂國是何人。

此權門必相府也。何以知之？曰芍藥爲花相，故相君以同類而亟亟移之。然花相以花爲身，權相當以花爲面矣。

劉言史

趙州人。司功掾。

樂府新詞

不耐檐前紅槿枝，薄妝春寢覺仍遲。夢中無限風流事，夫婿多情亦未知。想夫婿夢中事，更不可知耳。

贈成煉師二首

花冠蕊帔色嬋娟，一曲清簫凌紫烟。不知今日重來意，更住人間幾百年。此幾百年亦甚難住。

又

等閑何處得靈方，丹臉雲鬟日月長。大羅過却三千歲，更向人間魅阮郎。

此煉師即女冠也。觀所贈之詩如此，則煉師之爲煉師可知。余嘗謂後世之勝於前代者有一事，曰無榷酤酒禁也；不及前代者有二事，曰無官妓也、無女道士也。無酒禁則增却幾許飲興，無官妓、女道士則減却幾許詩興。好事者以爲然否？

劉商 字子夏，彭城人。禮部郎中。

白沙宿竇常宅觀妓

楊子澄江映晚霞，柳條垂岸一千家。主人留客江邊宿，十月繁霜見杏花。此杏花想爲妓而開，不知者但以爲小陽春耳。

山中寄元二侍御

拖紫鏘金濟世才，知君倚玉望三台。深山窮谷無人到，惟有狂愚獨自來。所謂古之狂也肆，其愚不可及也。

張籍

見前。

法雄寺東樓

汾陽舊宅今爲寺，猶有當時歌舞樓。四十年來車馬絶，古槐深巷暮蟬愁。

歌舞改爲寺樓，猶是此宅之幸。

秋思

洛陽城裏見秋風，欲作家書意萬重。復恐匆匆説不盡，行人臨發又開封。

家常情事，寫出便成好詩。

贈王建

于君去後交游少，東野亡來篋笥貧。賴有白頭王建在，眼前猶見咏詩人。可見咏詩人之少。詩人可易得乎？

王建 見前。

朝天子詞

四海無波乞放閑，三封手疏犯龍顔。他時若有邊塵動，不待天書自出山。朝廷安得如此人乎。

宫詞十首

籠烟日暖紫曈曈，宣政門當玉殿風。五刻閣前卿相出，下簾聲在半天中。此何等氣象耶。

又

羅衫葉葉綉重重，金鳳銀鵝各一叢。每遍舞時分兩向，太平萬歲字當中。亦自有趣。

又

紅鑾捍撥帖胸前，移坐當頭近御筵。用力獨彈金殿響，鳳凰飛下四條弦。

寫得撥刺生動。

又

往來舊院不堪修，教近宣徽別起樓。聞有美人新進入，六宮未見一時愁。不得不愁。

又

聖人生日明朝是，私地先須囑內監。自寫金花紅榜子，前頭先進鳳凰衫。煞是鮮明濃熱。

又

宮人早起笑相呼，不識階前掃地夫。乞與金錢争借問，外頭還似此間無。偏有此間點綴。

又

御厨不食索時新，每見花開即苦春。白日卧多嬌似病，隔簾教唤女醫人。
宛轉嬌怯，如見其態，亦如聞其聲。

又

家常愛着舊衣裳，空插紅梳不作妝。忽地下階裙帶解，非時應得見君王。自寬自解，亦是無可奈何。

又

窗窗户户院相當，總有珠簾玳瑁床。雖道君王不來宿，帳中長是炷沉香。反不如「沉香火底坐吹笙」，猶得大家打哄消遣。

又

淚盡羅衣夢不成，夜深前殿按歌聲。紅顔未老恩先斷，斜倚熏籠坐到明。長夜難過。

寄蜀中薛濤校書

萬里橋邊女校書，枇杷花裏閉門居。掃眉才子知多少，管領春風總不如。

「掃眉才子」四字，即請爲女校書之號何如？

歐陽詹 見前。

贈魯山李明府

外户通宵不閉關，抱孫弄子萬家閑。此何世界也，不減夢游華胥。若將邑號稱賢宰，又是皇唐李魯山。老氣無敵。

白居易 見前。

醉中歸盩厔

金光門外昆明路，半醉騰騰信馬回。數日非關王事繫，牡丹花盡始歸來。如此方不負牡丹，視見山心愧者霄壤矣。

再因公事到駱口驛

今年到時夏雲白，去年來時秋樹紅。兩度見山心有愧，皆因王事到山中。可謂極有良心矣。如此者幾人哉。

劉十九同宿

時淮寇初破。

紅旗破賊非吾事，黃紙除書無我名。惟共嵩陽劉處士，圍棋賭酒到天明。

豈非天下第一快活人。

湖亭與行簡宿

潯陽少有風情客，招宿湖亭盡却回。水檻虛涼風月好，夜深誰共阿憐來。阿憐，即行簡小字，然却類女子名，亦殊有趣。

鄰女

娉婷十五勝天仙，白日姮娥旱地蓮。何處閑教鸚鵡語，碧紗窗下綉床前。未知宋玉心許否？

王昭君

滿面胡沙滿鬢風，眉銷殘黛臉銷紅。愁苦辛勤憔悴盡，如今却是畫圖中。如此翻案亦妙，總是文人無中生有。

白牡丹

白花冷淡無人爱，亦占芳名道牡丹。應似東宫白贊善，被人還喚作朝官。妙想妙喻。然則贊善竟當呼爲白牡丹耶？

大林寺桃花

人間四月芳菲盡，山寺桃花始盛開。長恨春歸無覓處，不知轉入此中來。衹恐此中亦不能久駐。奈何？

木蓮樹生巴峽山谷間巴民亦呼爲黄心樹大者高五丈涉冬不凋身如青楊有白文葉如桂厚大無脊花如蓮香色艷膩皆同獨房蕊有异四月初始開自開迨謝僅二十日忠州西北十里有鳴玉溪生者穠茂惜其遐僻因題絶句

已愁花落荒岩底，復恨根生亂石間。幾度欲移移不得，天教抛擲在深山。

此樹頗似世外高人，又似薄命才人，所以可嘆。

東樓招客夜飲

莫辭數數醉東樓，除醉無因破得愁。唯有緑樽紅燭下，暫時不似在忠州。豈非黄檗樹下彈琴乎？

臨水坐

昔爲東掖垣中客，今作西方社内人。手把楊枝臨水坐，閑思往事似前身。悟矣。

送考功崔郎中赴闕

稱意新官又少年，秋凉身健好朝天。青雲上了無多路，却要徐驅穩着鞭。老成忠厚之言，一生受用不盡。

醉游平泉

狂歌箕踞酒樽前，眼不看人面向天。洛客最閑唯有我，一年四度到平泉。

若使當今之世，必以眼不看人爲詬厲矣。

禽蟲章

蟭螟殺敵蚊巢上，蠻觸交争蝸角中。應似諸天觀下界，一微塵内鬥英雄。自照也。

忽開天眼，真覺下界衆生可笑可憐。

別種東坡花樹

花林好住莫憔悴，春至但知依舊春。樓上明年新太守，不妨還是愛花人。

「不妨」二字，須略讀斷方妙。不然，何不曰「料應還是爱花人」乎？

別橋上竹

才子仁人，多情至此。

穿橋迸竹不依行，恐礙行人被損傷。我去自慚遺愛少，不教君得似甘棠。

教君不得，有何意味？不教君得，無限悲酸。

商山路驛桐樹昔與微之前後題名處

與君前後多遷謫，五度經過此路隅。笑問中庭老桐樹，這回歸去免來無。

老桐樹笑答云：「這個却包不定。」

自感

宴游寢食漸無味，杯酒管弦徒繞身。賓客歡娱僮僕飽，始知官職爲他人。

從古如此。静夜思之，真是索然無味。公猶幸無子孫之累，不然還有馬牛一苦。

醉後聽唱桂花曲

詩云：「遥知天上桂花孤，試問嫦娥更有無。月中幸有閑田地，何不中央種兩株。」此曲韻怨切，聽輒感人。故云耳。

桂華詞意苦丁寧，唱到嫦娥醉便醒。此是人間腸斷曲，莫教不得意人聽。不得意人，聽歡詞且不可，况聽怨詞乎？

句法特雋妙。

五年秋病後獨宿香山寺

經年不到龍門寺，今夜何人知我情。還向暢師房裏宿，新秋月色舊灘聲。有此天然詩料，安得無好詩乎。

游趙村杏花

元稹 見前。

游村紅杏每年開，十五年來看幾回。七十三人難再到，今春來是別花來。誰知還有兩年。

智度師

三陷思明三突圍，鐵衣抛盡納禪衣。天津橋上無人識，閑凭欄杆望落暉。此本微之詩也，何後人相傳爲黄巢題橋之作？然因詩而想其人，當亦非善菩薩矣。

望驛臺

可憐三月三旬足，悵望江邊望驛臺。料得孟光今日語，不曾春盡不歸來。

分明説從來春盡必歸耳，却反言之，愈覺句法之妖冶。

離思詩二首

山泉散漫繞階流，萬樹桃花映小樓。閑讀道書慵未起，水晶簾下看梳頭。

世間恐無此一幅好畫。仙乎仙乎，能無懷乎。

又

曾經滄海難爲水，除却巫山不是雲。取次花叢懶回顧，半緣修道半緣君。

此皆爲雙文而作也。胡天胡帝，美至此乎。無怪乎痴人之想鶯鶯矣。

憶事

夜深閑到戟門邊，却繞行廊又獨眠。明月滿庭池水緑，桐花垂在綉簾前。此亦必爲雙文而作。爾時雙文亦知之否？

雜憶詩二首

花籠微月竹籠烟，百尺絲繩拂地懸。憶得雙文人靜後，潛教桃葉送鞦韆。

又

寒輕夜淺繞迴廊，不辨花叢暗辨香。憶得雙文籠月下，小樓前後捉迷藏。

觀此數詩，則《會真記》可以不作。

李賀

見前。

南園

花枝草蔓眼中開，小白長紅越女腮。可憐日暮嫣香落，嫁與春風不用媒。比「夜來風雨葬西施」何如？

鮑溶

見前。

得儲道士書

嬋娟春盡暮心收，七字若斷若連，但覺其妙。「暮心」亦妙。鄰里同年半白頭。爲問蓬萊近消息，海波平静好東游。

奉酬范傳正

白雪剪花朱蠟蒂，折梅傳笑惜春人。請君白日留明月，奇語。一醉春風莫厭頻。

贈僧戒休

風行露宿不知貧，明月爲心又是身。欲問月中無我法，無人無我問何人。

明月爲心奇矣，明月如何是身？月中安得有無我法，無我法又何以問之月中？都奇都奇。

張祜

見前。

題李修源

岳陽新尉曉衙參，却是傍人意未甘。昨夜與君思賈誼，長沙猶在洞庭南。

祇是太白「憐君不遣到長沙」一意耳，却添出「昨夜與君」七字，便增幾許情況。

正月十五夜燈

千門開鎖夜燈明，正月中旬動帝京。三百内人連袖舞，一時天上着詞聲。

令人眉飛色舞矣，那得不高聲喝彩。

杭州開元寺牡丹花

穠艷初開小藥欄，人人惆悵出長安。風流却是錢塘守，不踏紅塵見牡丹。

此錢塘守真做得過。

邠娘羯鼓

新教邠娘羯鼓成，大酺初日最先呈。冬兒指向真真説，一曲乾鳴兩杖輕。

唐之去今千餘年，其人久已朽矣，誰復知有邠娘、冬兒、真真者？賴此一詩，便覺鼓聲歷亂，雙鬟笑語，如在耳目之前，且并諸美之名字亦傳矣。詩固神物也哉。

悖拏兒舞

春風南内百花時，道唱梁州急遍吹。揭手便拈金碗舞，上皇驚笑悖拏兒。

悖拏兒舞法，今已不傳，想亦容兒弄鉢頭之類乎？賴此詩猶存其名。

讀老莊

等閑緝綴閑言語，誇向時人喚作詩。昨日偶拈莊老讀，萬尋山上一毫厘。忽然冷水澆背矣。

別玉華仙侶

繞舍烟霞爲四鄰，寒泉白石日相親。塵機不盡住不得，珍重玉山山上人。此亦值得珍重。

平原路上題郵亭殘花

雲暗山横日欲斜，郵亭下馬對殘花。自從身逐征西府，每到花時不在家。

請問忙些甚麼，獨不怕爲花所笑乎。

京城寓懷

三十年持一釣竿，偶隨書薦入長安。由來不是求名者，唯待春風看牡丹。不知牡丹看得暢否？

感歸

行却江南路幾千，歸來不把一文錢。鄉人笑我窮寒鬼，還似襄陽孟浩然。趣絶。

題青龍寺

二十年沉滄海間，一游京國也因閑。人人盡道求名處，獨向青龍寺看山。

前云看牡丹，此云看山，覺得長安一行，真是不枉。但恐不免被求名者笑倒，奈何？

集靈臺

虢國夫人承主恩，平明騎馬入宮門。却嫌脂粉污顔色，淡掃蛾眉朝至尊。有此氣度，雖曰非美人，吾不信也。

縱游淮南

十里長街市井連，月明橋上看神仙。人生祇合揚州死，禪智山光好墓田。

此在唐時，去隋未遠，或猶有迷樓玉鈎餘韻耳。若今日之揚州，恐未必值得一死，且留殘命吃酸梨，何如？

賈島

見前。

渡桑乾

客舍并州已十霜，歸心日夜憶咸陽。無端更渡桑乾水，却望并州是故鄉。

童時即誦此詩，至今久而不厭，無非極真極切。

贈李文通

營當萬勝岡頭下，誓立千年不朽功。天子手擎新鉞斧，諫官請贈李文通。

説得威靈赫奕，奸邪當爲廪廪。

題魚尊師院

老子堂前花萬樹，先生曾見幾回春。夜煎白石平明吃，不擬教人哭此身。

不過是「不死」二字意耳，却以拗折由之，便添多少趣味。

商堯藩

一作殷堯藩。秀州人。元和中進士，江南侍御。

潭州席上贈舞柘枝妓

姑蘇太守青娥女，流落長沙舞柘枝。滿座綉衣皆不識，可憐紅粉淚雙垂。

有此事乎？不獨可憐，抑可怪可恨矣。

楊憑

字虛受，虢州人。大曆中進士，京兆尹。

戲贈馬煉師

心嫌碧落更何從，月帔花冠冰雪容。行雨若迷歸處路，近南惟見祝融峰。

唐時之女煉師皆如此，其得免於詩人之嘲謔者亦罕矣。今日顧安得此韻人韻事乎？

裴交泰 無考。

長門怨

自閉長門經幾秋，羅衣濕盡淚還流。一種蛾眉明月夜，南宮歌管北宮愁。此是宮怨當行語。

徐凝 睦州人。金部侍郎。

憶揚州

蕭娘臉下難勝淚，桃葉眉頭易得愁。天下三分明月夜，二分無賴是揚州。

此言明月無賴，非揚州無賴也。然明月不無賴於天下，而獨無賴於揚州，亦是咄咄怪事。以天下三分計之，揚州獨以無賴而占二分，向使不無賴，則毫厘恐亦難必矣。無賴之妙如此，顧安得天下皆無賴乎？

和夜題玉泉寺

歲歲雲山玉泉寺，年年車馬洛陽塵。風清月冷水邊宿，詩好官高能幾人。

好者不必高，高者不必好，故殷丹陽云：「高才無貴士。」詩與官果不兩立乎？

見少室

適我一簞孤客性，問人三十六峰名。青雲無忘白雲在，便可嵩陽老此生。「一簞孤」「三十六」，借對甚趣。

回施先輩見寄新詩

紫河車裏丹成也，皂莢枝頭早晚飛。料得仙宫列仙籍，如君進士出身稀。

仙籍中進士，果如是之少耶？然從來人能重科名，科名豈能重人？若進士而不仙，固不如仙而不進士也。施公後果仙去，又將以重科名者重仙籍矣。

施肩吾

字希聖，睦州人。元和中進士，後仙去。

晚春送王秀才游剡川

越山花去剡藤新，才子風光不厭春。第一莫尋溪上路，可憐仙女愛迷人。後二句若除却「第一」「可憐」四字，便是平常語。

宿四明山

黎洲老人命余宿，杳然高頂浮雲平。下視不知幾千仞，欲曉不曉天鷄聲。讀此詩、想此境，豈復身在人世乎？

唐詩快卷十五終

唐詩快卷十六目次　移人集十三

七言絶句二

唐詩快卷十六目次終

唐詩快卷十六　移人集十三

鍾山　黄周星九烟　選評
岑山　程　洪丹問　校訂

七言絶句

李商隱　見前。以下晚唐。

咸陽

咸陽宫闕鬱嵯峨，六國樓臺艷綺羅。自是當時天帝醉，不關秦地有山河。

此公多醉少醒，酒量定是不濟。

復京

虜騎胡兵一戰摧，萬靈回首賀軒臺。天教李令心如日，可要昭陵石馬來。

同一太宗也，生時能白旄黃鉞，擒充戮竇如反掌，而死後黃旗千隊，石馬汗流，乃不能勝一賊將崔乾祐？義山此詩，以爲贊李晟可，以爲慟昭陵亦可。

北齊

一笑相傾國便亡，何勞荆棘始悲傷。小憐玉體橫陳夜，已報周師入晉陽。如此橫陳，恐亦不成歡矣。

贈歌妓

水晶如意玉連環，下蔡城危莫破顏。紅綻櫻桃含白雪，斷腸聲裏唱陽關。城國可傾，何況區區下蔡。

寄成都高苗二從事

家近紅蕖曲水濱，全家羅襪起秋塵。莫將越客千絲網，網得西施別贈人。

羅襪生塵，洛神已屬僅見，此乃加「全家」二字，不知有幾許洛神耶？難得難得。

齊宫詞

永壽兵來夜不扃，金蓮無復印中庭。梁臺歌管三更罷，猶自風摇九子鈴。

不知九子鈴，亦言「三郎郎當」否？

東還

自有仙才自不知，十年長夢采華芝。秋風動地黄雲暮，歸去嵩陽尋舊師。所謂求人不如求己。

代應

本來銀漢是紅墻，隔得盧家白玉堂。誰與王昌報消息，盡知三十六鴛鴦。

不知代應何人，亦不知所應何事。静言思之，如此情境，豈得不妙。

杜司勛

高樓風雨感斯文，短翼差池不及群。刻意傷春復傷别，人間惟有杜司勛。

傷春傷别，尋常語耳。苦切在「刻意」二字。

瑶池

瑶池阿母綺窗開，黄竹歌聲動地哀。八駿日行三萬里，穆王何事不重來。

阿母亦不免多情。

海上

石橋東望海連天，徐福空來不得仙。直遣麻姑與搔背，可能留命待桑田。此命祇恐難留。

武夷山

祇得流霞泛一杯，空中蕭鼓當時回。武夷洞裏生毛竹，老盡曾孫更不來。

武夷山有毛竹洞，故云。「毛竹」二字入詩，當自義山始。

四皓廟

羽翼殊勛弃若遺，皇天有運我無時。廟前便接山門路，不長青松長紫芝。

此無時之我，謂四皓耶？抑自謂耶？總是文人失意，所見無非感慨。

龍池

龍池賜酒敞雲屏，羯鼓聲高衆樂停。夜半宴歸宮漏永，薛王沉醉壽王醒。

此可謂明言之矣，而説者以爲微文刺譏，總之微顯俱妙。

賈生

宣室求賢訪逐臣，賈生才調更無倫。可憐夜半虚前席，不問蒼生問鬼神。

有道之世，鬼神亦是蒼生；無道之世，蒼生亦是鬼神。問亦可，不問亦可。

嫦娥

雲母屏風燭影深，長河漸落曉星沉。嫦娥應悔偷靈藥，碧海青天夜夜心。

碧海青天，有何不佳，但無奈終古孤凄耳。然廣寒宫非昭陽殿，其勢不得不寡，何必代爲之悔。

漫成

生兒古有孫征虜，嫁女今無王右軍。借問琴書終一世，何如旗蓋仰三分。

不知其有所指，無所指？讀之但覺感慨横生。

定子

定子，牛相小青。小青者，小青衣也，名曰定子。童耶？婢耶？

檀槽一抹廣陵春，定子初开睡臉新。却笑吃虚隋煬帝，破家亡國爲何人？

「吃虚」多以爲「吃虧」之訛，而《西溪叢語》引《北里志》劉泰娘「門前樗樹」詩，以「吃虚」押韻，则知其爲唐時方言。書之不可不讀如此。

杜牧

見前。

將赴吳興登樂游原

清時有味是無能，閑愛孤雲静愛僧。欲把一麾江海去，樂游原上望昭陵。此豈得意人語耶？

遂成名言。

江南春

千里鶯啼緑映紅，水村山郭酒旗風。南朝四百八十寺，多少樓臺烟雨中。

若將此詩畫作錦屏，恐十二扇鋪排不盡。

題齊安城樓

嗚軋江樓角一聲，微陽瀲瀲落寒汀。不用憑欄苦回首，故鄉七十五長亭。一本路程圖。

村舍燕

漢宮一百四十五，多下珠簾閉鎖窗。何處營巢夏將半，茅檐烟裏語雙雙。

牧之多用數目字，儘饒别趣，筭博士何嘗不妙。

寄揚州韓綽判官

青山隱隱水遥遥，秋盡江南草未凋。二十四橋明月夜，玉人何處教吹簫？

揚州之二十四橋，存廢久已莫考。而至今常在人口者，惟以牧之一詩爲證耳。然則即以此二十八字爲二十四橋可。

過華清宫

新豐緑樹起黄埃，數騎漁陽探使回。霓裳一曲千峰上，舞破中原始下來。早知馬嵬之難，拼得不下來亦可。

醉贈薛道封

飲酒論文四百刻，水分雲隔二三年。男兒事業知公有，賣與明君值幾錢。極多不過值三錢五分耳。何以知之？曰：「此長安進賢冠定價。」

贈漁夫

蘆花深澤静垂綸，月夕烟朝幾十春。自説孤舟寒水畔，不曾逢着獨醒人。此獨醒人難逢，逢亦難識。

別王十後附書

重關曉度宿雲寒，羸馬緣知步步難。此信的應中路見，亂山何處拆書看。逼真天趣。

許渾

見前。

重經四皓廟

峨峨商嶺采芝人，雪頂霜髯虎豹茵。山酒一壺歌一曲，漢家天子忌功臣。未必非四老心事。

途經秦始皇墓

龍盤虎踞樹層層，勢入浮雲亦是崩。一種青山秋草裏，路人惟拜漢文陵。鮑魚朽骨，亦何足較。

李遠

見前。

友人下第因以贈之

劉毅雖然不擲盧，誰人不道解樗蒱。黄金百萬終須得，衹有挼莎更一呼。脱盡下第詩俗套，止覺雄快可喜。

雍陶 見前。

韋處士郊居二首

夜涼吹笛千山月，路暗迷人百種花。棋罷不知人換世，酒闌無奈客思家。

又

滿庭詩景飄紅葉，繞砌琴聲滴暗泉。門外晚晴秋色老，萬條寒玉一溪烟。

讀此二詩，不知其爲洞天福地耶？金屋瑶臺耶？但覺神仙美人，恍恍出入於左右。

宿嘉陵館樓

離思茫茫正值秋，每因風景却生愁。今宵難作刀州夢，月色江聲共一樓。令人神游於館樓矣。此所謂移情之作。

訪友人幽居

落花門外春將盡，飛絮庭前日欲高。深院客來人未起，黄鸝枝上啄櫻桃。

國鈞又有一聯云：「閉門客到常疑病，滿院花開不似貧。」真佳句也。想與此幽居，不可有二。

再經天涯地角山

每憶雲山養短才，雲山乃能養短才，所以昔人云「陶淵明輩善藏其用」，實亦善藏其拙。悔緣名利入塵埃。十年馬足行多少，兩度天涯地角來。

李九齡有《過相思谷》絶句云：「正被離愁着遠人，那堪更過相思谷。」宋人有句云：「北去喜過聞喜縣，南來愁入賣愁村。」與此天涯地角，得無相類？

渡桑乾河

南客豈曾諳塞北，年年惟見雁飛回。今朝忽渡桑乾水，不似身來似夢來。

閬仙《渡桑乾》一絶，膾炙人口久矣。此詩乃更有凄幻之致。《列子》云：「西極古莽國之民，五旬一覺，以夢中所爲者實，覺之所見者妄。」則國鈞此來，夢亦是真。

和孫明府懷舊山

五柳先生本在山，偶然爲客落人間。秋來見月多歸思，自起開籠放白鷴。閑情冷趣。

劉得仁 見前。

悲老宮人

白髮宮娃不解悲，滿頭猶自插花枝。曾緣玉貌君王寵，準擬人看似舊時。亦是無聊痴景，豈誠然哉。

晏起

日過辰時猶在夢，客來應笑也求名。浮生自得長高枕，不向人間與命爭。爭亦何用，落得高枕。

趙嘏　見前。

下第後歸永樂里自題

無地無媒衹一身，歸來空拂滿床塵。尊前盡日誰相對，惟有南山似故人。此故人却自耐久。

宿僧舍

高僧夜滴芙蓉漏，遠客窗含楊柳風。何處相逢話心地，月明身在磬聲中。心地冷然。比「欲覺聞晨鐘」何如？

薛能

見前。

吴姬三首

龍麝熏多骨亦香，因經寒食好風光。何人畫得天生態，枕破施朱隔宿妝。無人畫得，却有人咏得。

又

退紅香汗濕輕紗，高卷蚊厨獨卧斜。世俗呼帳爲蚊厨，不意唐時早已入詩。嬌淚半垂珠不破，恨君嗔折後庭花。

此後庭花果何所指耶？

又

身是三千第一名，女狀元不知是誰考定。內家叢裏獨分明。芙蓉殿上中元日，水拍銀盤弄化生。總是閑坐不過。

省試夜

白蓮千朵照廊明，一片承平雅頌聲。更報第三條燭盡，文昌風景畫難成。

真承平雅頌之聲，豈同啁噍細響。

黄蜀葵

嬌黄新嫩欲題詩，盡日含毫有所思。記得玉人初病起，道家裝束厭禳時。思路之妙至此。

陳陶

見前。

竹二首

一節呼龍萬里秋，數莖垂海六鰲愁。更須瀑布峰前種，雲裏闌干過子猷。奇句。

又

丘壑誰堪話碧鮮，靜尋春譜認嬋娟。會當小殺青瑶簡，圖寫龜魚把上天。豈欲效晁道元耶。

夏日有懷

竹齋睡餘柘漿清，麟鳳誘我勞此生。麟鳳如何誘我，請思之。忽憶天台掩書坐，澗雲起盡紅崢嶸。突兀駭人。

温庭筠

見前。

彈箏人

天寶年中事玉皇，曾將新曲教寧王。鈿蟬金雁今零落，一曲伊州淚萬行。不須更勸金屈巵矣。

瑶瑟怨

冰簟銀床夢不成，碧天如水夜雲輕。雁聲遠過瀟湘去，十二樓中月自明。

不言瑟而瑟在其中，何必二十五弦彈夜月耶。

李頻　見前。

寄曹鄴

終南山是枕前雲，造語靈秀。禁鼓無因曉夜聞。朝客秋來不朝日，曲江西岸去尋君。

韓琮 字成封。長慶中進士，觀察使。

暮春送客

緑暗紅稀出鳳城，暮雲宮闕古今情。行人莫聽宮前水，流盡年光是此聲。此水聲即古今情也。年光有盡，情固無盡。

李群玉 見前。

黄陵廟

黄陵廟前春已空，子規啼血滴松風。不知精爽歸何處，疑是行雲秋色中。或疑文山不應以媟語唐突二妃，恐致得罪。然詩人寄托何常，吾知二妃必不如是之迂腐。

段成式

字柯古，臨淄人。太常少卿。

襄陽中堂與妓人賞花戲語嘲之

鶯裏花前選孟光，妙句足以惑人。東山逋客酒初狂。素娥畢竟難防備，燒得河車莫遣嘗。若肯略遣嘗，則不須防備矣。

嘲飛卿

醉袂幾侵魚子纈，飄纓長罥鳳皇釵。知君欲作閑情賦，應願將身作錦鞋。此願豈獨飛卿耶？

哭李群玉

酒裏詩中三十年，縱横唐突世喧喧。明時不作禰衡死，傲盡公卿歸九泉。

昔人持忠入地，此乃持傲入地，語特挺倔有生氣。

李山甫 見前。

柳

終日堂前學畫眉，幾人曾道勝花枝。試看三月春殘後，門外清陰是阿誰。

樂天《柳枝詞》云：「盡日無人屬阿誰。」柳以人爲阿誰也，此則人又以柳爲阿誰，人與柳一耶？二耶？

杜荀鶴 見前。

贈僧

利門名路兩何憑，百歲風前短焰燈。祇恐爲僧心不了，爲僧心了總輸僧。不知大衆何詞以對。

曹鄴　見前。

聽劉尊師彈琴

曾於清海獨聞蟬，又向空山夜聽泉。不似齋堂人静處，秋聲常在七條弦。如聞秋聲颯颯。

唐求　見前。

酬舒公見寄

無客不言雲外見，爲文長遣世間知。一聲松徑寒吟後，正是前山雪下時。

此皆山人江瓢中詩也，若非神鬼呵護，安能流傳至今。

林寬　見前。

長安遺懷

醉下高樓醒復登，任從浮薄笑才能。青龍寺裏三門上，立爲南山不爲僧。

後二句「立」字似與上相連，分明八字與六字句耳。通首意亦高妙。

歌風臺

蒿棘空存百尺基，酒酣曾唱大風詞。莫言馬上得天下，自古英雄盡解詩。不解詩，即不得稱英雄矣。

胡曾

長沙人。漢南從事。

東海

東巡玉輦委泉臺，徐福樓船尚未回。自是祖龍先下世，不關無路到蓬萊。亦可爲徐福解嘲。

高陽池

古人未遇即銜杯，所貴愁腸得酒開。何事山公持玉節，等閑深入醉鄉來。胡君咏史詩盈百首，似此雋逸者亦未易得。

曹唐

見前。

小游仙詩二十一首

玉簫金瑟發商聲，桑葉枯乾海水清。净掃蓬萊山上地，略邀王母話長生。此略邀亦儘好看矣。

又

騎龍重過玉溪頭，紅葉還春碧水流。省得壺中見天地，壺中天地不曾秋。安得身入此壺中乎？

又

真王未許久從容，立在花前別甯封。手把玉簫頭不舉，似愁如醉倚黃龍。比人間離別何如？

又

玄洲草木不知黃，甲子初開浩劫長。無限萬年年少女，萬年年少，乃真年少。手攀紅樹滿殘陽。

又

焚香獨自上天壇，桂樹風吹玉簡寒。長怕嵇康乏仙骨，與將仙籍再尋看。不知肯尋否？

又

玉詔新除沈侍郎，便分茅土鎮東方。不知今夕游何處，侍從皆騎白鳳皇。侍從何幸乎？但得爲侍從執鞭，亦足矣。

又

飢即餐霞悶即行，一聲長嘯萬山青。穿花渡水來相訪，珍重多才阮步兵。步兵亦仙乎？故當署作酒仙。

又

汗漫真游實可奇，人間天上幾人知。周王不信長生話，空使萇弘碧淚垂。碧淚甚新。

又

鶴不西飛龍不行，露乾雲破洞簫清。少年仙子説閑事，遥隔彩雲聞笑聲。不知所説何事。

又

天上邀來不肯來，人間雙鶴又空回。秦皇漢武死何處，海畔紅桑花自開。

天上邀之則不肯來，地下邀之則不得不去矣，何足煩雙鶴哉。

又

叔卿覽遍九天春，不見人間故舊人。怪得蓬萊山下水，半成沙土半成塵。此麻姑見慣渾閑事耳。

又

長房自貴解飛翻，五色雲中獨閉門。看見桑田欲成海，不知還住幾人存。危哉、危哉！

又

碧海靈童夜到時，徒勞相喚上瑶池。因循天子渾閑事，縱與青龍不解騎。青龍元不必與。

又

且欲留君飲桂漿，九天無事莫推忙。口頭語自趣。青龍舉步行千里，休道蓬萊歸路長。

又

萬歲蛾眉不解愁，旋彈清瑟旋閑游。忽聞下界笙簫曲，斜倚紅鸞笑不休。此武夷君所謂「人間可哀」之曲也。哀之不足，故笑之。

又

去住樓臺一任風，樓臺亦能御風而行矣。十三天洞暗相通。行厨侍女炊何物，滿竈無烟玉炭紅。

又

一百年中是一春，不教日月輒移輪。金鰲頭上蓬萊殿，惟有人間煉骨人。此煉骨人獨非人也歟哉！然則人胡爲有骨而不煉也？

又

紫微深鎖敞丹軒，太帝親談不死門。從此百寮俱拜後，走龍鞭虎下崑崙。轟赫怕人。

又

洞裏月明瓊樹風，畫簾青室影朦朧。香殘酒冷玉妃睡，不覺七真歸海中。飄然而去，主人何不相送？

又

東溟兩度作塵飛，一萬年來會面稀。千樹梨花百壺酒，共君論飲莫論詩。酒不與詩期而詩自至矣，何待論乎。

又

溪影沉沙樹影清，人家皆踏五音行。可憐三十六天路，星月滿空瓊草青。

堯賓體頗豐碩，故当時李求古謔之云，讀君《游仙詩》，意謂可驂鸞鶴，今得睹道範，祇恐水牯牛亦不能勝其載。其肥可知矣。然詩人中之太瘦生何限，而能咏游仙者絶少。與其瘦而不仙，何如肥而仙乎？

周朴

見前。

吊李群玉

群玉詩名冠李唐，身爲唐人而稱李唐，亦奇。投詩換得校書郎。吟魂醉魄知何處，空有幽蘭隔岸香。

高蟾　河朔人。乾符中進士，御史中丞。

春風

明月斷魂清藹藹，平蕪歸思緑迢迢。人生莫遣頭如雪，縱得東風也不消。東風不能消矣，祇合以淮南所言東風沉溢之酒消之。

司空圖　字表聖，河中人。咸通末進士。昭宗時拜諫議大夫，不赴。後聞哀帝被弑，不食而卒。

漫書

長擬求閑未得閑，又勞行役出秦關。逢人漸覺鄉音异，却恨鶯聲似故山。聞鶯聲如見故山，何乃不喜而恨？須知恨正是喜。

修史亭

烏紗巾上是青天，妙語奇創。檢束酬知四十年。誰料平生臂鷹手，挑燈自送佛前錢。

表聖此題前後有詩五首，所言皆閑適事耳。題曰「修史亭」，豈即休休亭之伯仲耶？

力疾山下吴村看杏花

浮世榮枯總不知，且憂花陣被風欺。儂家自有麒麟閣，第一功名衹賞詩。麒麟閣固好，但不知誰爲博陸耳。

戲題試衫

朝班盡説人宜紫，洞府應無鶴着緋。從此玉皇須破例，染霞裁賜地仙衣。

着試衫者多矣，其間高下不等，豈得一概濫賜？

白菊

題名「白菊」，詩却全無菊氣，何也？

自古詩人少顯榮，逃名何用更題名。詩中有慮猶須戒，莫向詩中著不平。好話好話，詩人皆當書紳。

崔道融

荆州人。永嘉令。

天台陳逸人

絶粒空山秋復春，欲看滄海化成塵。近抛三井更深去，不怕虎狼惟怕人。真可怕。速去、速去。

長門怨

長門花泣一枝春，争奈君恩别處新。錯把黄金買詞賦，相如自是薄情人。

按：《長門賦》中，言相如爲文以悟主上，皇后復得幸，而考注者以爲諸史傳并無此文，則黄金百斤，竟虚擲耳。相如即不薄情，亦復何益。

悲李拾遺

天涯時有北來塵，因話它人及故人。也是先皇能罪己，殿前頻得觸龍鱗。忠愛藹然，可悲可感。

楚懷王

宫花一朵掌中開，緩急翻爲敵國媒。六里青山天下笑，張儀容易去還來。

「六里青山」，知者以爲商於紿楚事，不知者但以爲奇句耳。不知更妙于知。

高駢　字千里，幽州人。西川節度平章事。

步虛詞

青溪道士人不識，上天下天鶴一隻。洞門深鎖碧窗寒，滴露研朱點周易。天上豈不可點《易》乎？何必下天。

訪隱者不遇

落花流水認天台，半醉閑吟獨自來。惆悵仙翁何處去，滿庭紅杏碧桃開。有如此滿庭之桃杏，却拋之而他往，此仙翁亦大不解事。

羅隱　見前。

馬嵬坡

佛屋前頭野草春，貴妃輕骨此爲塵。從來絶色知難得，不破中原未是人。若是，則玉環何罪哉！

偶興

逐隊隨行二十春，曲江池畔避車塵。如今贏得將衰老，閑看人間得意人。

此蓋指白馬清流之禍而言也。嗟呼，人間得意人，其尚慎之哉！

宿紀南驛

策蹇南游憶楚朝，陰風淅淅樹蕭蕭。不知無忌奸邪骨，又作何山野葛苗。

子胥之英靈，爲錢塘潮，則無忌之奸骨，自當萬劫刀山矣，又安能作野葛苗乎？

圍城偶作

東望陳留日欲曛，每因刀筆想夫君。自從郭泰碑銘後，祇見黄金不見文。

諛墓之風，自唐時已然矣。所以昌黎之金，劉叉落得取去。

感弄猴人賜朱紱

十二三年就試期，五湖烟月奈相違。何如買取猢孫弄，一笑君王便着緋。

弄猴人乃賜朱紱，則朱紱亦不值一錢矣。唐末時事至此，安得不亡。

京中正月初七日立春

一二三四五六七，萬木生芽是今日。遠天歸雁拂雲飛，近水游魚迸冰出。起句奇甚，自有詩來所未見。

羅鄴　見前。

賞春

芳草和烟暖更青，閑門要路一時生。年年點檢人間事，惟有春風不世情。閑門有草，要路安得有草？即謂春風私厚閑門亦可。

吴王古宮井

古宮荒井曾平後，見説耕人又鑿開。拾得玉釵鎸敕字，當時恩澤賜誰來。亦自愴然。

李中　見前。

憶溪居

竹軒臨水静無塵，別後鳧鷖入夢頻。杜若菰蒲烟雨歇，一溪春色屬何人。如此溪居，豈可輕别。

崔魯 廣明中進士。

華清宫

門横金鎖悄無人，落日秋聲渭水濱。紅葉下山寒寂寂，濕雲如夢雨如塵。花非花，霧非霧，當是此景。

崔塗 見前。

巫峽旅別

五千里外三年客，十二峰前一望秋。多少别魂招不得，夕陽西下水東流。

亦是口頭語，故自可感。禮山又有《旅懷》一聯云：「胡蝶夢中家萬里，杜鵑枝上月三更。」可稱移情妙句。但以其列於村塾師《千家詩》中，人所習見，不復録之。然《千家詩》中，何嘗無佳咏耶？

陸龜蒙

見前。

高道士

峨眉道士風骨峻，手把玉皇書一通。此書從何處得來？東游借得琴高鯉，騎入蓬萊清淺中。

春夕酒醒

幾年無事傍江湖，醉倒黄公舊酒壚。覺後不知新月上，滿身花影倩人扶。自是佳景，殊勝趙師雄羅浮香夢。

和泰伯廟

故國城荒德未荒，年年椒奠濕中堂。邇來父子争天下，不信人間有讓王。春秋時已有父子争國者，何必邇來。

寒日逢僧

瘦脛高褰梵屧輕，野塘風勁錫環鳴。如何不向深山裏，坐擁閑雲過一生。想祗爲餓不過耳。

皮日休 見前。

酒病偶作

鬱林步障晝遮明，一炷濃香養病酲。何事晚來還欲飲，隔墻聞賣蛤蜊聲。此乃真會受用者，豈非有福文人？

鄭谷 見前。

忝官諫垣明日轉對

吾君英睿相公賢，其奈寰區未晏然。明日翠華春殿下，不知何語可聞天。須要連夜打點。

早入諫院

紫雲重疊抱春城，廊下人稀唱漏聲。偷得微吟斜倚柱，滿衣花露聽宮鶯。

此一時亦倚柱偷吟，是真以詩爲性命者。

槐花

毵毵金蕊撲晴空，舉子魂驚落照中。今日老郎猶有恨，昔年相虐十秋風。妙甚。不獨落第苦，應舉亦苦。痛定之思，那得不恨。

讀李白集

何事文星與酒星，一時鍾在李先生。高吟大醉三千首，留着人間伴月明。

詩伴月耶？月伴詩耶？二者如絲蘿不解，仍當以酒爲媒。

東蜀春晚

如此浮生更別離，傷心句。可堪長慟送春歸。潼江水上楊花雪，剛逐孤舟繚繞飛。悲在「剛逐」二字。

苔錢

春紅秋紫繞池臺，個個圓如濟世財。雨後無端滿窮巷，買花不得買愁來。

濟世財乃禍世殃也。緑拗兒不幸有類乎是，固當見似錢者而愁矣。

裴説

天祐中進士，禮部員外。

柳

高拂危樓低拂塵，灞橋攀折一何頻。思量却是無情樹，不解迎人祇送人。

此章臺緑絲，或憐之，或恨之。柳亦不幸矣哉。

孟遲

字升之，平昌人。會昌中進士。

閨情

山上有山歸不得，江湖暮雨鷓鴣飛。蘼蕪亦是王孫草，莫送春風入客衣。叮囑王孫而不得，乃轉叮囑蘼蕪。窮泉紅淚，安得不灑？

盧隱　無考。

雨霽登北原

稻黃撲撲黍油油，野樹連山澗北流。憶得年時馮翊郡，謝郎相引上樓頭。此郎必是情人。

曹松　見前。

題僧院松

空山澗畔枯松樹，老對禪堂鱗甲身。傳是昔朝僧種着，下頭應有茯苓神。詩之蒼硬，亦如有鱗甲。

贈廣宣大師

憶肯同游紫閣雲，別來三十二回春。白頭相見雙林下，猶是清朝未退人。能無愧否？

吴融　見前。

華清宫

四郊飛雪暗雲端，惟此宫中落便乾。綠樹碧檐相掩映，無人知道外邊寒。本晏子對齊景語來，而更加雋婉之致。

情

依依脉脉兩如何，細似輕絲渺似波。月不長圓花易落，一生惆悵爲伊多。真不知情是何物，此王伯輿所以登茅山而大慟也。

楚事

悲秋應亦抵傷春，屈宋當年并楚臣。何事從來好時節，祇將惆悵付詞人。我亦不解其故，請還問屈、宋兩公。

秋色

染[二]不成乾畫未銷，霏霏拂拂又迢迢。疊字亦新妙。曾從建業城邊過，蔓草寒烟鎖六朝。

分明憑吊六朝，却以秋色命題，遂覺六朝皆秋色矣。

【校】

［一］染：原爲墨丁，據《文淵閣四庫全書》本《唐英歌詩》補。

韓偓 見前。

已涼

碧闌干外綉簾垂，猩血屏風畫折枝。八尺龍鬚方錦褥，已涼天氣未寒時。當此時也，才子美人，亦何事不可爲乎？

病憶

信知尤物必牽情，一顧難酬覺命輕。曾把禪機消此病，破除纔盡又重生。此之謂無藥可醫。

閨怨

時光潛去暗淒涼，懶對菱花暈曉妝。初拆鞦韆人寂寞，後園青草任他長。能如下帷生三年不窺園乎？

半睡

眉山黯澹向殘燈，一半雲鬟墜枕棱。四體着人嬌欲泣，自家揉碎砑繚綾。大似孝成初御飛燕時，若合德則不類此矣。

李洞 見前。

山居喜友人見訪

入雲晴斸茯苓還，日暮逢迎水石間。好逢迎。看待詩人無別物，半潭秋水一房山。如此看待，叨擾不盡。

韋莊 見前。

古離別

晴烟漠漠柳毿毿，不那離情酒半酣。更把玉鞭雲外指，斷腸春色在江南。若身在江南，又不知何如。

贈野童 題亦趣。

羡爾無知野性真，亂搔蓬髮笑看人。閑衝暮雨騎牛去，肯問中興社稷臣。社稷臣必不騎牛，野童豈肯問之。

臺城

江雨霏霏江草齊，六朝如夢鳥空啼。七字連説爲妙，若分爲二語，即不妙矣。無情最是臺城柳，依舊烟籠十里堤。

東陽酒家贈別

天涯方嘆异鄉身，又向天涯別故人。明日五更孤店月，醉醒何處各沾巾。

他人止説得一邊，此却兼管兩地。送別詩，故當以此爲第一。

江上別李秀才

千山紅樹萬山雲，把酒相看日又曛。一曲離歌兩行淚，不知何地再逢君。不深不淺，亦是離別當行之作。

僕者楊金

年年辛苦葺荒居，不獨單寒腹亦虛。努力且爲田舍客，他年爲爾覓金魚。

金魚乃可爲僕覓乎？端己又有《女僕阿汪》詩云：「他年待我門如市，報爾千金與萬金。」總是才人貧賤時無聊憤激之語。

唐彥謙

字茂業，并州人。咸通末進士，歷四州刺史。

仲山

漢高祖兄劉仲葬此。

千載遺蹤寄薜蘿，沛中鄉里漢山河。長陵亦是閑丘壟，异日誰知與仲多。使漢高聞之，亦當啞然一笑。

張喬

池州人。大順中進士。

寄維揚故人

離别河邊綰柳條，千山萬水玉人遥。月明記得相尋處，城鎖東風十五橋。

張君有《題宣州開元寺》一聯云：「六朝明月惟詩在，三楚空山有雁回。」正當與此詩參看。

章碣　錢塘人。乾符中進士。

焚書坑

竹帛烟銷帝業虚，關河空鎖祖龍居。坑灰未冷山東亂，劉項元來不讀书。滈池君在地下，亦當羞死。

黄滔　見前。

卷簾

绿鬟侍女手纖纖，新捧嫦娥出素蟾。衛玠官高難久立，莫辭雙卷水晶簾。不爲官高難久立，還爲神清不耐看。

羅虬　餘杭人，鄜州從事。

比紅兒詩十七首并序

比紅者，爲雕陰官妓杜紅兒作也。美貌年少，機智慧悟，不與群輩妓女等。余知紅者，乃擇古之美色，灼然於史傳三數十輩，優劣於章句間，遂題比紅詩。按：虬廣明中隨鄜州李孝恭，籍中有杜紅兒者，常爲副戎屬意。副戎聘鄰道，虬請紅兒歌而贈彩，孝恭不令受之，虬怒，拂衣而起，詰旦手刃紅兒。既而思之，作絶句百篇以追冤，號《比紅兒》云。夫世間惟佳人難得，既惑之而又殺之，既殺之而又追贊之。從來愛之欲其生，未聞愛之欲其死也。此一百首果足以償紅兒之命耶？風雅中乃有如此惡人！

匼匝千山與萬山，碧桃花下景長閑。神仙得似紅兒貌，應免劉郎憶世間。

既知紅兒勝於神仙矣，神仙其可殺乎？而况勝於神仙者乎？從來殺人者死，若殺仙者，且殺勝仙者，更當何罪？

又

通宵甲帳散香塵，漢帝精誠禮百神。若見紅兒醉中態，也應休憶李夫人。

漢武未嘗殺李夫人，却曾殺鈎弋夫人，想狠心毒手，亦與老羅相似。

又

芳姿不合并常人，雲在遥天玉在塵。因事愛思荀奉倩，一生閑坐枉傷神。奉倩傷神不枉，殺而復思，纔是真枉。

又

筆底如風思涌泉，賦中休謾説嬋娟。紅兒若在東家住，不得登墻爾許年。早知老兒會殺人，此墻斷不敢登。

又

五雲高捧紫金堂，花下投壺侍玉皇。從道世人都不識，也應知有杜蘭香。杜蘭香却不怕殺。

又

明媚何時讓玉環，破瓜年紀百花顔。若教貌向南朝見，定却梅妝似等閑。

玉環雖美，然有破國污宫之罪，殺之轉不爲寃。若紅兒何罪哉？

又

傾國傾城總絶倫，紅兒花下認真身。十年東北看燕趙，眼冷何曾見一人。此一人乃可殺乎？

又

青史書時未是真，可能纖手却强秦。再三爲謝齊皇后，要解連環别與人。

此齊皇后頗利害，於陵仲子無罪，尚欲殺之。若遇殺人凶身，更當何如？

又

漢皇曾識許飛瓊，寫向人間作畫屏。昨日紅兒簾下見，大都相似更娉婷。許飛瓊亦不怕殺。

又

蘇小輕勻一面妝，便留名字著錢塘。藏鴉門外諸年少，不識紅兒未是狂。何不曰「不殺紅兒未是狂」耶？

又

一首長歌萬恨來，惹愁漂泊水難迴。崔徽有底多頭面，費得微之爾許才。崔徽頭面雖不多，猶幸得保全首領。

又

昔年黄閣識奇章，愛説真珠似窈娘。若見紅兒夜深態，便應休説綉衣裳。一領綉衣，乃换汝三尺青鋒耶？

又

總是紅兒媚態新，莫論千度笑爭春。任伊孫武心如鐵，不辨軍前殺此身。

既知孫武不辨殺，老兄又何獨辨殺耶？雖曰非鐵心，誰其信之。

又

前代休憐事可奇，後來還出有光輝。爭知晝卧紗窗裏，不得神人覆玉衣。惜神人不以鐵衣覆之。

又

人間難免是深情，命斷紅兒向此生。何似前時李丞相，枉抛才力爲鶯鶯。紅兒豈不能索命？命斷此生，復何待言。

又

三吴時俗重風光，未見紅兒一面妝。好寫妖嬈與教看，便應休更話真娘。真娘亦罪不至死。

又

金粟妝成扼臂環，舞腰輕轉瑞雲間。紅兒生在開元末，羞殺新豐謝阿蠻。紅兒若生在開元時，轉可免此一殺。

王渙 字群吉。大順中進士。

惆悵詩

謝家池館花籠月，蕭寺房廊竹颭風。夜半酒醒憑檻立，所思多在别離中。無情有恨，月曉風清，可以移贊此詩。

王周 唐末不第，仕晉爲節度使。

問春

游絲垂幄雨依依，枝上紅香片片飛。把酒問春因底意，爲誰來復爲誰歸。

春若能言，必答云：「我亦不能自主，君其問諸黔羸。」

無題

冰雪肌膚力不勝，落花飛絮繞風亭。不知何事鞦韆下，蹙破愁眉兩點青。大似韓致堯。

李建勛 隴西人。仕南唐爲丞相。

清明日

他皆攜酒尋芳去，我獨關門好静眠。惟有楊花似相覓，因風時復到床前。

與熊孺登《八月十五夜》詩意相同。清明豈不冷於中秋耶？

郭震

無考。

題龍華山寺

昔年曾到此山回，百鳥聲中酒一杯。妙句。最好寺邊開眼處，段文昌有讀書臺。

蘇子瞻之《題臨江驛》云：「不知世有段文昌。」此又以段文昌之臺而開眼，改淮西之碑，何如讀山寺之書耶？

程賀

眉山人。中和時及第。

君山

曾游方外見麻姑，說道君山自古無。云是崑崙山頂石，海風飄落洞庭湖。如此說君山，亦從古未有。

張泌

江南人。南唐內史舍人。

寄人

酷憐風月爲多情，還到春時別恨生。倚柱尋思倍惆悵，一場春夢不分明。春夢自古至今，大多皆不分明者，一場何足以盡之。

顧甄遠

以下四人無考。

惆悵詩

綠槐影裏傍青樓，陌上行人空舉頭。烟水露花無處問，摇鞭凝睇不勝愁。

同一惆悵詩也，王群吉之「花月竹風」，與此君之「烟水露花」，不知是一是二。

程紫霄

守庚申

不守庚申亦不疑，此心常與道相依。玉皇已自知行止，任汝三彭说是非。

老主意。不差、不差。

李九齡

山中寄友人

蔣吉

亂雲堆裏結茅廬，已共紅塵迹漸疏。莫問野人生計事，窗前流水枕前書。先生何以得此？

題長安僧院

出門争走九衢塵，總是浮生不了身。惟有水田衣下客，大家忙處作閑人。祇恐身閑心不閑耳。

無名氏

雜詩二首

兩心不語暗知情，燈下裁縫月下行。行到階前知未睡，夜深聞放剪刀聲。莫非以剪刀爲暗號耶？

又

數日相隨兩不忘，郎心如妾妾如郎。難得。出門便是東西路，把取紅箋各斷腸。此紅箋想是各分半幅。

釋景雲 無考。

畫松

畫松一似真松樹，待我尋思記得無。曾在天台山上見，石橋南畔第三株。直記得如此親切。

釋貫休 見前。

終南僧

聲利掀天竟不聞，草衣木食度朝昏。遥思山雪深一丈，時有仙人來打門。定當倒屣相迎矣。

釋齊己

見前。

偶題

時事懶言多忌諱，野吟無主苦縱横。君看三百篇章首，何處分明著姓名。亦大有理。

酬光上人

禪言難後到詩言，坐石心同立月魂。奇句。應記前秋會吟處，五更猶立老松根。殆不知東方之既白矣。如此苦吟，世不多見。

釋懷素 錢起之甥。

題醉僧圖

人人送酒不曾沽，終日松間挂一壺。草聖欲成狂便發，真堪畫作醉僧圖。懷老師豈自贊歟？

元和内人

嘲陸暢吴音

十二層樓倚翠空，鳳鸞相對立梧桐。好景。雙成走報監門衛，莫使吴歈入漢宫。何幸有此檀吻一嘲，吴歈便可不朽。

劉媛

長門怨

學畫蛾眉獨出群，當時人道便承恩。經年不見君王面，花落黄昏空掩門。以宫娥而爲宫怨，自當與文士不同。

劉氏婦

題明月堂

玉鈎風急響丁東，回首西山似夢中。明月堂前人不到，庭梧一夜老秋風。在閨媛中固可稱佳咏。

張氏 彭伉妻。

寄外詩

驛使今朝過五湖，殷勤爲我報狂夫。從來誇有龍泉劍，試割相思得斷無。此龍泉劍必是純鐵。

薛濤 見前。

海棠溪

春教風景駐仙霞，水面魚身總帶花。人世不思靈卉異，競將紅纈染輕紗。妍秀絶倫。

上王尚書

碧玉雙幢白玉郎，初辭天帝下扶桑。手持雲篆題新榜，十萬人家春日長。此《折楊》《皇荂》之章也，何意於櫻唇荑腕得之。

春郊游眺寄孫處士

今朝縱目玩芳菲，夾纈籠裙綉地衣。滿袖滿頭兼手把，教人識是看花歸。亦自有趣，故非俗人所知。

秋泉

冷色初澄一帶烟，幽聲遥瀉十絲弦。長來枕上牽情思，不使愁人半夜眠。自是愁人心中有秋泉耳，與耳畔嘈切何關？

酬杜舍人

雙魚底事到儂家，撲手新詩片片霞。唱到白蘋洲畔曲，芙蓉空老蜀江花。

按：洪度當日出入幕府，自韋皐至李德裕，凡歷事十一鎮，皆以詩名受知，其一時相與倡和者皆名士。後段文昌再鎮成都，洪度卒，年七十五，文昌爲撰墓志。此女校書中之最多福者，文士或不及也。元微之之詩云：「言語巧偷鸚鵡舌，文章分得鳳皇毛。紛紛詞客皆停筆，個個公侯欲夢刀。」非虚語也。嗟乎！今安得有此校書哉？

魚玄機

見前。

游崇真觀南樓睹新及第題名處

雲峰滿目放春晴，歷歷銀鈎指下生。自恨羅衣掩詩句，舉頭空羡榜中名。老魚想要做女狀元乎？

江行

大江横抱武昌斜，鸚鵡洲前萬户家。畫舸春眠朝未足，夢爲蝴蝶也尋花。豈非妖冶之尤？

題隱霧亭

春花秋月入詩篇，白日清宵是散仙。空卷珠簾不曾下，長移一榻對山眠。不知有何好夢。

按：幼微初爲補闕李億妾，既乃入咸宜觀，爲女道士。後以笞殺女童緑翹事下獄，亦爲京兆温璋笞殺。嗟呼！世間至難得者，佳人也，若佳人而才，豈非難中之難？乃往往怫鬱流離，多愁鮮歡，甚至横被刑戮，不得其死，如張麗華、上官昭容，皆斬於軍前；王韞秀、魚幼微具斃於杖下。白刃血蛸蠐之領，赤棒肉凝脂之膚，人生慘辱，至此已極。夫造物之待才人，固極刻毒矣，何其待才媛亦復爾爾耶？余嘗有《和吳中羈婦趙雪華》一絕云：「遺墨郵亭淚血頻，好從句裏喆真真。文人無貌猶慳福，何況文人是美人。」嗚呼！紅顏薄命如此，豈非古今天地間第一恨事哉！

唐詩快卷十六終